AVENTURE AU SURINAM

DU MÊME AUTEUR

CHEZ LE MÊME ÉDITEUR

N° 1 S.A.S. À ISTANBUL.
N° 2 S.A.S. CONTRE C.I.A.
N° 3 S.A.S. OPÉRATION APOCALYPSE
N° 4 SAMBA POUR S.A.S.
N° 5 S.A.S. RENDEZ-VOUS À SAN FRANCISCO
N° 6 S.A.S. DOSSIER KENNEDY
N° 7 S.A.S. BROIE DU NOIR
N° 8 S.A.S. AUX CARAÏBES
N° 9 S.A.S. À L'OUEST DE JÉRUSALEM
N° 10 S.A.S. L'OR DE LA RIVIÈRE KWAÏ
N° 11 S.A.S. MAGIE NOIRE À NEW YORK
N° 12 S.A.S. LES TROIS VEUVES DE HONG-KONG
N° 13 S.A.S. L'ABOMINABLE SIRÈNE
N° 14 S.A.S. LES PENDUS DE BAGDAD
N° 15 S.A.S. LA PANTHÈRE D'HOLLYWOOD
N° 16 S.A.S. ESCALE À PAGO-PAGO
N° 17 S.A.S. AMOK À BALI
N° 18 S.A.S. QUE VIVA GUEVARA
N° 19 S.A.S. CYCLONE À L'ONU
N° 20 S.A.S. MISSION À SAÏGON
N° 21 S.A.S. LE BAL DE LA COMTESSE ADLER
N° 22 S.A.S. LES PARIAS DE CEYLAN
N° 23 S.A.S. MASSACRE À AMMAN
N° 24 S.A.S. REQUIEM POUR TONTONS MACOUTES
N° 25 S.A.S. L'HOMME DE KABUL
N° 26 S.A.S. MORT À BEYROUTH
N° 27 S.A.S. SAFARI À LA PAZ
N° 28 S.A.S. L'HÉROÏNE DE VIENTIANE
N° 29 S.A.S. BERLIN CHECK POINT CHARLIE
N° 30 S.A.S. MOURIR POUR ZANZIBAR
N° 31 S.A.S. l'ANGE DE MONTEVIDEO
N° 32 S.A.S. MURDER INC. LAS VEGAS

Nº 33 S.A.S. RENDEZ-VOUS À BORIS GLEB
Nº 34 S.A.S. KILL HENRY KISSINGER !
Nº 35 S.A.S. ROULETTE CAMBODGIENNE
Nº 36 S.A.S. FURIE À BELFAST
Nº 37 S.A.S. GUÊPIER EN ANGOLA
Nº 38 S.A.S. LES OTAGES DE TOKYO
Nº 39 S.A.S. L'ORDRE RÈGNE À SANTIAGO
Nº 40 S.A.S. LES SORCIERS DU TAGE
Nº 41 S.A.S. EMBARGO
Nº 42 S.A.S. LE DISPARU DE SINGAPOUR
Nº 43 S.A.S. COMPTE À REBOURS EN RHODÉSIE
Nº 44 S.A.S. MEURTRE À ATHÈNES
Nº 45 S.A.S. LE TRÉSOR DU NÉGUS
Nº 46 S.A.S. PROTECTION POUR TEDDY BEAR
Nº 47 S.A.S. MISSION IMPOSSIBLE EN SOMALIE
Nº 48 S.A.S. MARATHON À SPANISH HARLEM
Nº 49 S.A.S. NAUFRAGE AUX SEYCHELLES
Nº 50 S.A.S. LE PRINTEMPS DE VARSOVIE
Nº 51 S.A.S. LE GARDIEN D'ISRAËL
Nº 52 S.A.S. PANIQUE AU ZAÏRE
Nº 53 S.A.S. CROISADE À MANAGUA
Nº 54 S.A.S. VOIR MALTE ET MOURIR
Nº 55 S.A.S. SHANGHAÏ EXPRESS
Nº 56 S.A.S. OPÉRATION MATADOR
Nº 57 S.A.S. DUEL À BARRANQUILLA
Nº 58 S.A.S. PIÈGE À BUDAPEST
Nº 59 S.A.S. CARNAGE À ABU DHABI
Nº 60 S.A.S. TERREUR À SAN SALVADOR
Nº 61 S.A.S. LE COMPLOT DU CAIRE
Nº 62 S.A.S. VENGEANCE ROMAINE
Nº 63 S.A.S. DES ARMES POUR KHARTOUM
Nº 64 S.A.S. TORNADE SUR MANILLE
Nº 65 S.A.S. LE FUGITIF DE HAMBOURG
Nº 66 S.A.S. OBJECTIF REAGAN
Nº 67 S.A.S. ROUGE GRENADE
Nº 68 S.A.S. COMMANDO SUR TUNIS
Nº 69 S.A.S. LE TUEUR DE MIAMI
Nº 70 S.A.S. LA FILIÈRE BULGARE
L'IRRÉSISTIBLE ASCENSION DE MOHAMMAD REZA, SHAH D'IRAN
LA CHINE S'ÉVEILLE
LA CUISINE APHRODISIAQUE DE S.A.S.

AUX PRESSES DE LA CITÉ

LES SOUCIS DE SI-SIOU
PAPILLON ÉPINGLÉ
LES DOSSIERS SECRETS DE LA BRIGADE MONDAINE
LA MORT AUX CHATS
LES DOSSIERS ROSES DE LA BRIGADE MONDAINE

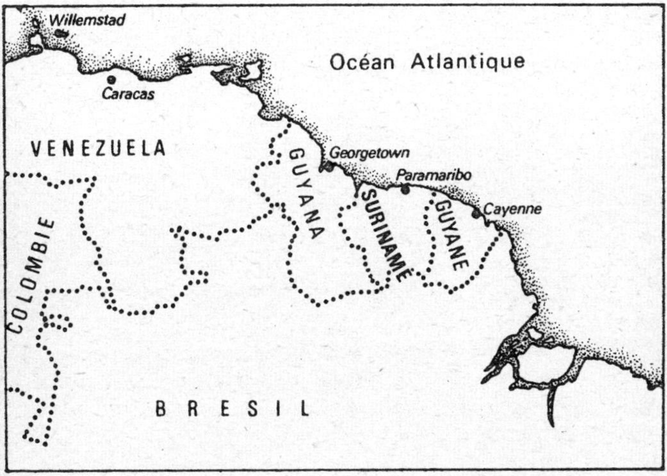
Willemstad
Caracas
Océan Atlantique
VENEZUELA
Georgetown
GUYANA
Paramaribo
SURINAME
GUYANE
Cayenne
COLOMBIE
BRESIL

GÉRARD DE VILLIERS

S.A.S.
AVENTURE AU SURINAM

PLON

Photo de couverture : WEPEGE

ISBN :2-259-01065-2

CHAPITRE PREMIER

Julius Harb descendait Blauwgrondstraat d'un pas rapide, perdu dans la foule des promeneurs à la recherche d'un restaurant, assourdi par la cacophonie des transistors trônant sur chaque véranda et vomissant chacun un *meringué* (1) différent. Une des seules libertés demeurant à Paramaribo : la musique, déversée à flots par les radios locales, entre deux exhortations à repousser d'imaginaires mercenaires, prêts à fondre comme des vautours sur la Révolution. Chaque samedi soir, Blauwgrondstraat, paisible voie même pas asphaltée, très loin au nord de Paramaribo, dans le quartier javanais, se transformait en une immense fête de la bouffe. Un restaurant sommaire, composé de tables rustiques et de bancs en plein air, s'improvisait devant presque chacune des maisons de bois sur pilotis. La famille cuisinait et servait. On venait de l'autre bout de la ville pour déguster ces spécialités indonésiennes, épicées et mitonnées avec amour.

Les plus sophistiquées de ces éphémères gargottes étaient rehaussées de néons verts et rouges éclairant les dîneurs de lueurs fantomatiques. Les autres se contentaient d'ampoules nues.

Julius Harb se faufilait silencieusement dans la

(1) Musique typique des Caraïbes Sud.

foule, anonyme avec son jean et son polo. Son visage de créole au nez un peu épaté était banal. Il ralentit et s'arrêta comme s'il hésitait entre plusieurs endroits, le regard fixé sur une minuscule maisonnette verte un peu en retrait, reliée à la chaussée par une large planche en bois jetée sur le fossé profond. Etrangement silencieuse au milieu de la joyeuse animation de Blauwgrondstraat.

La lumière crue d'un restaurant installé à côté tranchait sur la pénombre où se trouvait Julius Harb. Celui-ci se décida avec une prière muette : si sa tenue ne risquait guère d'attirer l'attention, son visage était connu de la plupart des Surinamiens. Il passa d'un pas rapide à quelques mètres des dîneurs attablés, croisant le regard farouche d'un rasta aux longs cheveux tressés, en train de déchiqueter une cuisse de poulet trempée dans du piment avec un air de mort-de-faim. Il faut dire que les quelques rastas installés au Surinam, privés de drogue et peu portés sur le travail, menaient une vie misérable.

D'un bond, Julius Harb franchit la passerelle de bois jetée sur le fossé plein d'eau. Avec ses innombrables canaux, Paramaribo ressemblait à Bangkok, en beaucoup plus propre. Les Hollandais, ex-colonisateurs, étaient même arrivés à en chasser la malaria qui revenait au galop avec l'Indépendance, faute de mesures sanitaires.

Julius Harb traversa la petite véranda où pourrissait un vieux rocking-chair et frappa deux coups secs à la porte. Le battant s'ouvrit aussitôt et il se glissa à l'intérieur. L'air, imprégné de l'odeur aigre d'un tue-moustique, y était encore plus chaud que dehors. Sans un mot, celle qui avait ouvert se jeta contre lui et l'étreignit longuement. Il l'écarta un peu pour la regarder.

My-lai était une des rares Chinoises presque pures du Surinam, avec un ravissant minois triangulaire, un petit nez retroussé et une bouche sensuelle, qu'elle devait aux quelques gouttes de sang créole qui coulaient dans ses veines. Il écarta la frange de cheveux noirs et elle sourit :

— J'avais si peur que tu ne viennes pas...

Les mains de Julius Harb caressèrent la peau satinée des épaules nues puis descendirent, effleurant les seins ronds, pour se poser sur la taille mince.

— Tu sais bien que tu fais le *bruine bonen* (1) mieux que ma mère !

My-lai rit, un peu déhanchée, du bonheur plein les yeux. Un pagne, d'un orange presque de la même couleur que sa peau, noué très bas sur son ventre plat, à la lisière du pubis, couvrait ses reins, mettant en valeur son corps longiligne, contrastant avec la poitrine pleine et les reins cambrés.

— Tu as faim ? demanda-t-elle.

— Oui !

L'essentiel de l'ameublement se composait d'un grand divan en L, assorti d'une table basse, d'une petite bibliothèque fabriquée avec des briques et des planches et de deux grands fauteuils en osier. Une grosse lanterne chinoise en papier diffusait une douce lumière rougeâtre.

Julius Harb ôta son polo et le jeta sur un petit pouf. La crosse d'un pistolet apparut, dépassant de la ceinture. Il l'enleva et le posa sur la table basse. Un colt 45 automatique. My-lai détourna les yeux : les armes lui faisaient peur. Comme la plupart des Surinamiens, elle détestait la violence. Elle tendit à son amant un pagne noir.

— Installe-toi, je vais préparer le dîner.

Elle disparut dans la cuisine. Julius Harb laissa son regard errer sur l'intérieur bien briqué. Les parents de My-lai possédaient une petite épicerie et

(1) Sorte de cassoulet au poulet.

la jeune Chinoise travaillait comme secrétaire chez le concessionnaire Mazda. Elle louait sa maison, soixante florins par mois et avait peu de besoins. Un *meringué* s'éleva de la cuisine... s'ajoutant à ceux de la rue. Julius sourit tout seul. My-lai adorait la danse. Avant, ils allaient tous les samedis soirs au *Skorpio*, le meilleur dancing de Paramaribo. Maintenant, c'était impossible. Il regretta soudain l'époque où il n'était que sergent-chef et où My-lai venait le chercher à la sortie de la caserne Memre Boeke, sous les regards envieux de ses copains. La vie était simple alors.

***

My-lai contemplait d'un air attendri Julius Harb affalé sur les coussins du sofa. Plusieurs bouteilles de bière vides et des reliefs du repas s'entassaient sur la table basse. Elle se pencha vers lui.

— *Ah bon* (1) ? demanda-t-elle tendrement.

Le créole eut un sourire heureux, emprisonnant un sein rond et tiède dans sa paume.

— *Mibellifourou* (2) !

La petite Chinoise se frotta contre lui et sa bouche se posa sur la sienne.

— *Miloviyou* (3), murmura-t-elle.

Entre eux, ils parlaient toujours taki-taki, mélange d'anglais, de hollandais, de chinois, le tout déformé par l'accent créole.

Les lèvres de My-lai glissèrent le long du torse, effleurèrent le nombril, puis des dents aiguës défirent le nœud du pagne et sa bouche se posa timidement sur le sexe endormi. Julius Harb ferma les yeux. La Chinoise ne savait pas seulement faire

En taki-taki :
(1) C'était bon ?
(2) J'ai bien mangé !
(3) Je t'aime.

la cuisine. Avec patience, My-lai entreprit d'éveiller le désir de son amant. Roulée en boule à ses pieds comme un chat. S'arrêtant de temps à autre pour pousser de petits cris admiratifs.

— Il est énorme !

Puis elle se remettait à sa fellation, tenant la hampe à deux mains, jouant de sa langue pointue, s'arrêtant pour remonter espièglement jusqu'au nombril. A son tour, il avança une main sur le ventre de My-lai. Aussitôt, elle s'accroupit et commença à se balancer, se caressant sur lui. Le bruit de leurs respirations haletantes dominèrent le brouhaha extérieur. Finalement, My-lai s'étendit sur son amant et s'empala habilement. Alors, elle se redressa à cheval sur ses hanches, les yeux dissimulés par sa frange, et posa un doigt sur son nombril.

— Ça monte jusque-là ! s'exclama-t-elle.

Avec sa lourde charpente musclée de créole, Julius Harb semblait d'une autre race que la fragile Chinoise. Il savait ce qu'elle aimait. Posant ses grandes mains sur ses hanches, il guida sa possession, la faisant monter et descendre comme une plume. Les yeux clos, le souffle court, My-lai savourait ces retrouvailles. Puis, le plaisir vint irrésistiblement, elle poussa un soupir bref et s'écroula sur la poitrine de son amant, secouée par un violent orgasme, le mordant au cou. Julius Harb la laissa se calmer, puis la fit basculer doucement et posa son grand corps sur elle. Aussitôt, les jambes de My-lai se dressèrent, ouvertes en V, et il s'enfouit dans son ventre jusqu'à heurter son pubis. Elle poussa un petit cri.

— Arrête ! Tu vas trop loin.

— Tu n'aimes pas ?

— Si, si, *ah bon.*

Ses jambes retombèrent et elle resserra les cuisses autour de lui, l'empêchant de prendre de l'élan pour qu'il n'explose pas trop vite. C'est la position qui l'excitait le plus. Tout en le retenant de toutes ses forces, comme une noyée, elle eut ainsi plusieurs orgasmes entre lesquels elle s'arrêtait, reprenant son souffle, et immobilisant le membre fiché en elle. Julius la laissait faire, mais commençait à avoir du mal à se retenir. D'un coup, il s'arracha d'elle. My-lai protesta d'un ton de gamine grondée :

— Oh non, pas encore !

Leur rite était immuable. Déjà, docilement, elle lui offrait ses fesses rondes. Julius la reprit dans cette nouvelle position, de nouveau la fit jouir et enfin se retira lentement.

— Non, pas aujourd'hui, tu es trop gros ! protesta My-lai. Sans quand même chercher à lui échapper.

Heureusement que sa plainte hypocrite ne retint pas son amant. Il s'enfonçait déjà dans ses reins aussi facilement que dans son ventre. Il se déchaîna, ses doigts crochés dans les hanches élastiques, penché sur le dos piqueté de perles de sueur, prenant la croupe offerte à grands coups de reins. My-lai, prosternée, les bras en croix, feulait de plaisir chaque fois que son amant s'enfonçait en elle.

Sans vraiment se l'avouer, elle adorait qu'il la prenne de cette façon. De le sentir soudain exploser déclencha un ultime orgasme qui la laissa pantelante, étourdie de plaisir. Ils roulèrent sur le côté et il demeura en elle, pas encore assouvi. My-lai, les yeux fermés, fantasmait, pensant à cet énorme membre encore fiché dans son corps. De nouveau, une chaleur monta de son ventre et elle se demanda si elle n'allait pas encore s'offrir un petit orgasme.

Julius Harb, dont l'érection se prolongeait, ne regrettait pas les risques qu'il avait pris pour venir dire au revoir à sa maîtresse. Dans quelques heures, à l'aube, il irait rejoindre un puissant canot automobile caché sur le canal Saramacca. De là, il gagnerait la Surinam et remonterait le fleuve jusqu'au bac de Carolina. Des amis l'y attendaient avec une voiture pour gagner par des petites pistes le Maroni, fleuve-frontière avec la Guyane française. Des Bonis (1) le lui feraient franchir en pirogue et il serait en sécurité. Cela lui crevait le cœur d'abandonner son pays, mais il n'avait, hélas, pas le choix.

On n'entendait plus que le « vlouf vlouf » lent des pales du ventilateur. Dehors, un silence absolu régnait dans Blauwgrondstraat auparavant si animée. Il regarda le cadran lumineux de sa montre. Minuit vingt.

Le couvre-feu en vigueur commençait à minuit, après avoir débuté pendant six semaines à sept heures du soir ! Personne ne se risquait à l'enfeindre, les militaires, nerveux, tirant sur tout ce qui bougeait. Julius Harb entendit soudain le bruit d'un véhicule. Instantanément, son cœur se mit à battre plus vite. A cette heure, ce ne pouvait être qu'une patrouille. Or les militaires s'aventuraient très peu hors de leur cantonnement. Il se dressa, la bouche sèche, s'arrachant de la croupe qui l'emprisonnait. Le ronflement se rapprochait. Appuyée sur un coude, My-lai l'observait, tendue elle aussi. Dans ce silence absolu, les bruits prenaient une importance anormale. Le ronronnement du moteur faiblit, puis s'arrêta. Ce silence brutal, au lieu de calmer Julius Harb, augmenta son angoisse. Le véhicule inconnu s'était arrêté juste en face de la maison !

Désespérément, il chercha dans sa tête les imprudences qu'il avait pu commettre. Personne, pas même sa mère, ne savait où il passait cette dernière nuit. Il était certain de ne pas avoir été suivi. Sans

(1) Population noire vivant sur les rives du Maroni.

un mot, il se leva, passa rapidement son slip et son pantalon. My-lai quitta le divan à son tour, noua machinalement son pagne autour de sa taille, le regard absent. Des portières claquèrent, puis de lourds pas d'hommes, des cliquetis d'armes. Toute la rue, réveillée, devait guetter.

My-lai allongea la main vers le pistolet et sans un mot le tendit à Julius en le tenant par le canon. Son regard se déplaça montrant la porte de la cuisine donnant sur la rizière et ses lèvres articulèrent silencieusement :

— Pars !

Julius Harb prit l'arme. Il y avait une balle dans le canon. Il suffisait de repousser le cran de sûreté. S'il sautait dans la rizière et tirait pour couvrir sa fuite, ils avaient peu de chance de le retrouver. Il les connaissait : ce n'étaient pas des foudres de guerre.

Ensuite, il attendrait jusqu'à l'aube le bateau sauveur. Seulement il y avait My-lai. Ils se vengeraient sur elle, fous de rage de l'avoir raté. Soudain, la tête hirsute du rasta flasha devant ses yeux. C'était lui ! Ils travaillaient souvent comme mouchards pour les responsables de la nouvelle police politique.

Des pas firent craquer la planche jetée sur le fossé et aussitôt un coup violent ébranla la porte.

Avant même que My-lai ait le temps d'ouvrir, un coup d'épaule fit trembler le battant, puis une violente ruade fit sauter la fragile serrure. Trois hommes se ruèrent dans la maison, Uzi au poing, en tenue de combat, le béret rouge enfoncé sur l'oreille. Un quatrième balaya la pièce d'une puissante torche électrique, comme si la lueur diffuse de la lanterne chinoise ne suffisait pas.

— Julius ! Lâche ça ! cria-t-il.

Il connaissait bien Julius Harb, ayant été sergent sous ses ordres. Celui-ci n'hésita qu'une fraction de seconde, sachant que, sinon, les Uzis allaient cracher la mort. Le regard des trois soldats brillaient comme ceux de chats dans la pénombre. Ils avaient dû se doper au rhum avant de venir, après avoir attendu le couvre-feu pour agir avec discrétion. Julius Harb lança le colt automatique sur le lit et l'ex-sergent devenu lieutenant le ramassa aussitôt. Un des hommes s'avança vers la cuisine, vérifiant qu'elle était vide.

— Habille-toi et viens ! ordonna le lieutenant.

Julius Harb essaya une ultime parade.

— Tu sais qui je suis ? dit-il. C'est moi qui ai dirigé avec notre camarade Bouterse la Révolution de 80 ! Je ne suis pas un criminel.

Le lieutenant baissa la tête, gêné.

— J'ai l'ordre de t'arrêter. Moi, je n'y peux rien. Tu verras avec eux à Memre Boekoe. Allez, viens.

C'était la caserne d'où était partie la Révolution de 1980 dirigée par Desi Bouterse et Julius Harb.

Plus tard, les deux hommes s'étaient opposés, Desi Bouterse donnant à « leur » Révolution une dérive totalement marxiste. Leur divorce définitif datait du 8 décembre précédent. Cette nuit-là, les partisans de Desi Bouterse avaient arrêté et massacré tous ceux qui pouvaient leur tenir tête : syndicalistes, avocats, journalistes. L'élite du Surinam avait été décapitée. Julius Harb avait violemment protesté et, plus tard, Bouterse avait mis à prix la tête de son ancien copain... poussé par ses alliés cubains. Ceux-ci savaient que Julius Harb avait gardé beaucoup de prestige dans l'armée surinamienne et dans la population. Il restait donc le seul à représenter un danger potentiel pour les visées cubaines. D'autant qu'il n'avait pas fui en Hollande comme tous les opposants au régime. Maintenant, c'était trop tard. Sans un mot, Julius Harb remit ses chaussures et son pull-over. Les soldats piétinaient en silence sur le plancher de bois, louchant sur les formes de la jeune Chinoise. Celle-ci n'avait pas dit un mot, tapie dans un coin comme un animal, le regard dissimulé par sa frange, la poitrine nue. Julius Harb se tourna vers elle et dit doucement :

— *Miloviyou.*

Déjà les soldats se dirigeaient vers la porte. Soudain, My-lai se détendit comme un fauve, bondissant vers le lieutenant. Julius vit briller la lame d'une machette dans la main droite de la jeune Chinoise, entendit son hurlement.

— Sauve-toi !

De toutes ses forces, elle abattit la machette sur le bras du lieutenant. Celui-ci eut le temps de pivoter et la lame, au lieu de lui couper le bras, ne fit que lui entailler le poignet. D'un bloc, les soldats s'étaient retournés, Julius Harb n'eut pas le temps de bondir vers la cuisine. Déjà, le lieutenant avait arraché le colt de sa ceinture et le braquait sur lui, le visage convulsé de rage et de douleur.

— Salope ! cria-t-il.

Les soldats se ruèrent sur My-lai, les crosses des Uzi s'abattirent sur la Chinoise, faisant éclater les chairs, lui arrachant des hurlements. Elle tomba en boule dans un coin, cherchant à se protéger. Les soldats continuèrent à s'acharner sur elle à coups de pied. La main gauche du lieutenant tremblait mais la crosse du colt était à quelques centimètres du visage de Julius Harb. Celui-ci crut que l'autre allait tirer, tant il avait le regard fou. Enfin, il aboya un ordre et ils s'arrêtèrent. Le sang dégoulinait le long de son bras et tombait goutte à goutte sur le plancher d'acajou.

Un des soldats enfonça son Uzi dans le ventre de Julius Harb et le lieutenant remit le pistolet dans sa ceinture. Il releva sa manche avec une grimace de douleur, découvrant une profonde estafilade.

— Pardonne-lui, dit Harb. Elle est très jeune, elle a voulu m'aider.

Le lieutenant ne répondit pas. Un de ses hommes s'approcha avec son pansement individuel et l'appliqua sur le poignet blessé. Le lieutenant se laissa tomber dans un des grands fauteuils d'osier, fixant avec haine la jeune Chinoise, recroquevillée sur le plancher, sanglotant de douleur. Un des soldats disparut dans la cuisine et revint avec une bouteille de rhum Black Cat. Le lieutenant en but au goulot une longue rasade. L'ambiance s'était soudain alourdie. La bouteille passait de main en main. Julius Harb n'avait plus qu'une hâte : quitter cette maison. Protéger My-lai, si c'était encore possible. Le lieutenant jeta un ordre à voix basse.

Deux des soldats relevèrent la Chinoise, la tenant sous les aisselles et la traînèrent dans la cuisine. L'un d'eux, avec la crosse de son Uzi, balaya tout ce qui se trouvait sur la table, puis, brutalement, ils poussèrent My-lai dessus, lui écrasant la poitrine contre le bois, la courbant en deux. Ils lui arrachèrent son pagne. Tandis que l'un maintenait la jeune femme par les poignets, l'autre s'approcha par-derrière, passa son Uzi en bandoulière, se frotta un peu contre les fesses nues, avec une mimique ravie, et, dégrafant son pantalon, la viola. Lorsque Julius Harb qui voyait toute la scène par la porte ouverte, aperçut le sexe s'enfoncer dans le ventre de la jeune femme, il poussa un rugissement et, aussitôt, le canon de l'Uzi lui meurtrit le sternum.

— Ne bouge pas ou il te tue, avertit le lieutenant.

My-lai criait à peine. Le soldat lui donnait de grands coups de reins, encouragé par ses deux copains. Puis ils permutèrent. Installé dans un fauteuil, le lieutenant contemplait son poignet blessé, en buvant du rhum au goulot, presque détendu en apparence. On n'entendait plus que les halètements excités des soldats se relayant pour violer la jeune Chinoise et les cris brefs de celle-ci lorsqu'un de ses bourreaux s'égarait volontairement dans ses reins.

— Dis-leur d'arrêter, plaida Julius Harb.

Le lieutenant ne répondit pas directement, levant sur lui un regard torve, injecté d'alcool.

— Elle a voulu me tuer, dit-il. Pour protéger un traître à la Révolution comme toi !

— Fais attention, avertit Harb, je parlerai.

Il savait que l'autre avait l'ordre de le ramener vivant. Sinon, il l'aurait déjà abattu. Il ne prendrait pas sur lui de se venger. La tuerie du 8 décembre avait déjà fait assez mauvais effet à l'étranger et au Surinam. Quinze morts en une nuit, c'était beaucoup pour un pays de trois cent mille habitants.

Un hurlement de My-lai les fit sursauter. La jeune femme venait de se retourner, griffant un de ses violeurs acharné à la déchirer. Les yeux fous hors de la tête, le visage barbouillé de larmes, tuméfié par les coups, les traits gonflés, elle était presque laide. Un coup de crosse la rabattit sur la table, lui ouvrant la joue. Aussitôt, elle se mit à hurler, comme une sirène. Ses cris devaient s'entendre jusqu'au fleuve ! Décontenancés, les soldats tournèrent la tête vers leur chef.

— Tais-toi ! cria celui-ci.

Le scandale, c'était ce qu'il craignait le plus. Demain, tout Paramaribo allait bruisser de rumeurs horrifiantes. La version officielle de l'arrestation de Julius Harb en train d'attaquer la caserne Memre Boekoe ne tiendrait plus et le lieutenant allait se faire engueuler.

Il se leva brusquement, renversant la bouteille de rhum, fit un pas vers la table. My-lai continuait à hurler. Le lieutenant arracha l'Uzi d'un des soldats et, brutalement, enfonça le canon de la mitraillette entre les fesses cambrées, déclenchant des hurlements encore plus violents. Julius Harb crut d'abord qu'il s'agissait d'une nouvelle humiliation, mais le lieutenant tourna vers lui son regard d'ivrogne luisant de haine.

— Elle a besoin d'un petit lavement à l'Uzi, fit-il.

Julius Harb n'eut pas le temps d'intervenir. La rafale claqua, assourdissante, les projectiles s'enfonçant directement dans les intestins de la Chinoise. Celle-ci poussa un cri atroce, roula sur elle-même : du sang jaillit presque aussitôt de sa bouche et elle tomba à terre. Les projectiles s'étaient logés dans ses intestins et ses poumons. Elle eut quelques spasmes, le sang s'écoula un peu plus fort de sa bouche. Julius Harb se précipita, lui releva la tête, mais elle ne le reconnut même pas, le regard déjà vitreux. Aucune des balles n'était ressortie et, de ce fait, elle ne semblait pas blessée. Une main tira brusquement Julius Harb en arrière. Ivre de douleur et de rage impuissante, il se débattit furieusement. Ils durent se mettre à trois pour lui faire franchir la passerelle de bois. Il se retourna, aperçut une dernière fois le corps inerte, puis un des soldats referma la porte à la volée.

Alors, fou furieux, il se mit à hurler de toute la force de ses poumons :

— Assassins ! Assassins ! Vous avez tué My-lai !

Pas une lumière ne filtrait des maisons de bois bordant Blauwgrondstraat, mais il était certain que tous les habitants de la rue, réveillés par les coups de feu, tapis derrière leurs volets devaient guetter l'extérieur, fous de terreur.

Les trois soldats lui tombèrent dessus en même temps, dans un déluge de coups. Il cria encore quelques secondes, puis un coup de chargeur assené en pleine tempe l'assomma net. Ils le traînèrent jusqu'à la jeep arrêtée au milieu de la chaussée, un soldat au volant. Il était encore évanoui quand le véhicule démarra d'un coup. C'est un virage brutal qui lui fit reprendre conscience. Une pensée lancinante l'assaillit aussitôt : s'il n'avait pas voulu faire une dernière fois l'amour avec My-lai, elle serait encore vivante. Encore étourdi, il se redressa, cria, la bouche pleine de sang, au lieutenant :

— Assassin, salaud ! Le colonel Bouterse saura ce que tu as fait.

Pensant au corps délicat massacré par les projectiles de l'Uzi, il lui cracha en plein visage, moitié salive, moitié sang. Nouveau coup de crosse. Il retomba pensant qu'au moins toute la ville connaîtrait leur crime.

Quant à son ex-copain Bouterse, il ne se faisait aucune illusion. Il se moquait de la Chinoise comme de sa première Uzi. Au contraire, une dose supplémentaire de terreur rendrait les Surinamiens plus malléables.

Julius Harb devina que la jeep roulait maintenant sur Anton Dragtenweg, la route longeant le fleuve. Il réalisa brusquement ce que sa capture signifiait pour son pays. Il se demanda où ils allaient. Si c'était Fort Zeelandia, l'ancien Musée de Paramaribo transformé en Quartier Général de la Révolution, cela signifiait l'exécution immédiate. Si, au contraire, on l'emmenait à la caserne Memre Boekoe, il avait un sursis. Son ancien condisciple n'avait sans doute pas encore trouvé un moyen décent de se débarrasser de lui. Il guetta l'allure de la jeep, tous ses sens en éveil. Fort Zeelandia se trouvait à l'entrée de Paramaribo, au bord du fleuve et la caserne en pleine ville, beaucoup plus loin. Il se redressa doucement, aperçut, sur sa gauche, l'hôtel *Torarica.*

Encore deux cents mètres.

La jeep ne ralentit pas. Il vit au passage le casque jaune d'un policier militaire, puis le véhicule s'engagea dans Waterkant, en direction de la caserne Memre Boekoe.

Julius Harb ne mourrait pas cette nuit-là.

CHAPITRE II

Malko balaya du regard le hall de l'hôtel *Krasnapolski* assombri par les vieilles boiseries et les éclairages tamisés. De splendides tableaux tapissaient les murs. L'ameublement évoquait plus un château bien entretenu que le meilleur hôtel d'Amsterdam. Il se dit avec un petit serrement de cœur que son château de Liezen n'atteindrait jamais ce standing.

Le 737 d'Air France venait de le déposer à Schiphol. A Paris, il avait eu le temps de déjeuner chez *Maxim's* au Dom Perignon avec une ancienne flamme, ce qui l'avait mis d'excellente humeur. Il aperçut dans la pénombre un bras qui s'agitait, puis un homme jeune se leva vivement et vint lui serrer chaleureusement la main.

— Vous avez fait bon voyage ? Pas trop fatigué ?

Frederick LeRoy ne paraissait pas ses trente-cinq ans. C'était un des meilleurs chefs de station de la Central Intelligence Agency, sans arrêt sur la brèche, un éternel sourire aux lèvres, distillant la bonne parole avec un léger accent bostonien. Un peu voûté, son œil frisait et rien ne semblait lui échapper. Malko l'avait déjà rencontré à plusieurs reprises à Washington, avant son affectation en Europe. C'était un des poulains de David Wise, l'ancien patron de la Division « Cape et Epée » de la CIA et, à ce titre, il jouissait de toute la sympathie de Malko.

— Venez, dit-il, je vais vous présenter.

Ils gagnèrent une table, dans l'angle du grand salon où se trouvaient deux hommes. Un géant blond aux yeux d'un bleu de porcelaine se leva pour accueillir Malko.

— Le colonel de Vries. Le capitaine Rusland, annonça le jeune Américain. Prince Malko Linge.

— J'ai beaucoup entendu parler de vous, dit l'officier supérieur. Je suis très heureux que vous ayez accepté cette rencontre.

Il parlait anglais lentement, avec un accent prononcé, les yeux plongés dans ceux de son interlocuteur. Le capitaine, au teint étrangement pâle, lui serra la main sans rien dire, intimidé. Malko savait que le colonel était le chef du Service Action hollandais, en poste depuis trois ans. En dépit de leur petit pays, les Hollandais étaient des gens plus que sérieux et Malko le savait.

Le chef de station de la CIA à Vienne s'était montré très évasif sur son voyage à Amsterdam. Il s'agissait seulement d'une « consultation ». Malko commanda une vodka à un garçon rouge comme un gouda et les quatre hommes demeurèrent seuls dans le coin du salon désert. Frederick LeRoy se frotta les mains d'un air ravi et demanda à Malko d'un ton enjoué :

— Avez-vous entendu parler du Surinam ?

— C'est l'ancienne Guyane hollandaise, en train de basculer dans l'orbite cubaine à la suite d'un coup d'Etat, dit Malko. J'ai lu ça dans les journaux.

— Tout à fait exact, approuva le colonel de Vries. Il y a eu un premier coup d'Etat en 1980 fomenté par seize sergents de l'armée. Puis une succession de secousses qui ont mené au pouvoir l'un d'eux, Desi Bouterse. Celui-ci est en train de s'aligner complètement sur les positions cubaines, après avoir écrasé dans le sang toute opposition.

— Vous n'avez rien pu faire ? demanda Malko.

Le Hollandais leva les yeux au ciel.

— A l'ouest, il y a le Guyana, ils sont encore plus à gauche, à l'est la Guyane française. Les Français ne veulent se mêler de rien. Le Brésil et le Venezuela sont trop loin. Alors, les Surinamiens fuient leur pays. Le tiers est déjà ici.

— Ça fait combien ?

— Cent vingt mille personnes environ.

Frederick LeRoy pencha la tête de côté.

— Le colonel de Vries oublie de vous dire que tout espoir n'est pas perdu. Il y a encore un opposant de taille au Surinam : le sergent Julius Harb ; co-organisateur du premier coup d'Etat.

Sans un mot, le jeune capitaine ouvrit un attaché-case et poussa une photo vers Malko. Un créole en tenue de combat, un béret de para sur le crâne. Quelques cheveux crépus dépassaient du béret, la main posée martialement sur une Uzi. Il avait des traits réguliers et une curieuse moustache surmontant seulement les commissures des lèvres. Plutôt une tête de bon élève que de putschiste. Malko ne voyait pas où voulaient en venir ses interlocuteurs.

— Tous les espoirs sont donc permis, dit-il.

Le colonel de Vries secoua la tête, posant un index rose sur la photo.

— Non, dit-il. Cet homme est emprisonné et condamné à mort.

— Où ? demanda Malko, intrigué.

Le Surinam se trouvait à dix mille bons kilomètres de la Hollande.

C'est Frederick LeRoy qui répondit :

— Au secret dans une caserne de Paramaribo, la capitale du Surinam. Toutes les interventions pour le faire libérer ont échoué. Le clan cubain veut sa peau, parce qu'il est le seul à présenter une menace pour eux, à cause de sa popularité dans l'armée. Nos amis hollandais l'ont pressé de quitter le pays, mais il ne les a pas écoutés. Il pensait pouvoir faire évoluer le système de l'intérieur. Il a été arrêté il y a huit jours.

— Nous avons obtenu des informations selon lesquelles il doit être exécuté dans dix jours, continua le colonel. Par une source sûre.

Malko but une gorgée de vodka et fixa les yeux bleu porcelaine.

— Qu'attendez-vous exactement de moi, Colonel ?

L'officier supérieur hollandais échangea un bref regard avec Frederick LeRoy et laissa tomber placidement :

— Monsieur Linge, nous apprécierions beaucoup votre aide pour faire évader Julius Harb.

Un groupe vint s'installer à la table voisine, de vieux touristes cossus, qui se plongèrent aussitôt dans une conversation animée.

— En quoi puis-je vous aider ? demanda-t-il. Je suppose que vous devez être encore bien implantés au Surinam. Vous êtes mieux placés que quiconque pour monter une opération, si c'est réalisable. Je n'ai jamais mis les pieds au Surinam et je n'y connais personne.

Le colonel de Vries jeta un regard inquiet à Frederick LeRoy. Aussitôt l'Américain vola à son secours avec son sourire charmeur et sa voix douce.

— Je comprends votre surprise, dit-il. A vrai dire, c'était seulement pour bavarder avec vous de ce problème, sans engagement de votre part, que le colonel voulait vous voir.

» Le problème de Julius Harb est extrêmement important pour nos amis hollandais. Ils ont « démonté » presque tout ce qu'ils avaient à Paramaribo à cause des événements et...

Il s'arrêta. Malko le regardait ironiquement.

— Frederick, fit-il, qu'est-ce que vous voulez vraiment ? *Don't bullshit me, please.*

Le colonel hollandais avait pris l'air très malheureux et le jeune capitaine, plus blanc que jamais, semblait ailleurs. Frederick LeRoy eut un petit rire satisfait et fixa Malko de ses grands yeux faussement innocents.

— Voilà, dit-il, il faut absolument sauver ce type. Nos homologues ne peuvent pas monter une opération de commando pour des raisons politiques et stratégiques. Nous ne sommes pas mieux placés qu'eux. Notre station de Paramaribo ne comporte aucune antenne « action » et se trouve sous la surveillance des Cubains. De plus, jamais Langley ne nous donnera le feu vert pour tenter quoi que ce soit. Il y a déjà assez de tirage avec le Salvador.

— Alors, qu'est-ce qu'il reste ? demanda Malko. L'Armée du Salut ?

Les yeux bleus du colonel ne cillèrent pas. Frederick LeRoy sourit.

— Nous cherchons un fou, dit-il. Quelqu'un qui veuille bien aller voir sur place si on ne peut pas tenter quelque chose avec des éléments locaux pour arracher Julius Harb à sa prison.

— Abonnez-vous à *Soldier of Fortune* (1), conseilla Malko. Il y a plein de mercenaires qui cherchent du travail.

— Ils ne sont pas sérieux, corrigea doucement le jeune Américain. Il faut un fou, mais aussi un vrai professionnel dans cette histoire pour avoir une chance sur mille de réussir. Monter une opération de commando avec des moyens matériels réduits, une logistique incertaine et une exfiltration très délicate, le tout dans un pays hostile avec des voies de communications très limitées, demande une grande expérience.

(1) Revue de mercenaires.

Un ange passa, battant de ses ailes noires. Il devait encore y avoir de la place dans les cimetières de Paramaribo. Le colonel de Vries en profita pour ajouter avec une certaine lourdeur :

— Je dois aussi vous préciser, Mr Linge, que je ne possède pas de budget pour cette opération.

— Enfin, le colonel veut dire qu'il peut seulement couvrir les frais de mission, corrigea Frederick LeRoy avec son sourire indestructible.

Dans cinq minutes, ils allaient le taper ! Malko hésitait entre le rire et l'agacement. La désinvolture apparente du jeune Américain contrastait avec la lourdeur angoissée du Hollandais. Le silence se prolongea. Frederick LeRoy sentit venir le dérapage et se hâta de le rattraper avec son habileté coutumière :

— C'est un service que je vous demande... personnellement. Je n'engage pas la Company. Nous ne pouvons rien vous offrir. Nous nous sommes creusés la tête sur cette histoire depuis une semaine et nous sommes arrivés à la conclusion que sans un homme comme vous, c'était fichu. Julius Harb passera à la casserole. Je ne vais pas vous donner des coups de pieds. Il nous faut un chef de mission exemplaire, n'appartenant pas officiellement à un grand Service, habitué aux coups tordus et capable d'un acte gratuit dans tous les sens du terme.

Le colonel de Vries avait la tête penchée de côté comme s'il avait du mal à comprendre. Malko bouillait intérieurement. Ce petit salaud de Frederick LeRoy avec son air doux l'avait bel et bien piégé ! Bien sûr, il pouvait se lever et leur serrer la main en leur souhaitant bonne chance. Personne ne lui en voudrait et peu de gens le sauraient. Seulement, il y aurait quelques secondes difficiles pendant lesquelles il faudrait affronter le regard des deux hommes. Dur... Ensuite, il le sentirait posé dans son dos, tandis qu'il s'éloignerait. Même si on ne lui en reparlait jamais, toutes ces choses non dites changeraient quelque chose en lui. Il sentit soudain que le poids de quelques siècles d'atavisme était lourd à porter, mais qu'on n'y échappait pas. Le silence à la table se prolongeait, contrastant avec le ronron animé des voisins. Frederick LeRoy avait bien monté son coup. Une mission difficile, même très bien payée, cela peut se refuser. On donne un prix à sa vie.

Un service, cela ne se refuse pas.

Malko releva la tête, tombant sur le regard bleu impassible du colonel de Vries. Volontairement, il se tourna vers le jeune Américain :

— J'accepte, dit-il, à une condition. Que vous disiez à tout le monde que vous m'avez payé très cher. Surtout à Alexandra.

Frederick LeRoy eut un rire joyeux. Spontanément, le colonel de Vries lui tendit la main et serra la sienne à lui faire fondre les phalanges.

— *Thank you, thank you very much.*

Remerciements un peu prématurés.

— Allons dîner, fit Frederick LeRoy, toujours pragmatique.

***

La salle à manger presque vide du *Krasnapolski* faisait penser à Vienne avec ses abat-jour roses et ses lambris. Le dîner s'achevait sans qu'on ait abordé de sujets sérieux. Ils en étaient au café. Un vieux couple roucoulait à une table voisine. Sur un signe du colonel de Vries, le capitaine prit un dossier dans sa serviette. Malko n'en pouvait plus : caviar, chaud-froid de volaille, salade au foie gras, fromages, vacherin. Ils l'avaient gavé comme une oie ! Pour se rafraîchir les idées, il but un grand verre de Perrier.

Le colonel de Vries ouvrit le dossier avec un sourire qu'il voulait rassurant.

— Nous avons quand même un peu travaillé, annonça-t-il. En gros, voici la situation. Julius Harb est incarcéré à la caserne Memre Boeke. Il doit être transféré à Fort Zeelandia, pour son exécution, dans dix jours. Il faut intercepter le convoi pendant le transfert.

— Pourquoi attendre le dernier moment ? demanda Malko.

— Parce qu'il faudrait beaucoup plus que les moyens que vous pourrez réunir pour attaquer Memre Boeke.

— Etes-vous sûr de la date, au moins ?

— Oui. Une « source » nous préviendra s'il y avait un changement. C'est peu probable. Il doit être jugé par un tribunal révolutionnaire qui se réunit le 20 mars. L'exécution suivra dans la nuit, comme toujours.

— Pourquoi pas à la caserne ?

— Harb y compte encore trop de copains.

Eberlué, Malko regarda le mince dossier d'objectif.

— Je ne peux pas agir tout seul, remarqua-t-il. Il faut plusieurs hommes, des armes, toute une logistique.

Le colonel de Vries approuva de la tête.

— Evidemment. Je pense avoir résolu cela, grâce à un soutien local.

Automate bien rodé, le capitaine fit apparaître une photo qu'il glissa vers Malko. Un colosse blond avec une moustache à la Gengis Khân, la chemise ouverte sur un poitrail d'orang-outang, les yeux enfoncés, les avant-bras tatoués.

— Herbert Van Mook ! annonça le colonel. Il a une petite affaire d'exportation d'animaux exotiques, près de Paramaribo. Installé au Surinam depuis cinq ans. Avant, il a fait quatre ans de prison chez nous pour hold-up. Ensuite, il s'est reconverti dans la drogue, puis a émigré en Colombie où il a exploité plusieurs maisons de passe. De là, il est venu au Surinam faire la même chose après avoir essayé vainement de monter un trafic de drogue. Nous pensons qu'il a abattu deux trafiquants à Medellin, à cette époque.

Malko avait beau savoir que les Services avaient parfois des contacts diversifiés, Herbert Van Mook dépassait la mesure.

— Pourquoi avoir choisi cet intéressant personnage ? demanda-t-il.

— Parce qu'il peut trouver les hommes et les armes nécessaires à l'opération. Ensuite, il a déjà « collaboré » avec nous une fois, sur le plan logistique, lorsque nous étudions un petit *Kriegsspiel* (1). Il avait été efficace. D'autre part, il nous est amené par le meilleur HC (2) que nous ayons sur place et qui nous a affirmé qu'il était le seul possible pour un coup pareil. C'est d'ailleurs par l'intermédiaire de ce HC que vous le contacterez.

— Qui est-ce ?

— Voici, annonça le colonel de Vries.

Avec l'habileté d'un prestidigitateur, le capitaine fit apparaître une nouvelle photo. Surprise !

Une grande créole appuyée à un plongeoir, avec un maillot une pièce assez échancré pour mettre en valeur une poitrine épanouie, de longues jambes et un sourire éclatant.

— Cristina Ganders est une métisse, elle a eu des aventures avec tout ce qui compte à Paramaribo. Depuis deux ans, elle est secrétaire à la Présidence, ce qui lui donne accès à beaucoup d'informations. Elle déteste le régime actuel et collabore avec nous depuis longtemps. Actuellement son amant en titre

(1) Simulacre de guerre.
(2) Honorable correspondant.

est un gros exportateur de riz d'origine indonésienne. Elle connaît tout le monde à Paramaribo, dans toutes les communautés. Ses contacts avec les militaires nous ont permis d'apprendre la date du procès de Julius Harb.

D'après la personnalité de Cristina, le terme « contacts » semblait particulièrement approprié...

Malko regarda longuement la photo. Il y avait de la malice dans les yeux et de la sensualité dans la bouche. Un bel animal. La photo redisparut dans l'attaché-case du jeune capitaine.

— Cette Cristina n'aura pas peur de se mêler à une histoire aussi dangereuse ?

— Elle est d'accord, affirma le colonel de Vries. Tout ce qu'elle souhaite, c'est venir vivre ici, en Hollande. Nous l'aiderons à trouver un travail intéressant.

— Excellent, approuva Malko, mais un peu juste...

Frederick LeRoy, tirant sur un énorme cigare, remonta aussitôt à l'assaut.

— Le colonel est certain que Herbert Van Mook sera en mesure de réunir un petit commando, affirma-t-il, et de quoi l'équiper. De plus, vous aurez un allié supplémentaire...

— Absolument, confirma le Hollandais. Ce n'est pas un HC mais il a toute ma confiance. Harvey Granoost, le directeur de l'hôtel *Krasnapolski* là-bas à Paramaribo, c'est la même chaîne. Il peut vous aider sur le plan logistique. C'est un ami personnel et vous pouvez vous recommander de moi. Il connaît aussi beaucoup de gens, mais sur un plan différent de Cristina Ganders, bien entendu.

— Bien entendu..., fit Malko.

A côté d'eux, le vieux couple d'amoureux se leva. Ils étaient les derniers dans la grande salle à manger. Sur un signe discret du colonel de Vries, le jeune capitaine posa une carte plastifiée sur la table. Malko se pencha. C'était le Surinam, la Guyane française et le nord du Brésil, jusqu'à Belem.

— Le plan que j'ai imaginé est assez simple, expliqua le colonel. Il y a toujours eu beaucoup de chasseurs et de prospecteurs de minerais au Surinam, aussi ce pays compte-t-il de nombreuses pistes d'atterrissage, maintenant peu utilisées. Nous en avons sélectionné une ici, à Pokigron.

Malko examina la carte. Pokigron se trouvait à l'extrémité sud-ouest d'un grand lac intérieur — la Van Blommestein Meer — à cent cinquante kilomètres au sud de Paramaribo.

— Supposons, dit le colonel de Vries, que l'opération ait réussi. En quelques heures, vous pouvez gagner Pokigron. Un homme comme Van Mook est très capable d'organiser ce repli. Ensuite, votre exfiltration en compagnie de Julius Harb se fera par air, à partir de Pokigron.

— Avec quel avion ?

— Un EMB 121 Xingu, du « Grupo de Transporte Especial » brésilien. Un petit bimoteur capable de se poser et de décoller d'une piste très courte et en mauvais état. Il lui faut au maximum cinq cents mètres pour atterrir et sept cents pour décoller. Juste ce qu'il nous faut. Je dois vous dire que les Brésiliens sont d'accord pour collaborer à cette petite aventure...

Malko s'en serait douté.

— D'où viendra ce Xingu ?

— De Macapá, une petite ville sur les bords de l'Amazone. Dans un premier temps, il se posera sur un terrain tout près de la frontière du Surinam, dans la Serra Tumucumaque, à cinquante milles à l'ouest de Talima. Une région totalement déserte. Ensuite, il aura moins d'une heure de vol environ jusqu'à Pokigron. De cette façon, à aucun moment, il ne survolera la Guyane française. Entre la frontière et Pokigron, il n'y a rien, c'est la forêt.

» La distance totale de Macapá à Pokigron est d'environ trois cents milles et le Xingu a un rayon d'action de mille six cents milles, avec une réserve de quarante-cinq minutes. C'est largement suffisant.

— Il sera piloté par des Brésiliens ? s'enquit Malko.

— *Un* Brésilien, corrigea le colonel, mais le second pilote sera quelqu'un de chez nous.

Malko regarda pensivement la carte. Sur le papier, tout paraissait toujours facile. Ensuite, c'était différent. Dans un plan comme celui du colonel de Vries, il y avait à peu près un million d'impondérables...

— Et les liaisons ? demanda-t-il.

— Tout passe par notre station de Paramaribo qui relaiera celle de Brasilia, en code bien entendu. Ensuite, c'est de la cuisine intérieure brésilienne. N'ayez crainte, l'avion sera là pour venir vous récupérer.

Une évidence frappa brusquement Malko comme un coup de poing : le colonel de Vries était en train de le mener en bateau.

— Dites-moi, fit-il, vous avez tout ce qu'il faut. Pourquoi avez-vous besoin de moi ?

Le colonel de Vries demeura quelques instants silencieux, puis une lueur joyeuse passa dans ses yeux bleus.

— Ah ! fit-il, je ne vous ai pas encore tout dit. Il y a une raison impérieuse à votre présence dans cette opération. Je dirais même que sans vous, elle ne pourrait avoir lieu.

Un maître d'hôtel s'approchait de leur table, poussant avec la componction d'un croque-mort un chariot surchargé de bouteilles. Il s'arrêta près de la table et Frederick LeRoy sauta sur cette occasion de détendre l'atmosphère. Penché vers Malko, il proposa avec un sourire gourmand et complice :

— Liqueur ?

Malko se demanda si son sourire s'effaçait jamais. Le jeune Américain avait déjà pointé l'index sur une bouteille.

— Un Gaston de Lagrange ? demanda-t-il.

Le colonel de Vries l'imita et bien entendu, le jeune capitaine. Pour ne pas être en reste, Malko, qui buvait rarement du cognac, prit aussi une larme de Gaston de Lagrange. Tandis que le maître d'hôtel s'éloignait, mission accomplie, les quatre hommes demeurèrent silencieux, réchauffant leurs verres. Malko se demandait ce que pouvait être le secret du colonel de Vries. L'alcool coula agréablement sur sa langue. Les Hollandais savaient vivre. Frederick LeRoy posa sur lui son regard cajoleur et vif.

— A propos, dit-il, il y a demain un vol des Suriname Airways à destination de Paramaribo. Si nous pouvions avoir tout mis sur pied d'ici-là, ce serait bien. Il n'y a qu'un vol par semaine...

Malko esquissa un sourire ironique.

— Je suppose que vous m'avez déjà pris une réservation ?

Frederick LeRoy eut un petit rire agaçant.

— Pas la peine. Dans ce sens-là, l'avion est à peu près vide.

CHAPITRE III

Un iguane de quarante centimètres d'un vert si vif qu'il en paraissait phosphorescent, sortit d'une touffe de bambous près de la piscine et fit quelques pas prudents devant les chaises longues inoccupées. L'hôtel *Torarica* étant à peu près vide, personne ne profitait de la superbe piscine; aussi l'iguane trottina-t-il tranquillement jusqu'à l'entrée des cuisines, passant devant Malko, et plongea ses petites pattes griffues dans une poubelle.

Celui-ci écoutait d'une oreille distraite un serveur métissé d'une demi-douzaine de races lui expliquer dans un sabir à peu près incompréhensible les délices du breakfast à la hollandaise, à base de patates douces et de ragoût de haricots rouges. Vexé que son client se contente de café et de toasts. Quelques gouttes de pluie suintaient du ciel plombé et la température avoisinait 35 degrés, avec bien entendu 100 % d'humidité. C'était la petite saison sèche, un répit dans ce merveilleux climat. Malko regarda l'iguane repasser, le ventre plein, la queue verticale et se leva. Il était plus que temps de se mettre à travailler. Si les Hollandais avaient de bonnes informations, il restait exactement huit jours avant l'exécution de Julius Harb.

Finalement, l'unique DC 8 des Suriname Airways n'était jamais parti d'Amsterdam. Il manquait une petite pièce prétendument essentielle à l'un des réacteurs et le temps que les Surinamiens la trouvent d'occasion, il aurait plus vite fait de prendre le bateau... Les computers de la Company s'étaient aussitôt mis à ronronner et le souriant Frederick LeRoy lui avait trouvé une merveille, le jour même : un Miami-Georgetown-Paramaribo sur les Guyana Airways, autre fleuron de l'aviation commerciale tropicale. Seul hic : il était trop tard pour l'attraper sauf en prenant le Concorde Paris-New York. Les Services hollandais avaient donc cassé leur tirelire et Malko avait repris le premier Air France pour Paris. Du coup, en avance il avait loué chez Budget une Mercedes pour aller faire son shopping rue du Faubourg-Saint-Honoré et ensuite, il s'était détendu pendant trois heures et demie au-dessus de l'Atlantique, arrivant frais comme un gardon à Kennedy Airport pour replonger sur Miami. Son vol des Guyana Airways n'avait que quatre heures de retard, ce qui était somme toute raisonnable. Il avait occupé des « First » symboliques avec un jeune Noir très bien habillé auquel tout l'équipage manifestait une grande déférence. Ils se partagèrent l'unique Pepsi Cola et les sandwiches sous plastique des premières. L'arrivée en pleine nuit à Zanderij, l'aéroport de Paramaribo avait été particulièrement sinistre. Des projecteurs blafards éclairaient une banderole annonçant : « Welcome to Revolutionary Surinam ». Probablement à l'intention d'un jet libyen parqué sous la garde de deux soldats. Pas de problèmes à l'immigration. N'ayant aucun service consulaire en Europe, le Surinam n'exigeait pas de visa. Malko ayant déclaré venir acheter du riz, il était passé comme une lettre à la poste. Des soldats, Uzi au poing, rôdaient dans la petite aérogare, scrutant les arrivants d'un air agressif. La chaleur, bien qu'il soit cinq heures du matin, l'avait frappé comme une gifle.

Tandis que le taxi fonçait sur la route rectiligne et déserte taillée en pleine jungle, il avait baissé la glace pour laisser le vent tiède lui fouetter le visage. Pas une lumière. Le couvre-feu vidait tout de minuit à quatre heures. Son chauffeur restait muet. Ils avaient mis plus d'une heure pour parcourir les quarante-sept kilomètres séparant Zanderij de Paramaribo, sans voir âme qui vive. Après deux heures de sommeil, Malko s'était relevé pour aller louer une voiture chez le correspondant de Budget. L'Hindou souriant qui lui avait remis les clefs d'une Colt Mitsubishi toute neuve l'avait averti en mauvais anglais :

— Faites attention. Le soir, après onze heures, ils tirent facilement. On se retrouve plein de trous. Roulez doucement et n'allez pas près de la caserne Memre Boekoe.

Encourageant.

— Comment ça va ici ?

Le loueur de voitures avait secoué la tête.

— Mal, très mal. Ce sont des sauvages, ils tuent tout le monde. On ne sait pas comment ça va finir. Pourtant, nous étions bien tranquilles.

Pas la moindre idée de révolte. Il faut dire que le Surinam n'était pas vraiment une nation, mais un conglomérat de Chinois, de créoles, d'Hindous et d'Indonésiens, saupoudrés de Hollandais, ce qui donnait aux habitants toutes les couleurs de l'arc-en-ciel. Des commerçants et de paisibles fermiers peu portés à la lutte politique. La Hollande avait abandonné à l'Indépendance son petit territoire sans rechigner, mais sans illusions. L'avenir devant dépasser les prévisions les plus pessimistes...

Malko sortit sous l'auvent du *Torarica,* et se mit au volant de sa Colt.

Après l'hôtel, la route suivait la berge du fleuve,

large de plus d'un kilomètre. Malko eut beau faire attention, il se retrouva très loin, ayant dépassé David Simonsstraat, avenue longeant un canal très visible sur son plan, mais invisible dans la réalité. Ce n'est qu'après une demi-heure de recherches qu'il eut la clef du mystère : sur sa carte, la voie d'eau venait jusqu'au fleuve, mais, en fait, elle était dissimulée par un remblai... Enfin, il déboucha dans Axwijkstraat, allée sinueuse bordée d'élégantes villas. Il s'arrêta devant le 50, poussa la grille du jardin et monta un escalier extérieur menant à une terrasse. Il n'y avait qu'une personne, dans un grand fauteuil d'osier. En face d'une table basse ornée d'un grand bouquet de fayalobi, la fleur symbole du Surinam.

Même s'il n'avait pas vu une photo de Cristina Ganders, il aurait su qu'il s'agissait d'elle. Les seins jaillissaient trop du décolleté carré, le nez était trop impertinent, la bouche trop grande. Elle l'accueillit d'un sourire à effacer les sept péchés capitaux, un verre de scotch à la main.

— *Mijnheer ?*

Dans sa bouche, même le néerlandais sonnait harmonieusement.

— Je suis un ami de Bernardt, d'Amsterdam, dit Malko.

Un éclair passa dans les yeux marron de la belle créole et elle se leva, révélant un corps un peu lourd serré dans la robe de toile verte. De hauts talons la grandissaient encore. Elle ne portait pas de soutien-gorge et les pointes de ses seins se dessinaient sous la toile comme de gros crayons. Son regard détailla Malko avec une lueur gourmande.

— Asseyez-vous, dit-elle, je vous attendais. Bienvenue au Surinam.

D'autorité, elle lui servit un J and B.

— Je suppose que vous voulez contacter Herbert ?

Au moins, elle allait droit au but.

— Exact, dit Malko. Y a-t-il du nouveau sur Julius Harb ?

— Rien, dit-elle, il est toujours au secret à Memre Boekoe. Ils doivent l'exécuter dans huit jours... Pour Herbert, vous allez dans Neumanpad, en ville. Il y a un bar, le *Popenkast*. Dites à Eric, le barman, que vous avez un message pour Herbert, de ma part. Il le contactera. C'est un gros type roux, barbu.

— Parfait, dit Malko.

Elle regarda sa montre, et dit avec un sourire :

— Je vais être obligée de vous mettre dehors, mon Jules va arriver d'une minute à l'autre. Mais nous pouvons dîner ensemble demain soir.

— Avec plaisir, dit Malko.

— Très bien. Venez me prendre vers huit heures. C'est une party. Si c'est ennuyeux, on s'en ira. Mais vous savez, ici, il faut se coucher à minuit, depuis que ces cons sont au pouvoir. A propos, comment vous appelez-vous ?

— Malko Linge.

De nouveau l'étincelant sourire flasha :

— OK, Malko, à demain. Après un court silence elle ajouta : Faites attention à Herbert. Ceux qui le connaissent l'ont surnommé le Smiling Cobra (1).

Il lui baisa la main et elle en parut ravie. De la terrasse, elle le regarda partir, son verre à la main. Tout à fait le genre de femme que tout homme normal rêvait de mettre dans son lit. Apparemment, elle en avait contenté quelques-uns déjà. Il regagna la route longeant le fleuve, direction le centre de Paramaribo.

***

(1) Le Cobra souriant.

Bizarrement, au Surinam, on conduisait à gauche, comme en Angleterre. La circulation n'était pas facilitée par des nuées de cyclistes roulant avec une sage lenteur sur de hautes machines uniformément noires.

Il déboucha sur la place où se trouvait le ravissant palais présidentiel, édifice propret de style colonial dominé par une forêt de palmiers royaux. Sur sa gauche, derrière le casque jaune d'un policier militaire, Malko devina un bâtiment massif de briques rouges construit en bordure du fleuve, Fort Zeelandia, présentement QG de la Révolution. Là où devait être exécuté l'homme qu'il allait essayer de sauver : Julius Harb.

Il continua sur Waterkant, bordé de charmantes masures de bois, longeant le fleuve qui enserrait la ville dans sa boucle comme un monstrueux anaconda marron, presque vide de bateaux. A un kilomètre, sur l'autre rive, la jungle arrivait jusqu'à l'eau, coupée de rares trouées. Pas de pont. Mais seulement un bac où on faisait la queue des heures dès le vendredi soir pour rejoindre la route de Cayenne.

Il s'arrêta en face de la poste et consulta son plan. Le centre ville était un labyrinthe de sens uniques. Paramaribo était loin d'être laid, mélange de Bangkok et de Disneyland, à cause des canaux innombrables et des petites maisons de style colonial avec leurs colonnes blanches briquées comme des vaches hollandaises. A côté de Cayenne, c'était le paradis. On comprenait que les bagnards soient venus s'y réfugier. Encore deux cents mètres, et il tourna à droite, s'enfonçant dans les rues étroites bordées de maisons de bois. Pas un policier en vue. Le calme plat. Des filles ravissantes traînaient sur tous les trottoirs, mélange de sang chinois, hindou, et créole, alanguies, sensuelles, le regard lourd, conquises d'avance. Neumanpad était une petite rue calme, presque sans circulation. Une enseigne pendait au-dessus du *Popenkast.*

Il pénétra dans un bar, prolongé par une tonnelle intérieure. Il n'y avait que des clients blancs et le barman, un énorme rouquin à la panse impressionnante, n'avait sûrement pas une goutte de sang noir. Deux filles, très blondes, étaient encadrées par des malabars, probablement hollandais. Les conversations s'arrêtèrent quand Malko entra. Visiblement, on n'aimait pas les étrangers dans cet endroit. Il s'assit à un tabouret au bar et le rouquin s'approcha aussitôt.

— *Mijnheer ?*

— Un Tom Collins.

Le barman secoua la tête, d'un air dégoûté.

— Ici, pas de cocktails... Rhum ? Scotch ? Bière ?

— Rhum, dit Malko.

Les conversations reprirent. Ses cheveux blonds et ses yeux dorés semblaient avoir rassuré les autres clients. Il examina les lieux, de grands ventilateurs brassaient un air torride et humide. Une des filles se faisait pétrir la cuisse par son voisin. Tous buvaient de la bière. Le barman renouvelait sans cesse les consommations. Malko profita d'un moment de calme pour lui faire signe.

— J'ai un message pour Herbert Van Mook.

— *Ja ?* fit l'autre. Il est pas là.

— C'est urgent, continua Malko d'une voix douce. De la part de Cristina. Il faut que je le voie.

— Je sais pas où il est.

Malko planta ses yeux dorés dans les siens.

— Je ne vous le demande pas. Je repasserai ce soir.

Il glissa de son tabouret, laissant un billet de cinq florins. Le barman fit le tour et le rattrapa sur le pas de la porte. Il dominait Malko d'une bonne tête.

— Eh, qui vous êtes ?

Malko le toisa avec un sourire amusé.

— Je ne crois pas que ce soit vraiment votre problème, dit-il.

Médusé, le rouquin le regarda remonter dans sa voiture. Malko repartit, après avoir étudié le plan de la ville. Celle-ci était finalement très étendue, ne se composant pratiquement que de maisons noyées dans une végétation luxuriante. L'influence des Hollandais se faisait encore sentir : tout était propre, les maisons entretenues, les gens bien habillés. Il chercha d'abord à regagner la place de la Présidence, passa devant une mosquée en construction, jouxtant une synagogue, puis émergea dans Gravenstraat, la plus longue rue de Paramaribo, bordée de différents ministères, en sens unique vers le fleuve.

Toujours aucun policier en vue. Mais sur tous les murs étaient collées des affiches représentant deux poings serrés émergeant d'un Surinam grossièrement dessiné. Le texte exhortait la population à repousser les mercenaires qui s'apprêtaient à envahir le pays afin de détruire la Révolution !

Une brusque averse se déclencha et s'arrêta presque aussitôt.

Malko passa devant la vieille cathédrale et le ministère de la Police pour déboucher en face du palais présidentiel gardé par deux soldats casqués armés de USM 1. Il gara sa voiture en face d'une maison effondrée et traversa à pied l'esplanade où étaient réunis les drapeaux des pays représentés au Surinam. Cela ne faisait pas grand monde.

Une construction blanche se dressait entre la rivière et Waterkant. Le sentier menant au fleuve était barré d'une pancarte « Forbidden » et gardée par un soldat. Il aperçut, à quai, une canonnière aux canons bâchés. Impossible d'approcher Fort Zeelandia par le fleuve. Il contourna à pied la construction blanche. Tout de suite après, il y avait une baraque en bois de la police militaire et des policiers en casque jaune gardaient les accès de l'ex-musée, dont on apercevait les briques rouges à travers les arbres. Malko s'arrêta quelques instants. Un mirador de fortune avait été édifié sur le chemin de ronde, d'où dépassait le canon noir d'une mitrailleuse lourde... Du côté du fleuve, c'était un mur abrupt de dix mètres de haut. Difficile d'entrer par surprise... Il revint à sa voiture, repartit le long du fleuve jaunâtre qui coupait le pays en deux. Au milieu émergeait la carcasse rouillée d'un vieux croiseur allemand qui s'était sabordé durant la Première Guerre mondiale, maculée de slogans révolutionnaires.

Le courant semblait remonter à l'envers : la marée !

Aucun Blanc dans les rues. Par contre, toutes les teintes du bistre étaient représentées. Malko se perdit dans un quartier coupé de profonds canaux et semé de mosquées comme l'Arabie Saoudite. Les Hindoustanis, entassés à quinze dans de petites maisons proprettes. Pas un soldat, ni un policier. De temps à autre, un petit bâtiment sur pilotis portant l'inscription « Politie Post Huis » (1).

La ville respirait le calme et la prospérité. Pas du tout ce qu'il s'était imaginé. Et pourtant, deux mois plus tôt, toute l'opposition avait été sauvagement assassinée en une seule nuit. Il continua vers le sud et, soudain, aperçut sur sa droite des ruines noircies entourant une haute antenne de radio. Il stoppa. Les gens passaient sans regarder. Il avait devant lui un des deux postes de radios détruits par les automitrailleuses du colonel Bouterse, le 8 décembre. Tout avait brûlé. Il revint au *Torarica* en se perdant dix fois. La combinaison des canaux et des sens uniques faisaient de Paramaribo un inextricable dédale.

(1) Poste de Police.

L'hôtel était toujours aussi désert. Malko souffla d'aise en retrouvant la climatisation et vida la moitié d'une bouteille de Contrex. Il préférait attendre que la nuit tombe avant de repartir à l'assaut.

*
**

Malko repéra sur le plan l'adresse de Harvey Granoost et se mit en route. La nuit venait de tomber et les panneaux des rues étaient peu lisibles. Il tourna en rond pendant vingt minutes, se retrouvant toujours devant le même canal rectiligne. Des gosses interrogés ne savaient rien. Finalement, ses phares éclairèrent une pancarte délavée pendant verticalement : Eldoradolaan.

Tout un programme ! C'était presque un sentier, sans asphalte. Le numéro 16 était comme ses voisines une maison sur pilotis de bois au milieu d'un jardin. Pas de lumière. Malko entra et inspecta le rez-de-chaussée. Pas âme qui vive. Ce n'était que des entassements de caisses et de vieux meubles. Il s'engagea dans un escalier extérieur montant à une galerie, frappa à plusieurs portes et finalement, colla son visage à une des ouvertures. Une rangée de machines à sous s'alignait devant lui. Ce ne pouvait pas être là. Bizarre, l'adresse était pourtant la bonne. Il essaya encore une porte et celle-ci s'ouvrit enfin. Pénétrant dans un couloir, il passa devant deux chambres où se trouvaient des affaires en désordre, guidé par un bruit d'eau. Il appela :

— Il y a quelqu'un ?

Pas de réponse. Le bruit d'eau s'arrêta d'un coup. Il n'eut pas le temps de se poser de questions. Une porte s'ouvrit et il se trouva nez à nez avec une fille brune, nue comme un ver, qui s'immobilisa avec une exclamation terrifiée.

Déjà, elle tournait les talons, lui offrant le spectacle d'une croupe callipyge et d'une taille incroyablement mince. Malko ne savait plus où se mettre. Si ses ancêtres l'avaient vu ! L'inconnue réapparut quelques secondes plus tard, drapée cette fois dans une serviette rouge, et l'interpella d'une voix furibonde :

— Qu'est-ce que vous faites ici ? Qui êtes-vous ?

— Je cherche Mr. Granoost, dit Malko. J'ai frappé et appelé, mais...

— Mr. Granoost est au Venezuela, dit la fille, un peu radoucie, vous ne le saviez pas ?

Ça commençait bien.

— Quand revient-il ?

La fille se dérida un peu plus.

— Jamais ! Il a dû passer le fleuve en cachette, les militaires le cherchaient pour l'arrêter. Il paraît qu'il a comploté contre la Révolution... Ils sont venus ici et ils ont tout fouillé...

De mieux en mieux. Devant l'air désolé de Malko, l'inconnue proposa :

— Je peux quand même vous offrir un verre...

Malko la suivit dans une grande pièce bizarre, aux murs tapissés de machines à sous. On se serait cru dans un casino. Un magnétoscope Akaï couplé à une télé avec des piles de vidéocassettes occupait un coin du bar. L'inconnue mit un disque et ouvrit un bar.

— Je n'ai que du Pepsi, du Gini et du rhum, annonça-t-elle. Il n'y a pas longtemps que je suis là. Mr. Granoost m'a demandé d'habiter son appartement pour qu'on ne le cambriole pas, mais c'est un peu effrayant d'être toute seule dans cette grande maison... Je crois que je vais retourner à l'hôtel.

— Que faites-vous à Paramaribo ? demanda Malko.

Elle soupira, après avoir goûté à son rhum.

— Je me le demande ! J'ai divorcé à Rotterdam et on m'a offert un job ici, dans une compagnie de bauxite. Seulement, l'ambiance a changé, les gens ont peur, il y a le couvre-feu et cette chaleur effroyable. Et puis, pour une femme seule ce n'est pas facile. Tous les Surinamiens se demandent ce que je fais ici et pourquoi je n'ai pas un homme. (Elle rit.) Je ne peux quand même pas coucher avec n'importe qui pour leur faire plaisir.

— Certes non, approuva Malko. Comment vous appelez-vous ?

— Greta Koopsie. Et vous ?

— Malko Linge. J'achète du riz...

Elle tira la serviette sur ses cuisses nues et soupira.

— Je ne vais pas pouvoir rester longtemps avec vous, j'ai un rendez-vous. J'espère qu'ils ne vont pas me sauter dessus. Tous ces Hindous ne pensent qu'à faire l'amour. Alors, la plupart du temps, je passe mes soirées à regarder des vieilles cassettes sur l'Akä.

— Quand on vous voit, on ne peut pas vraiment les blâmer, dit galamment Malko.

Greta Koopsie rougit.

— Ce n'est pas parce que vous m'avez vue tout à l'heure... Moi, cela ne me manque pas. Je fais du jogging tous les matins...

Malko se leva, détaillant le corps sous la serviette et se pencha sur sa main.

— Cela ne fait pas travailler les mêmes muscles... A bientôt, peut-être.

Une énorme araignée se pavanait sur le capot de sa voiture. Son meilleur échelon de secours s'étant volatilisé, il devait plus que jamais se reposer sur le voyou préféré du colonel de Vries.

*
**

Le bar était vide, à part un livreur en train de trimbaler des caisses. Le gros barman rouquin sirotait une bière. Apercevant Malko, il se dressa aussitôt et fit le tour du comptoir. Il baissa le voix comme si on avait pu les entendre.

— Herbert vous attend au *Parbo Inn*. Juste à côté. Excusez-moi pour ce matin.

Il dégoulinait de componction. Malko remercia, ressortit et examina la façade du *Parbo Inn*. Une musique disco s'en échappait, bruyante et syncopée. Il monta les quelques marches. Des lampes diffusaient une lumière tamisée. La petite salle était vide, mais quelques clients étaient alignés devant un bar en acajou. Un barman à la barbe noire, au type nettement pakistanais, n'arrêtait pas de jongler avec les bouteilles. Malko avança et vit tout de suite un dos énorme. La glace du bar lui renvoya le visage de la photo vue à Amsterdam. La moustache blonde, tombante et fournie, la gueule de mac plutôt sympa, vulgaire, la terreur des plages. Un de ses bras était posé autour de la taille d'une fille, dont Malko ne voyait que les cheveux frisés. Une créole.

Herbert Van Mook se retourna. Son regard parcourut Malko et sans un mot il glissa de son tabouret. Une bête. La chemise ouverte jusqu'à la taille découvrait des pectoraux velus, un plexus sculpté de muscles, comme les avant-bras énormes et le cou épais de taureau. Un jean serré tenu par une ceinture de cow-boy et des bottes complétaient le tout. Le vrai aventurier. S'il n'y avait pas eu une lueur veule et fugitive dans les beaux yeux bleus, il aurait été tout à fait sympathique. Il se pencha vers Malko.

— C'est vous le copain de Cristina ?

— Oui.

La fille avait pivoté sur son tabouret, révélant une jupe en denim fendue devant, jusqu'à l'ombre du ventre, un visage sensuel et doux avec de grands yeux très écartés de biche candide et des lèvres pulpeuses. Elle était très jeune, pas plus de dix-huit ans. Son regard interrogateur se posa sur Malko. La patte énorme de Herbert Van Mook agrippa sa cuisse, la maintenant sur le tabouret.

— Tu restes là, Rachel.

Suivi de Malko, il se dandina jusqu'au fond de la salle déserte où les rejoignit le barman barbu.

— Deux bières, Ayub, commanda-t-il d'autorité.

Malko attendit que le barman soit parti, étudiant le personnage. Seuls les yeux inquiétaient vraiment, puis une certaine nonchalance affectée. Le Hollandais sourit :

— Première visite à Paramaribo ?

— Oui.

Van Mook hocha la tête.

— Avant, c'était plus marrant. Avec ces chiens, on peut plus rien faire. Je vais me tirer. Seulement, tant que je peux faire un peu de blé...

Encore un homme de cœur... D'autres clients étaient entrés et la musique jouait encore plus fort. Van Mook se pencha vers Malko.

— Vous pouvez parler, dit-il, ici, nous sommes entre nous. Cristina m'a dit que c'est du sérieux.

— Très, dit Malko. Il paraît que vous êtes le seul homme à Paramaribo à pouvoir m'aider.

Herbert Van Mook ne broncha pas, serrant son verre dans ses énormes pattes.

— Ça dépend, fit-il. De quoi s'agit-il ?

— De faire sortir quelqu'un du pays, dit Malko.

Van Mook eut un sourire sans joie.

— Vous n'avez pas besoin de moi, pour ça. Si vous savez nager, le Maroni n'est pas large. Sinon, n'importe lequel *bushnegro* vous passera pour dix florins...

— Oui, remarqua Malko, mais celui qu'il faut faire sortir n'est pas en liberté...

— Ah...

Il fit jouer les muscles de ses épaules, et but un peu de sa bière.

— Où est-il ?

Malko leva les yeux sur lui, candide.

— A la caserne Memre Boekoe.

— Eh !

Lentement, Herbert Van Mook tira un paquet de cigarettes de la poche de sa chemise et en alluma une sans en offrir à Malko. Ses yeux avaient changé d'expression, mais il était toujours impavide. Doucement, il remarqua :

— Vous avez vu Memre Boekoe ? Pour entrer, il faut déclencher une petite guerre. Je n'ai plus l'âge. Vous avez amené du monde avec vous ?

— Non, dit Malko, je compte sur vous...

Cette fois, un sourire fin éclaira les traits du Hollandais.

— Je vois que mes compatriotes ont gardé un bon souvenir de moi. Seulement, pour attaquer la caserne, il faudrait cinquante types. Si on en trouve cinq ici, c'est le bout du monde. Je ne parle pas du matériel...

— Je n'ai pas dit qu'il fallait attaquer la caserne, corrigea Malko. Il y a une solution plus facile, mais de toute façon, il faudra une opération commando pour neutraliser un détachement militaire. On m'a dit que cela ne vous ferait pas peur.

— Ce n'est pas une question de peur, fit froidement le Hollandais. Je ne suis pas barjo. C'est des bougnoules, mais ils tiennent le pays et ils ont des armes. Le risque n'en vaut pas la chandelle.

Il demeura silencieux un moment, puis ajouta à voix encore plus basse :

— C'est Harb que vous voulez faire sortir, hein ?

Malko ne répondit pas, gêné. L'autre haussa ses monstrueuses épaules.

— De toute façon, je m'en fous. Ce n'est pas mon problème et je ne vais pas aller leur raconter. Ils m'ont assez fait chier comme ça. Maintenant, écoutez, si *vous* sortez tout seul Harb de Memre Boekoe, on peut s'arranger pour lui faire quitter Paramaribo.

Il comprenait vite.

— Comment savez-vous qu'il s'agit de Julius Harb ? demanda Malko.

Herbert Van Mook exhiba des dents de play-boy.

— On peut pas se tromper, c'est le seul qui est encore vivant. Mais dépêchez-vous, ils vont le couper en morceaux... Il leva le bras.

— Rachel !

La jeune créole glissa de son tabouret et vint vers eux d'une démarche languissante, ses yeux posés sur Malko, l'air enfantin et salope à la fois. Elle s'assit et sa jupe remonta sur ses cuisses bronzées. Malko était déçu. Herbert venait de refuser le contrat.

— Faudra venir visiter ma ferme, proposa le Hollandais, il y a des petites bêtes amusantes. Sans compter Rachel.

Furieuse, Rachel le pinça et en retour, il fourra la main sous sa jupe. Au moins, leurs rapports étaient clairs. Puis il l'attira sur ses genoux et elle se laissa aller contre lui, fixant toujours Malko.

— Rachel est amoureuse d'un..., commença le géant, égrillard.

Il ne put pas continuer. La jeune fille lui donna un coup de poing sur la bouche, puis le mordit tout à coup au sein. Herbert poussa un rugissement et se secoua comme un animal blessé, repoussant la jeune fille qui tomba à terre, exhibant son entre-jambe brun.

— *Kattekop ! Monketee !* (1)

Il se massait le sein où on voyait nettement les

(1) Littéralement. Tête de con ! Folle !

traces des dents de Rachel. Celle-ci se releva et lança à voix basse :

— *Ouwe hoeren!* (1) Je ne suis pas amoureuse.

Prenant Malko à témoin, Herbert Van Mook fit :

— Non, mais vous avez vu, elle m'a mordu ! Bon, t'es pas amoureuse, tu te le fais, c'est tout.

Furieuse, la fille regagna son tabouret et croisa les jambes d'une façon provocante sous le regard allumé du barman pakistanais. Malko sauta sur l'occasion.

— Monsieur Van Mook, fit-il, il y a un élément que je ne vous ai pas encore donné. Cela pourrait peut-être vous faire changer d'avis. Si vous acceptiez de collaborer à l'évasion de Julius Harb, vous recevriez en échange cinquante kilos d'or sous la forme de quatre barres de douze kilos et demi chacune. Ce qui, à la valeur d'aujourd'hui, doit faire environ six cent mille dollars. Bien que vous puissiez les convertir dans la monnaie de votre choix...

Malko ne quittait pas des yeux son vis-à-vis. Il eut l'impression que ses prunelles se rétrécissaient soudain comme celles d'un chat.

Des muscles roulèrent sur ses bras. Apparemment calme, Rachel quitta son tabouret et s'approcha du Hollandais, posant une main sur sa nuque. Herbert Van Mook lui jeta :

— *Trek je maar af.* (2)

Dès qu'elle eut regagné le bar, il se pencha à travers la table et demanda d'une voix basse, croassante, avide :

— Qu'est-ce que c'est que cette histoire d'or ?

(1) Tu dis n'importe quoi !
(2) Va te branler.

CHAPITRE IV

Malko revit le colonel de Vries lui révéler son « petit secret » et la façon dont il allait « motiver » ce voyou de Herbert Van Mook. Décidément, le chef du Service Action néerlandais connaissait bien l'âme humaine.

Penché en avant, Herbert Van Mook révélait son vrai visage : ses yeux semblaient s'être enfoncés encore dans leur orbite, mais leur expression fixe, hallucinée, mettait mal à l'aise. A cause de la musique, Malko était presque obligé de crier :

— Ce n'est pas une histoire, dit-il. L'aide que je réclame est difficile et dangereuse, donc il est normal de la rétribuer. Vous êtes le seul à Paramaribo à pouvoir jouer ce rôle. Cela se paie.

— Cet or, vous l'avez amené avec vous ?

— Là n'est pas la question. Comme vous le disiez tout à l'heure, Julius Harb doit être exécuté dans huit jours. Vous savez ce que vous avez à faire et ce que cela peut vous rapporter. Le reste, ce sont des détails techniques, à régler par la suite. Ce que je veux, c'est votre réponse.

Le Hollandais demeura muet quelques secondes, puis se pencha de nouveau, les yeux brillants, après avoir regardé autour de lui.

— Cet or, c'est pas bidon ? D'où le sortez-vous ?

— Ni vous ni moi ne sommes d'humeur à plaisanter, dit Malko. Si je vous promets cinquante kilos d'or, c'est que je suis en mesure de vous les donner. A vous de savoir si vous désirez les gagner.

Du bar où le barman barbu servait sans arrêt, Rachel les observait, les jambes croisées haut sur son tabouret. Peu à peu, le *Parbo Inn* se remplissait. Rien que des Blancs. Malko se leva sans se presser. Travailler Van Mook était comparable au dressage d'un fauve. Si l'autre sentait la moindre faille, il le dévorait. Le Hollandais se leva en même temps.

— Attendez ! Si c'est sérieux, je suis d'accord.

Malko plongea ses yeux dorés dans les siens.

— C'est sérieux. Nous avons un deal ?

Herbert Van Mook prit sa main tendue avec une imperceptible hésitation.

— Nous avons un deal, fit-il.

Ses gros doigts écrasèrent la chevalière de Malko et il se rassit, hurla pour couvrir le bruit de la musique :

— Ayub ! Encore deux bières.

Le Pakistanais se rua aussitôt vers la table, suivi de Rachel. D'un claquement de doigts, le Hollandais fit signe à la jeune créole de regagner le bar. Malko sentait qu'il avait les nerfs à fleur de peau.

— Maintenant que nous sommes associés, dit-il, dites-moi où vous allez prendre ce foutu or.

Malko but un peu de sa bière et lui adressa un sourire rempli d'innocence.

— A la banque.

Le Hollandais lui jeta un regard méfiant.

— Quelle banque ? On ne peut plus acheter d'or depuis deux mois.

— A la Banque Centrale.

Le Hollandais secoua la tête avec une lueur dangereuse dans son regard bleu.

— Pas de conneries ! L'or de la Banque Centrale se trouve dans une salle blindée. Personne ici n'a le matériel pour l'ouvrir.

Il avait dû se pencher sur le problème. Malko se dit qu'il était inutile de faire monter la tension.

— Vous n'ignorez pas, dit-il, que le directeur de la Banque Centrale s'est enfui de Paramaribo, il y a quelques semaines ?

— Et alors ?

— Alors, dit Malko, je viens ici avec deux objectifs. D'une part, libérer Julius Harb et, d'autre part, récupérer les deux tonnes d'or qui constituent le stock du Surinam. Afin de les mettre à la disposition d'un gouvernement surinamien en exil.

Herbert Van Mook se gratta pensivement la poitrine le regard brusquement voilé. Puis il jura, à voix basse, presque respectueusement, pourrait-on dire :

— *Mijn God !*

Il but une longue gorgée de bière avant de demander, d'une voix moins tendue :

— Vous avez la clef de la chambre forte ?

— Bien sûr, et la combinaison aussi. Par contre, il faut parvenir à cette chambre forte. La banque doit disposer d'autres protections. Il est indispensable de les neutraliser. Est-ce que cela vous semble possible ?

Herbert Van Mook mit quelques secondes à répondre.

— C'est sûrement faisable. Je vais y réfléchir. Il n'y a pas de gardes armés à la banque la nuit. Seulement, il faudra trimbaler les deux tonnes d'or. Ça se présente comment ?

— En barres de douze kilos et demi. Chacune mesure trente centimètres sur dix. Il y en a cent soixante. On ne peut guère en porter plus de trois à la fois. Cela fait plus de cinquante voyages.

— Si nous sommes cinq, cela n'en fait plus que dix, fit remarquer Van Mook. Il faudra opérer de nuit, pendant le couvre-feu et planquer le camion dans la cour. Vous avez pensé à tout ça ?

— Oui, dit Malko, j'ai un plan théorique. Première partie de l'opération. On récupère Harb pendant le transfert de Memre Boekoe à Fort Zeelandia et on prend les deux tonnes d'or. Ensuite, il faut gagner Pokigron, sans se faire intercepter par les Surinamiens.

— Pourquoi Pokigron ?

— Il y a une piste d'atterrissage. Un avion viendra nous chercher pour nous sortir du Surinam.

Herbert Van Mook laissa échapper un sifflement discret et admiratif.

— Dites donc, vous avez de sacrés appuis... Les clefs de la chambre forte et un avion, en plus.

— Il faut des armes, des hommes en plus de nous deux, toute une logistique.

Les yeux de Van Mook brillaient d'un éclat fou.

— On va trouver tout ça, affirma-t-il.

Malko eut un sourire froid.

— Je ne peux pas me contenter de mots. Maintenant que je vous ai fait confiance, je veux des preuves que vous êtes sérieux.

— OK, OK, fit vivement le géant. Ecoutez, on va dîner ensemble. Seulement, il faut que je retourne à ma ferme, nourrir mes petites bêtes. On sera mieux pour parler là-bas. Vous avez une voiture ?

— Oui.

— OK, vous me suivez. C'est à une demi-heure d'ici, sur la route de l'aéroport. Vous allez voir, j'ai quand même une petite surprise pour vous...

***

Une rangée de rats blancs tétaient avidement des biberons inclinés dans une longue cage. Herbert Van Mook cligna de l'œil en passant devant eux.

— C'est la bouffe des serpents...

Malko le suivit dans un hangar violemment

éclairé. Dans des enclos grillagés, il y avait une véritable ménagerie : un couple de perroquets d'un blanc de neige, d'autres aras de toutes les couleurs, des perruches, des faons, des tapirs, toutes sortes d'oiseaux au plumage flamboyant. Le reste de l'espace était occupé par des aquariums sans eau où se prélassaient des lézards, des serpents, des araignées et même d'étranges grenouilles. Le Hollandais s'arrêta devant de minuscules grenouilles bleues et jaunes.

— Celles-là, expliqua-t-il, il faut aller les chercher au fond de la forêt. J'en expédie des dizaines toutes les semaines. Il ne faut surtout pas les toucher : leur peau est recouverte d'une pellicule urticante... Mais elles sont moins dangereuses que ceux-là !

Malko aperçut, dans une boîte de verre, trois petits serpents violet sombre, d'une vingtaine de centimètres, gros comme le doigt, lovés les uns sur les autres.

— Ce sont les pires, reprit le Hollandais. Quatre heures et vous êtes mort.

Un peu plus loin, il y avait d'énormes mygales, des tarentules velues et mortelles, des serpents verts comme des bananes, des lézards aux couleurs bizarres, d'autres grenouilles de toutes les couleurs. Van Mook distribuait de l'eau à tous ses monstres comme une bonne mère poule... Malko ressentit une bizarre impression de malaise. La ferme se trouvait au bout d'un chemin effroyable, à moins d'un kilomètre de la route, invisible.

La jeune Rachel avait disparu dans la cuisine dès leur arrivée. Personne d'autre ne semblait résider à la ferme.

Ils ressortirent de l'enclos aux serpents et regagnèrent la ferme. Le couvert était mis pour trois.

Rachel fourgonnait toujours dans la cuisine. Van Mook déplaça un vieux fauteuil en acajou presque noir et roula une natte usée jusqu'à la corde, dévoilant une trappe.

Il la souleva, découvrant une grande cavité d'où il sortit plusieurs paquets enveloppés de toile verte qu'il posa sur la table basse. Ensuite, il déroula la première avec précaution. L'acier noir d'un riot-gun à répétition Beretta apparut, flambant neuf. Le Hollandais adressa un regard de triomphe à Malko.

— Vous voyez que vous avez frappé à la bonne porte... Ce machin, c'est pas très sélectif, mais ça dégage. Il y a pas grand-chose qui reste debout dans un rayon de vingt mètres.

— D'où avez-vous sorti ça ? demanda Malko.

Van Mook eut un sourire malin.

— Des types qui me paient les serpents en nature, aux USA. J'aime bien avoir quelques armes chez moi.

Il déplia une autre toile, qui contenait deux mitraillettes Uzi.

— Ça, fit le Hollandais, ce sont des déserteurs qui m'ont fourgué leurs trucs avant de filer en Guyane française. J'ai dix chargeurs.

Ensuite, trois M. 16 apparurent, encore dans leurs enveloppes de papier huilé. Fusils d'assaut redoutables. Il ne manquait plus qu'un mortier. Il y avait déjà de quoi équiper six hommes. Rachel apparut sur le seuil de la cuisine.

— C'est servi, annonça-t-elle avant de redisparaître.

Malko jeta un coup d'œil à Herbert Van Mook. La créole semblait ne pas avoir remarqué les armes étalées sur la table. Le Hollandais ne lui laissa pas le temps d'ouvrir la bouche.

— Rachel n'est pas conne, dit-il. Je lui enlèverai la peau à la machette si elle me faisait des emmerdements. De toute façon, elle ne voit personne. Ses parents sont en Guyane : elle s'est tirée de Kourou et je l'ai recueillie. Elle est un peu bizarre, mais vachement intelligente. Vous verrez...

On s'imaginait mal Herbert Van Mook en père adoptif. La sensualité à fleur de peau de la jeune créole avait dû être pour beaucoup dans son désir d'adoption. Rachel émergea de la cuisine avec une cocotte qu'elle posa sur la table.

— Du *bruine bonen*, annonça Van Mook, ça tient au corps...

Effectivement, le cassoulet de poulet à base de haricots rouges et de piment tenait au corps.

Malko avait l'impression qu'on construisait un petit mur de briques au milieu de son estomac.

Le ventilateur brassait mollement un air chaud et humide et il sentait la sueur dégouliner le long de son dos. Rachel, assise en face de lui, l'observait sans discontinuer, lui lançant parfois un regard fuyant et intéressé de petite gamine vicieuse. Van Mook noyait le piment du *bruine bonen* dans des flots de bière. Malko dut en vider deux d'un coup pour ne pas exploser. Il était quand même satisfait, les armes étaient là, bien réelles.

*
**

Ils avaient tous gagné le patio où il faisait un peu moins chaud. Van Mook et Malko s'étaient installés sur un canapé bas courant tout le long du mur de pierre. Rachel, après avoir débarrassé, se balançait dans un vieux rocking-chair. Le ciel, couvert le jour, scintillait d'étoiles dès la nuit tombée. Affalé à côté de Malko, le Hollandais achevait la digestion des haricots rouges avec un peu de Jand B. Ils n'avaient plus reparlé affaires et Malko se sentait plutôt somnolent. Il fit à peine attention quand Van Mook se leva et disparut en marmonnant quelque chose.

Le grincement du rocking-chair s'arrêta aussitôt.

Malko leva la tête. Rachel l'observait avec un drôle de sourire, un pied posé sur la table, l'autre sur le rebord du fauteuil, dévoilant ses cuisses jusqu'à l'ombre de son ventre sans la moindre pudeur. Le regard trouble de ses curieux yeux écartés ressemblait à un appel.

— Quand vous repartirez, dit-elle soudain, vous ne voulez pas m'emmener ? J'ai envie de voyager. J'en ai assez de la forêt.

Elle recommença à se balancer doucement, le regardant par en dessous, avec une expression ambiguë. Malko était gêné de cette provocation muette. Rachel posa une main sur son genou rond et remonta doucement, repoussant la jupe en denim, comme pour expliciter sa proposition.

— Votre ami ne vous garde pas de force quand même ? fit Malko sur le ton de la plaisanterie, pour décrisper l'atmosphère.

Les lèvres épaisses de Rachel se gonflèrent en une moue sensuelle.

— Non, mais j'en ai assez, je veux aller ailleurs. Lui ne m'emmènera pas. Ou il me fera faire la pute et je ne veux pas.

Elle se leva tout à coup, s'approcha de lui à le toucher avec un regard intense et pervers. Les pointes de ses seins perçaient le T-shirt. Elle murmura de la même voix égale :

— Je ne vous plais pas ?

Elle avança un peu la jambe gauche de façon à la glisser entre celles de Malko, le visage baissé vers lui. Ils entendirent soudain des pas à l'extérieur. Aussitôt, Rachel bondit jusqu'au rocking-chair et avait recommencé à se balancer lorsque Herbert Van Mook pénétra dans la pièce.

Malko était plutôt satisfait de cette interruption. Il n'avait pas la moindre envie de se mettre des complications sur le dos.

Van Mook était un homme assez dangereux sans l'asticoter en plus avec une histoire de fesses...

D'abord, Malko eut l'impression que le Hollandais s'était enveloppé le bras avec une sorte de corde noirâtre. Puis, de la main gauche, il prit la « corde » et la déploya. C'était un serpent ! Marron, sombre, avec des taches noires, long de plus d'un mètre.

Le Hollandais s'approcha de Rachel et jeta le reptile sur ses genoux avec un gros rire.

— Tiens, je t'ai amené ton fiancé.

***

Malko s'attendait à ce que la jeune créole pousse un hurlement d'horreur et jette le reptile au loin. Elle ne broncha pas. Au contraire : le prenant délicatement derrière la tête elle le souleva pour le lover autour de son cou, approchant la tête triangulaire de son visage, comme pour un abominable baiser !

Herbert Van Mook était revenu près de Malko, empoignant la bouteille de J and B pour la boire au goulot.

— C'est un anaconda, précisa-t-il ensuite, un bébé. Les gros font jusqu'à dix mètres... Pas venimeux et très affectueux. Vous allez voir, si elle a envie...

Rachel continuait à se balancer dans le rocking-chair. Le reptile avait glissé le long de son corps pour s'enrouler sur les cuisses de la créole, laissant reposer sa tête dans le creux de son coude. Elle lui caressait le dessus de la tête, le regard dans le vague, un curieux sourire aux lèvres. Seul le grincement du vieux fauteuil troublait le silence. La tête du serpent se dressa lentement. Elle oscilla un peu puis retomba près de l'aine de la créole, et commença à avancer très lentement sur sa cuisse.

Malko sentait qu'il allait se passer quelque chose de monstrueux. Rachel alluma une cigarette, observant le reptile, comme si les deux hommes n'existaient pas. Van Mook, régulièrement, attaquait sa bouteille de whisky. La tête de l'anaconda atteignait la peau nue après la jupe. Malko en eut la chair de poule. Le serpent continua sa progression jusqu'au genou, puis sa tête bascula vers l'extérieur, suivant le galbe de la jambe. Encore quelques reptations et il fut complètement enroulé autour de la cuisse. Il s'arrêta un peu, puis commença à remonter doucement, suivant l'intérieur de l'autre jambe. Rachel ne semblait pas être incommodée par le contact des écailles froides sur sa peau nue. Au contraire : son visage arborait une expression presque extatique. Ses doigts caressaient machinalement les anneaux qui se déroulaient sur ses cuisses bronzées.

La tête de l'anaconda progressait lentement, se relevant de temps à autre, s'arrêtant, s'allongeant peu à peu. Lorsque Malko vit la tête du reptile disparaître sous la jupe en denim, il eut du mal à réprimer une nausée. Herbert Van Mook lui prit le bras.

— Vous allez voir ! souffla-t-il.

Le scotch et l'excitation lui donnaient des yeux de fou. Malko imaginait la tête du serpent, rampant vers le ventre que rien ne protégeait. Rachel avait fermé les yeux et ne se balançait plus. L'anaconda était presque immobile. D'après la longueur enfouie sous la jupe fendue, Malko calcula qu'il avait atteint le sexe de la jeune créole. D'ailleurs, celle-ci eut un brusque sursaut, ses mains enserrant les bras du fauteuil, le visage crispé dans une expression ambiguë, à mi-chemin entre le plaisir et le dégoût.

Avec une lenteur exaspérante, Rachel se rejeta encore plus en arrière, écartant les pieds appuyés à la table, offrant aux deux hommes le spectacle de ses jambes ouvertes : Malko eut une vision inoubliable. La tête plate de l'anaconda était collée au ventre de la jeune créole et semblait picorer la fourrure frisée, le reste de son corps enroulé autour de la cuisse, comme un bracelet monstrueux.

Les mains de Rachel quittèrent les bras du fauteuil et vinrent se nouer derrière la tête du petit anaconda ; elle se mit à guider ses mouvements, le faisant aller et venir contre son ventre. A un moment, elle l'écarta et Malko put voir la langue du serpent darder à toute vitesse à la recherche d'un but invisible, puis le museau froid et octogonal replongea dans la pénombre de la jupe. C'était hallucinant. Tout à coup, sans que rien ne puisse le faire prévoir, Rachel se tendit comme sous l'effet d'un électro-choc, émit un cri étouffé et repoussa la tête du serpent à deux mains.

Ensuite, elle demeura immobile quelques instants, puis son corps se tassa dans le rocking-chair et elle rouvrit les yeux. Lentement, elle tira le serpent vers le haut, le souleva de toute sa hauteur, puis, s'amusa à l'enrouler de nouveau autour d'une de ses cuisses, de façon à ce que toute la longueur du reptile frotte contre son ventre. Elle fit cela plusieurs fois, regardant alternativement Malko et le Hollandais, perdue dans son fantasme. La voix de Van Mook rompit le silence :

— T'es vraiment cinglée !

Il se tourna vers Malko, les yeux injectés de sang.

— Un jour, je l'ai trouvée dans son lit, à poil avec l'anaconda ! Elle avait appris toute seule à s'en servir. Après, elle ne voulait plus dormir sans lui. Je suis sûr qu'elle se le tapait toute la nuit.

Rachel, sans un mot, arracha le serpent de sa cuisse et, à toute volée, le lança sur le canapé où il atterrit avec un sifflement de rage. Malko fit un bond de côté ; Herbert Van Mook, rapide comme l'éclair, avait déjà saisi le reptile sous la tête.

— Je vous ai dit qu'elle était cinglée, répéta-t-il.

Rachel pouffa comme une écolière qui vient de faire une blague. Effectivement, elle n'était pas nette... Tranquillement, le Hollandais se leva, le serpent enroulé autour de son bras.

— Faut que j'aille nourrir ma petite famille, dit-il, ensuite, nous parlerons...

Il disparut. Aussitôt, Rachel se leva et rejoignit Malko sur le divan.

— Vous avez aimé ? Cela vous a excité ?

Ses yeux avaient une expression incroyablement perverse. Après ce qu'il avait vu, il pouvait s'attendre à tout...

— Pas vraiment, fit-il.

Rachel le fixa longuement, comme si elle méditait sa réponse.

— Non ?

Sans que son regard se détache de lui, ses mains se posèrent sur Malko, commençant à le masser. Comme il esquissait un geste pour l'écarter, elle dit :

— Si vous ne me laissez pas faire, je hurle et je dis à Herbert que vous avez voulu me sauter. Il me croira. Il me croit toujours.

Brutalement, la présence de cette adolescente perverse fit basculer Malko. Il se sentit soudain devenir d'une dureté de fer sous les doigts habiles. Une lueur de triomphe passa dans les yeux écartés de la créole. Elle se pencha sur lui et le prit dans sa bouche, puis le lécha doucement, habilement, jusqu'à ce qu'il tressaille, au bord du plaisir. Elle le laissa, haleta, puis brusquement, se releva, son étrange expression enfantine et amusée dans les yeux, se tortilla pour remonter sa jupe sur ses hanches et se jeta sur lui, se faisant pénétrer avec force.

— Tu me veux maintenant ! murmura-t-elle avec triomphe.

Elle remua un peu le visage enfoui dans la poitrine de Malko, puis fut brutalement secouée de plaisir et jouit avec violence. Ils crièrent tous les deux, et les ongles de Rachel s'enfoncèrent dans la poitrine de Malko. Elle s'affaissa un peu contre lui, comme pour se faire pénétrer encore plus puis se releva, encore moite de plaisir, et sans un mot, regagna son rocking-chair.

Lorsque Herbert Van Mook réapparut quelques minutes plus tard, Rachel fumait une cigarette. La perversité à l'état pur. Malko avait du mal à retrouver sa sérénité. Le Hollandais était-il au courant ? Tout cela faisait-il partie d'un jeu destiné à conditionner Malko ? Ou la créole s'amusait-elle seulement avec un nouvel objet sexuel ? Herbert Van Mook vida une nouvelle rasade de J and B et jeta à Rachel :

— Va te coucher. On a à discuter.

La créole se leva docilement, embrassa son amant sur la bouche et tendit une main molle à Malko. Comme si rien ne s'était passé. Lorsqu'elle eut disparu, Van Mook secoua la tête.

— C'est une sacrée affaire. Le feu au cul. Elle baiserait un crocodile.

Un ange passa, qui avait une tête d'anaconda.

— Bon, fit le Hollandais, j'ai réfléchi. Si vous êtes sûr de votre information, on devrait pouvoir s'en tirer à cinq ou six pour l'attaque de la diligence. Ce genre de transfert est plutôt discret. Ils seront une dizaine au maximum. Vous avez un moyen d'avoir des précisions ?

— Je pense.

— OK. Vous êtes tout à fait sûr qu'ils ne vont pas le trucider à Memre Boeke ?

— Si c'était le cas, dit Malko, toute l'opération tomberait à l'eau. Mais, encore une fois, j'ai confiance dans nos sources.

— Parfait. Faisons comme si...

Il but de nouveau une rasade de whisky, guettant Malko du coin de l'œil.

— Vous êtes un drôle de type ! lâcha-t-il. Avec les tuyaux que vous avez, on pourrait se payer la banque les doigts dans le nez et se retrouver au Brésil avant le lever du soleil avec deux mille kilos d'or. Et laisser tomber la seconde partie du programme...

En choisissant un homme comme Malko pour cette mission, le colonel de Vries savait ce qu'il faisait. Très peu de chefs de mission pouvaient prendre la responsabilité de cinquante millions de dollars... sans en avoir les mains moites.

— Ce n'est pas ce que je prévois, fit Malko avec froideur.

Le Hollandais n'insista pas et laissa seulement tomber :

— J'espère que Cristina ne bavardera pas... Quand elle a quelques scotches dans le nez, elle a tendance à oublier la discrétion. (Il rit). Elle a dû vous dire des horreurs sur moi. Je l'ai sautée quelques fois et je crois qu'elle aurait bien voulu que ça arrive plus souvent...

— Elle peut avoir de bonnes informations ? demanda Malko soucieux de vérifier ses sources sans répondre à sa question.

— Très possible. Elle a baisé avec tellement de types à Paramaribo qu'elle connaît vraiment tout le monde, y compris cette ordure de Bouterse.

— Où allez-vous trouver des hommes pour l'attaque du transfert ? demanda Malko, pour couper court.

— J'ai quelques idées. Comme je vous le disais, on ne va pas se payer une bataille en rase campagne. Nous, c'est plutôt *hit and run*. Faut pas oublier que tout doit se passer entre minuit et quatre heures du matin. Pour déménager l'or, ça va prendre du temps, même si on a du cœur au ventre.

Il avait du mal à cacher que c'était son principal intérêt.

— Avez-vous pensé à la façon de quitter Paramaribo et de gagner Pokigron ?

Herbert Van Mook inclina la tête.

— Oui. Par la route ça risque d'être délicat. Il n'y en a qu'une vers Pokigron, celle de l'aéroport. Ils vont la boucler immédiatement. Donc, il ne reste que le fleuve. Si je trouve un bateau assez rapide, nous pouvons remonter jusqu'à Carolina en quarante minutes.

— Qu'est-ce que c'est Carolina ?

— Le second bac qui permet de franchir le Surinam, au sud de Paramaribo. Il y a peu de monde, c'est une piste simple. Un camion pourrait nous attendre là-bas. On transborde et on gagne Pokigron par de petites pistes, en contournant l'aéroport.

Malko contemplait le ciel étoilé, tournant les données du problème dans sa tête.

— Si pour une raison quelconque, nous ne pouvions pas atteindre Pokigron, dit-il, y a-t-il une solution de secours ?

Herbert Van Mook n'eut pas à réfléchir longtemps.

— J'en vois pas, fit-il d'un air dégoûté. Vers l'est le bac menant à la route de Guyane française par Albina va être surveillé tout de suite. Vers l'ouest, c'est le même problème avec le bac de Nickerie. Evidemment, on pourrait se cacher chez les planteurs de riz javanais. Mais après ?

— Et la mer ?

— Vous avez un bateau ? Ici, il n'y a rien pour affronter l'Atlantique. Le premier port est à mille kilomètres. En plus, ils ont des patrouilleurs.

— Et on ne peut pas gagner le Venezuela, en traversant la Guyane par la forêt ?

Le Hollandais eut une moue dubitative.

— Il faudrait une véritable expédition. Les pistes sont effroyables. On doit emporter de l'essence et des vivres pour plusieurs semaines. Sans être sûr de pouvoir passer. Il y a de la fièvre jaune, de la malaria, sans compter quelques Indiens parfois méchants. Le seul truc serait de gagner la Guyane française en franchissant le Maroni, à partir de Carolina. Ils ne nous couperont pas en morceaux.

— Pas question, dit Malko, cette opération doit rester complètement fermée.

— OK, accepta Van Mook, alors on s'en tient au plan initial. Retrouvons-nous demain au *Parbo Inn*, vers la même heure. J'aurai avancé.

— C'est sûr, le *Parbo Inn* ?

— Oui. Un des rares endroits où il n'y a pas de mouchards. Ayub ne peut pas les voir. Le premier rasta qui se pointe, on lui casse la tête... Mais faites attention, ils traînent partout en ville. Ils ont la phobie des mercenaires.

— Une question. Vous avez l'intention de quitter le Surinam avec nous ?

— Je ne vois pas comment je pourrais faire autrement. Et j'emmène Rachel aussi.

— Et votre ferme ?

Il haussa les épaules.

— Je commence à en avoir marre de mes petites bêtes. Je finirais par me faire amocher. Avec un peu d'or, le Brésil m'accueillera à bras ouverts...

Cela faisait deux personnes de plus à exfiltrer. Van Mook regarda soudain sa montre et sursauta :

— *Hey !* Il est onze heures et demie. C'est pas la peine de vous faire agrafer avec cette connerie de couvre-feu...

Ils se retrouvèrent dans le cloaque devant la ferme. Il avait plu. Le hangar aux serpents était silencieux. Le Hollandais serra longuement la main de Malko.

— Je suppose que vous connaissez mon pedigree,

si on vous a parlé de moi en Hollande, fit-il. Ne vous gourez pas, je suis un mec correct. Nous avons un deal et je le tiendrai... Au bout du chemin, vous tournez à gauche et c'est tout droit. Si vous voyez des militaires, allumez l'intérieur de la voiture et ralentissez. Salut.

Le ciel pullulait d'étoiles. Tout en cahotant dans les ornières du sentier, Malko se dit que depuis leur conversation Herbert Van Mook n'avait plus qu'une idée en tête : récupérer les deux tonnes d'or de la Banque Centrale, de liquider, lui, Malko, et filer avec le fantastique magot. Cela risquait de compliquer le problème initial, mais il n'avait pas le choix. Le sablier continuait à couler. A l'aube suivante, il ne resterait plus que sept jours pour sauver Julius Harb.

CHAPITRE V

Herbert Van Mook gara sa voiture en face de la cathédrale de Paramaribo qui jouxtait l'hôpital. Le Hollandais était d'excellente humeur. La veille au soir, Rachel s'était montrée aussi inventive qu'à son habitude et l'avait abandonné exsangue à quatre heures du matin. Voyant qu'il commençait à se lasser de sa fougue, elle lui avait décrit, avec des mots crus la façon dont elle avait traité son visiteur pendant sa courte absence. Il n'avait jamais rencontré la perversité à l'état pur comme dans cette fille de dix-sept ans. Au début de leurs relations, elle lui avait raconté comment, à l'âge de douze ans, elle suçait le sexe de tous les garçons du voisinage, sur le siège arrière de la voiture familiale en maculant de sperme toute la banquette, ce qui avait fini par un horrible scandale.

La découverte de sa récente infortune l'avait agacé, mais on ne fait pas de réflexions à un homme qui possède la clé de cinquante millions de dollars.

En dépit de sa fatigue, il n'avait presque pas dormi, tournant et retournant dans sa tête l'histoire de l'or. Comment s'emparer des deux tonnes de métal précieux ? Ça n'allait pas être facile mais c'était la chance de sa vie. Il en avait ras le bol de ce pays pourri et crevait d'envie de revoir l'Europe.

Avec quelques millions de dollars, ce ne serait pas plus mal.

Il pénétra dans la cathédrale. C'était un bâtiment extraordinaire, entièrement en acajou. Un bijou. Il tourna au chœur et s'engagea dans un petit escalier menant à la chorale et à une galerie courant le long de la nef. Les marches grincèrent et une voix demanda aussitôt :

— Qui est-ce ?

— C'est moi, Herbert.

— J'arrive, fit la voix.

Le Hollandais redescendit, contemplant les deux cordes qui servaient à tirer les cloches. Quelques instants plus tard, un homme en manche de chemise émergea de l'escalier sombre. Presqu'entièrement chauve, un gros nez busqué et des yeux marron proéminents. Il serra vigoureusement la main du Hollandais.

— Ça... ça... ça va ?

— Ça va. Et toi, Tonton ?

Le chauve eut un haussement d'épaules fataliste.

— Un... un jour, je vais fou... fou... foutre le feu à la baraque et me tirer.

Personne ne connaissait le véritable nom de « Tonton Beretta », un vieux Français au bégaiement accentué mais tout Paramaribo savait qu'il était arrivé dix ans plus tôt du Venezuela. Son surnom venait d'une fâcheuse propension qu'il avait eu à se servir d'un Beretta automatique à Caracas. Trois Vénézuéliens n'en étaient pas revenus et Tonton avait dû filer. Il était arrivé à Paramaribo sans un sou, avec des papiers très approximatifs et son vieux Beretta un peu piqué de rouille. Son avenir aurait probablement été sombre si le curé n'avait pas eu besoin d'un homme à tout faire. Contre toute attente, Tonton Beretta semblait s'être épanoui dans cette ambiance feutrée. Il s'était construit une petite maison au bord du fleuve, près du quartier javanais et, pour mettre du beurre dans ses épinards, entretenait plusieurs bateaux appartenant à des Hollandais. Hélas, ses meilleurs clients avaient fui après le massacre de décembre et il n'avait plus grand-chose à faire. Quand il n'était pas à l'église, il passait des heures à pêcher dans un grand canal des poissons que lui seul osait manger. Il ne recevait jamais de lettres et semblait absolument seul au monde.

Simplement, presque tous les soirs, il allait au *Parbo Inn* boire quelques bières puis parfois consommer une pute dans la rue voisine.

Il regarda Van Mook du coin de l'œil. C'était bien la première fois qu'il le voyait à l'église. D'habitude, ils se croisaient au *Parbo Inn,* chacun n'ignorant rien de l'autre.

— Tonton, dit le Hollandais, j'ai besoin de toi.

Le chauve remonta l'allée centrale à petits pas comme s'il comptait les bancs d'acajou vernis.

— Ouais ? marmonna-t-il.

— J'ai besoin d'un bateau, insista le Hollandais. Un truc rapide qui puisse prendre trois tonnes en tout.

Tonton Beretta s'arrêta net et le fixa de ses gros yeux marron :

— Dis donc, c'est un pa... pa... paquebot qu'il te faut...

— Le grand Magnum du Belge qui est parti, avec les deux moteurs hors-bord, il ne suffirait pas ? Tu sais, le bleu et blanc...

Tonton Beretta hocha la tête.

— Si les moteurs veulent dé... dé... démarrer. Seulement je n'ai pas d'essence et c'est un gouffre. A vingt-cinq nœuds, c'est deux... deux... cents litres à... à... l'heure...

Herbert Van Mook balaya l'objection d'un geste munificent.

— Pas de problème, je t'apporte l'essence que tu veux. Et je te file mille florins pour toi.

— Des florins ? fit le vieux, méfiant. Tu peux te les foutre au c... c... cul...

Le Hollandais fit l'étonné.

— Je croyais que tu sortais jamais d'ici.

Tonton Beretta lui jeta un regard furieux.

— Et si j'ai envie de me barrer avec mes écono... croques ? C'est pas avec tes florins que je pourrai bouffer dans un pays ci... ci... civilisé.

Van Mook entrevit aussitôt une économie substantielle.

— Ecoute, Tonton, fit-il, si tu veux, je t'emmène. J'ai l'intention de m'arracher après ce coup-là.

— Où tu... tu... tu... vas aller avec le bateau ? ironisa le chauve. Même avec une voile, on n'arrivera pas au Brésil. Et il y a un barrage à l'autre bout de la Surinam.

— Il n'y a pas que le bateau, fit le Hollandais, mystérieux. Combien de temps il te faut pour le préparer ?

Tonton Beretta s'arrêta en face de l'autel, les mains sur les hanches.

— D'abord, faut savoir pourquoi tu le veux ce bateau. Je veux pas que tu le remplisses de ser... ser... serpents. Et, tu... tu... tu vois, j'ai pas une immense confiance en t... t... toi...

— T'as tort, protesta Van Mook, sans se vexer. J'ai jamais doublé personne. Enfin, juste des caves.

— Ouais, fit Tonton Beretta. Sûr que t'es un mec co... co... correct, mais je veux en savoir plus. Moi, je suis responsable de ce b... b... bateau.

— Ecoute, fit Van Mook, conciliant. C'est un truc politique. Un mec qui veut s'arracher discrètement.

— C'est dangereux ?

— A ton stade, non, fit prudemment le Hollandais. On partira de nuit. Avec ton truc, il faut combien pour atteindre Carolina, à pleine charge, comme je t'ai dit ?

— Moins d'une heure si on se paie pas un tronc d'arbre flottant. Et cinq mille dollars...

Herbert Van Mook sursauta et dit d'un ton douloureux :

— Oh ! Tonton, tu vas un peu fort ! Ça fait longtemps qu'on se connaît.

— Justement, ricana le vieux Français. Pour une fois qu'on fait une affaire... Si tu trouves que c'est trop cher, tu peux toujours ramer avec tes gr... gr... gros bras...

Toujours le mot pour rire. Le Hollandais comprit que ce n'était pas la peine de discuter avec le vieil aventurier.

— Tu es enfouraillé ? demanda-t-il.

— Assez pour te filer les tripes à l'air si tu me mets sur un coup pourri, annonça aimablement Tonton Beretta, du coup sans bégayer. On n'a jamais travaillé ensemble, alors je te préviens : avec moi, il n'y a jamais de seconde entourloupe.

Apparemment l'eau bénite l'avait bien conservé. En dépit de ses réticences verbales et de sa discussion sordide, Van Mook sentait que l'ex-voyou vibrait de tous ses vieux os à l'idée de sortir de sa sacristie. En le poussant un peu, il l'aurait fait pour rien. Il tendit sa main large comme un battoir.

— C'est OK. Tiens, voilà déjà du blé pour la remise en état du moteur. Je passerai te voir demain, au hangar.

Royalement, il lui tendit un billet de cent florins que l'autre empocha.

— A propos, c'est pour quand t... t... ton truc ?

— Je ne sais pas, fit prudemment Van Mook, mais vaut mieux être prêt le plus vite possible.

L'autre le suivit le long de la nef et lui jeta avant qu'il s'en aille :

— Faudra me donner l'heure exacte, parce que je

n'ai pas de gr... gr... grue. On ne peut pas sortir à n'importe quel moment, il faut attendre la m... m... marée. Tu me garantis qu'on va pas se faire allumer ? Le bateau, il est pas à moi...

— Juré, sur la tête de ma mère, fit Van Mook.

La pauvre femme étant morte de chagrin en le mettant au monde, il ne risquait pas grand-chose. Tonton Beretta, sur le parvis, le regarda partir, puis rentra terminer le briquage de ses cloches, pensif.

Il connaissait toutes les activités légales et illégales de Van Mook et ne voyait vraiment pas ce qui pouvait le pousser à se mêler de politique... Donc l'autre ne lui avait dit qu'une partie de la vérité... Tonton Beretta se promit, avant de prêter un bateau qui ne lui appartenait pas, d'en savoir plus. Il avait à peu près aussi confiance dans le Hollandais que dans une tarentule. Hélas, on ne choisissait pas toujours ses partenaires en affaires. Il retourna dans son gourbi, ouvrit un tiroir, déroula un chiffon et en sortit un Beretta 9 mm automatique qu'il se mit à démonter.

Tout en nettoyant le vieux pistolet, il se dit que si une crapule comme Herbert Van Mook était prêt à lui donner cinq mille dollars, c'est qu'il en gagnait cent fois plus. Il faudrait revoir les termes de ce partage à son avantage, pensait-il, en testant le ressort du percuteur.

C'était bon de rajeunir.

***

Malko tourna la tête vers la gauche et son regard rencontra la gueule noire d'un fusil mitrailleur installé au poste de garde de la caserne Memre Boekoe, braqué sur l'entrée. Il continua à remonter Gemenelandsweg pour s'arrêter au feu rouge, en face de l'ambassade indonésienne. A part le FM, braqué sur l'entrée, Memre Boekoe ressemblait à toutes les casernes, avec ses bâtiments sans joie et sa clôture de barbelés. Il tourna à droite dans Zinniastraat, effectuant le tour complet de son objectif et découvrant une seconde entrée, dans Gravenberchstraat. Il descendit la large avenue à deux voies, vers le centre. Memre Boekoe se trouvait très loin du fleuve, à près de quatre kilomètres de Fort Zeelandia. Malko se laissa guider par les sens uniques et, pour la quatrième fois, se retrouva dans Gravenstraat, la rue de la cathédrale et de l'hôpital.

Il commençait à connaître le trajet par cœur. Son but était simple : trouver le meilleur endroit possible pour une embuscade. Deux conditions : être assez éloigné de la caserne pour que les coups de feu ne fassent pas surgir un renfort immédiat et se trouver de façon absolument certaine sur le parcours de Memre Boekoe à Fort Zeelandia. Maintenant, il était au moins certain d'une chose : quel que soit l'itinéraire emprunté, il se terminait dans Gravenstraat.

Descendant la rue à sens unique, il dut freiner brusquement, car une ambulance, sortant de l'hôpital sur sa gauche, lui coupait la route. C'était ce qu'il lui fallait ! Le seul véhicule qui n'éveillerait pas l'attention durant le couvre-feu, c'était une ambulance. Il s'arrêta un moment, observant les lieux. En face de l'hôpital, un Noir était perché sur la balustrade en bois d'une antique maison tombant en morceaux, comme un oiseau sur une branche. Le regard absolument vide. Malko repartit, ne tenant pas à attirer l'attention.

Un peu rasséréné, il gara sa Mitsubishi devant le *Torarica*, la chemise collée à son dos par la sueur. A part l'iguane qui fila, la queue verticale en le voyant, la piscine était toujours aussi déserte.

Il avait à peine eu le temps de se tremper dans l'eau que le haut-parleur grésilla, déformant son nom de façon presque incompréhensible. Il y avait un téléphone près du bar fermé et il put joindre le standard.

C'était la voix joyeuse de Cristina Ganders.

— Si vous n'avez rien à faire, je passerai vous prendre après mon travail, vers une heure et demie, proposa-t-elle. Nous irons déjeuner chez une amie.

Pas de nom, aucune précision. Malko raccrocha, intrigué et plutôt content. Son opération folle semblait se mettre en place. Cristina Ganders ne l'appelait sûrement pas pour une rencontre mondaine. C'est elle qui détenait l'élément principal : les modalités du transfert de Julius Harb. Sans cette information le reste n'avait aucune valeur.

Il repensa à Herbert Van Mook. Il y aurait quelques grincements de dents lorsqu'il saurait ce que Malko avait vraiment dans la tête. Si Malko réussissait, du même coup, il privait le gouvernement illégal du Surinam de son or. Un beau doublé.

*
**

Herbert Van Mook pénétra en sifflotant dans le garage. Il avait fait une petite halte chez les putes de Watermolenstraat où il avait repéré une nouvelle Colombienne qui ne devait pas avoir seize ans et qu'il s'était fait mettre de côté. Même Rachel, avec sa perversité, ne lui ôtait pas le goût du changement. Il s'arrêta à l'entrée de l'atelier, cherchant à percer la pénombre encombrée de carcasses de voitures, de pneus, de vieux moteurs. Il possédait la moitié de cette modeste entreprise, ce qui lui payait tout juste ses cigarettes. Une brusque colère balaya sa décontraction. Où était son mécanicien ? Se faufilant entre les empilements de tôles, il arriva au fond de l'atelier. Une voiture était montée sur un pont. Sous ce dernier, il aperçut un grand Noir à moitié nu et, sous ce Noir, celui qui aurait dû être en train de réparer la voiture,

Dutchie. La salopette baissée, dans une position qui ne laissait aucun doute sur son activité.

— Dutchie, gueula Van Mook, je t'ai dit vingt fois de ne pas te faire enculer pendant les heures de travail !

Pour donner plus de poids à ses paroles, il envoya un violent coup de pied dans ce qui était visible des fesses brunes du dénommé Dutchie.

Effrayé, le Noir voulut sortir, se cogna la tête à la voiture, jura et bascula de l'autre côté du pont. Rajustant son short, il fila sans demander son reste... A son tour, Dutchie, à quatre pattes, la figure pleine de cambouis, se remit debout. Van Mook le contemplait en riant. Dutchie était un pâle voyou qui lui servait à toutes ses petites besognes et, entre autres, de releveur de compteur quand il exploitait quelques putes.

— J' voulais pas, murmura le mécano, ce salaud de nègre, il m'a pris par surprise.

Le Hollandais ricana, sans illusions.

— J'espère que tu t'es fait payer d'avance, petit con, parce qu'il s'est tiré...

Devant l'air choqué de Dutchie, il ajouta aussitôt :

— Ah, c'était une histoire d'amour, excuse-moi ! Bon. Si je me souviens, c'est toi qui entretiens la bagnole de la fille qui travaille à la Banque Centrale, tu sais, la petite à lunettes, plutôt bien roulée.

— Ouais, fit Dutchie, essuyant le cambouis qui lui maculait le visage.

— C'est bien elle qui ferme la banque tous les soirs ?

— Oui, je crois.

Herbert Van Mook donna un coup de pied machinal dans un pneu.

— Bon, tu vas te démerder pour que sa voiture tombe en panne. La lui réparer et bavarder avec elle. Je veux savoir comment ça se passe quand elle part de la banque. S'il y a un système de sécurité, où sont les clefs, les gardiens, tout, quoi...

Dutchie le fixa, effaré.

— Vous voulez... ?

A toute volée, Herbert Van Mook lui balança un revers sur la bouche, lui ouvrant la lèvre inférieure. Puis ses doigts se refermèrent autour du cou du jeune mécano et il lui cogna la tête contre le rail du pont.

— Si tu ouvres ta gueule de pédé, ou si tu ne fais pas ce que je te dis, menaça-t-il, je te sors la cervelle par les oreilles.

Dutchie le regarda s'éloigner en tamponnant sa bouche meurtrie, fou de haine et de peur. Herbert Van Mook le terrifiait à cause de sa force physique et le fascinait en même temps. Il n'osait pas s'avouer qu'il était vaguement amoureux de lui. Il se demanda ce qu'il voulait faire à la Banque Centrale.

A quoi bon voler des florins qui ne valaient que leur poids de papier hors du Surinam ? Enfin, ce n'était pas ses affaires. Il se remit à son travail interrompu par sa brève idylle.

***

Herbert Van Mook roulant au pas dans Keizerstraat, scrutait les passants, à la recherche d'une silhouette agréable à regarder. Plutôt de bonne humeur.

Il se demanda où il allait trouver deux types capables de se servir d'un M 16 sans se trouver mal.

Le bac vomissait une foule compacte venue de l'est du pays et même de Guyane pour le marché. Paramaribo grouillait d'animation. Brusquement, il n'eut pas envie de regagner la ferme. Rachel nourrirait les animaux. Il mit le cap sur Watermolenstraat, espérant que sa Colombienne serait encore là, se frayant un passage à grands coups de klaxon.

Tout en conduisant, il pensa soudain à quelqu'un qui ne ferait pas dans son froc s'il avait à se payer quelques soldats. Le tout était de le lui demander gentiment et de le convaincre sans trop lui promettre. Lorsqu'il pensait aux deux tonnes d'or, il en avait le vertige. Et pourtant, il savait que l'homme venu faire évader Julius Harb ne bluffait pas.

***

La volumineuse poitrine de Cristina Ganders, moulée dans une robe de jersey orange, rayonnait comme un phare.

Ils traversèrent le hall du *Torarica* et montèrent dans la Mitsubishi de Malko.

— Où allons-nous ?

— Chez Mama Harb. La mère de Julius Harb.

— Pourquoi ?

— C'est elle qui me renseigne. Grâce aux amis de son fils, toujours dans l'armée, elle sait tout. Comme j'ai été obligée de lui poser des questions précises, elle a commencé à se douter de quelque chose. Alors, j'ai été obligée de lui dire ce qu'on préparait.

Malko, arrêté entre les deux voies de Combéweg, faillit en emboutir un bus.

— Mais c'est de la folie. Si la moindre indiscrétion filtre, c'est fichu.

Cristina ne se troubla pas. Au contraire, elle éclata d'un rire clair.

— Pas du tout. Mama Harb avait l'intention d'attendre son fils à la sortie de Memre Boekoe et d'attaquer le transfert à la machette. Pour qu'elle ne se lance pas là-dedans, il faut lui expliquer qu'on fera quelque chose de plus efficace. Ensuite, je lui ai dit que si elle disait un mot à qui que ce soit son fils mourrait. Elle l'adore, elle fera n'importe quoi pour le sauver...

Réticent, Malko souleva une dernière objection :

— Si on nous voit chez elle, les voisins ne vont pas se poser de questions ?

Encore une fois, Christina Ganders le rassura.

— Non. J'emmène souvent des gens déjeuner chez elle. Elle fait bien la cuisine et cela l'aide à gagner sa vie. Tout le monde le sait.

Ils filaient vers l'ouest, suivant une avenue bordée de superbes acajous de trente mètres de haut, les plus vieux arbres de Paramaribo. Le goudron s'arrêta, laissant la place à une allée bordée de maisonnettes de bois, plutôt modestes.

— C'est là ! annonça Cristina. Elle parle à peu près anglais.

Une grosse Noire en robe à fleurs s'encadra dans la porte du numéro 62, avec un sourire édenté. L'intérieur de la maisonnette minuscule était propre comme un sou neuf.

Noire comme du charbon, les yeux malicieux, le ventre en avant, Mama Harb ressemblait à une réclame pour un rhum. Des portraits de son fils étaient posés sur tous les meubles, alternant avec ceux du pape. La Noire apporta la sempiternelle bouteille de Black Cat. Tandis que Malko trempait ses lèvres dans le rhum blanc, elle se lança dans une longue harangue en taki-taki.

— Mama Harb dit que son fils est battu sans arrêt. On lui a toujours refusé la permission de le voir. Ils ont bloqué l'argent de Julius. Elle a seulement soixante florins par mois pour vivre depuis qu'il ne lui donne plus rien. Elle lui fait parvenir de la nourriture grâce à des amis. Elle veut savoir comment vous allez le délivrer. Elle est très touchée que vous soyez venu d'Europe pour l'aider, mais elle a très peur pour lui.

C'était émouvant et dérisoire. Malko expliqua en

anglais simple qu'il voulait attaquer le convoi avant l'exécution, qu'il ne fallait en parler à personne mais qu'elle devait les tenir informés de tout changement.

— Bien sûr, bien sûr, approuva Mama Harb, puis elle reprit le taki-taki, volubile comme un moulin à paroles. Cristina avait du mal à traduire.

— Elle dit qu'ils le craignent parce qu'il est très populaire et honnête. Il n'a jamais aimé les Cubains. Ils vont le tuer comme les autres. Tous ses copains sont dégoûtés, mais ils ont peur de se retrouver plein de trous. Bouterse est féroce... Maintenant, nous allons manger, elle nous a fait un plat local.

Une petite table était dressée dans le coin cuisine et la Mama apporta un gros chaudron plein d'une pâte jaunâtre où flottaient des morceaux de poulet.

— C'est du *pom*, annonça Cristina. Des patates douces avec du poulet.

Avec la chaleur, c'était vraiment le plat idéal... Sans parler du piment. Impitoyablement, Mama Harb les resservaient dès que leur assiette était vide. Seul breuvage : le rhum blanc, servi lui aussi à gogo.

Les yeux de Cristina devenaient de plus en plus brillants. Quant à Mama Harb, son taki-taki coulait comme le rhum.

— Elle veut savoir qui vous êtes, pourquoi vous vous occupez de son fils, expliquait Cristina. Elle est très intriguée. Elle dit que les militaires sont très dangereux. Ils tuent tous ceux qui ne sont pas d'accord avec eux. Vous devez faire très attention...

Une demi-heure plus tard, Malko était sur le point d'éclater. Après une dernière rasade de rhum, Mama Harb ôta enfin les assiettes et disparut dans la cuisine.

— On va la laisser, dit Cristina. Maintenant, elle

va se mettre en quatre pour obtenir des informations.

Mama Harb prit les deux mains de Malko dans les siennes, les larmes aux yeux et lui adressa un long discours en taki-taki. Soudain, elle ouvrit une armoire et en sortit une machette à la lame brillante et effilée comme un rasoir, qu'elle brandit sous le nez de Malko.

— Elle dit que s'ils font du mal à son fils, traduisit Cristina, elle ira elle-même tuer Bouterse.

La machette sur la hanche, elle leur fit au revoir, après avoir juré de leur donner des informations. Devant le scepticisme de Malko, Cristina Sanders affirma :

— Les « mamas » savent tout ici. Elles lavent le linge de tout le monde, même des militaires. Mama Harb connaît tous les copains de son fils. Ils n'osent pas protester ouvertement, mais ils lui transmettent des messages. Les Surinamiens ne sont pas méchants.

Ils cahotaient entre les acajous géants. C'était l'heure de la sieste et Paramaribo s'assoupissait dans la moiteur tropicale. Cristina bâilla.

— J'irais bien faire la sieste, mais mon Jules doit venir. Vous pouvez me ramener à ma voiture, je l'ai laissée au *Torarica*.

De nouveau, ils passèrent devant l'hôpital et Malko vérifia l'emplacement qu'il avait repéré, confortant son premier choix. Cristina avait allumé une cigarette.

— On vous a parlé de moi en Hollande ? demanda-t-elle soudain.

— Un peu, dit prudemment Malko.

Elle se tourna vers lui, les yeux rieurs.

— On vous a dit que je couchais avec tout Paramaribo, n'est-ce pas ? Celui qui vous l'a dit a couché avec moi aussi et il aimait beaucoup cela. C'est vrai, j'ai eu beaucoup d'hommes, mais je ne suis pas une putain. Certains me paient. C'est normal. Sans ça je ne les laisserais jamais se servir de mon corps. Mais je ne fais pas tout pour de l'argent. Dans cette histoire-ci, par exemple, je veux seulement vous aider et surtout aider le Surinam à se débarrasser de ces salauds. Sinon, nous sommes foutus.

— Vous pourriez vivre en Hollande ?

— J'ai essayé déjà. J'ai vécu aussi aux Etats-Unis, en Floride, à Jacksonville. Puis, je suis revenue ici. C'est le Surinam mon pays. (Elle rit). J'ai du sang noir, moi aussi. Mais cela va tellement mal que je vais être obligée de partir, de m'établir en Hollande.

Ils étaient arrivés au *Torarica* et Malko stoppa sous l'auvent, en face de l'hôtel. Le rhum semblait servir de sérum de vérité à Cristina Ganders. Elle s'accouda à son siège et le fixa avec un regard ambigu.

— Vous allez travailler avec Herbert Van Mook ?

— Oui, fit Malko. Grâce à vous.

Elle tira nerveusement sur sa cigarette :

— Faites attention. Il tuerait sa mère pour de l'argent. C'est un sale type. Un maquereau, un lâche. S'il peut vous doubler, il le fera. C'est un tueur aussi, sans le moindre scrupule.

Malko demeura de marbre. Si elle avait su l'histoire des deux tonnes d'or, Cristina lui aurait conseillé de traverser le fleuve à la nage.

— Vous veillerez sur moi, dit-il.

Elle secoua lentement la tête.

— Je ne le contrôle pas. Il est capable de tout. Rachel, la fille qui est avec lui, ne vaut pas mieux. Elle est folle et perverse.

Malko était intrigué.

— Comment savez-vous tout cela ?

Cristina écrasa sa cigarette dans le cendrier et eut un sourire en coin.

— On me téléphone toute la journée pour me raconter des potins. En taki-taki, nous appelons ça le *molokoranti*, le téléphone nègre. Ce téléphone me dit que votre vie est en danger. Et pas seulement à cause des militaires. A ce soir.

Elle sortit de la Mitsubishi et il regarda s'éloigner la robe orange. Elle était fendue très haut derrière, découvrant à chaque pas les cuisses de la créole.

CHAPITRE VI

Le *Parbo Inn* était toujours aussi sombre. Malko avait l'impression de revivre la même scène. Herbert Van Mook était au bar en compagnie de Rachel, qui portait la même jupe en denim, à la limite de l'indécence. Le Hollandais vint l'accueillir et ils s'installèrent à une table surmontée d'une énorme Tour Eiffel en carton. Aussitôt, Ayub, le barman pakistanais, apporta d'office deux bières.

— Je crois que j'ai fait du bon boulot ! annonça Herbert Van Mook. On a déjà une partie de ce qu'il nous faut.

Il résuma pour Malko les hameçons qu'il avait lancés. Ce dernier se sentit un peu rassuré : la façon dont Van Mook abordait le problème prouvait qu'il agissait en professionnel. Mais il était décidé à tout vérifier par lui-même. Une seule faille dans l'exécution du plan et il se retrouvait en prison à Cuba jusqu'à la fin de ses jours. Ou pire.

— Je veux voir le bateau, exigea-t-il.

— Maintenant ?

— Pourquoi pas ? Ce sera fait.

Herbert Van Mook réfléchit rapidement. A cette heure-ci, Tonton Beretta devait se trouver dans ses coins favoris. Après tout, pourquoi ne pas satisfaire son commanditaire ? Plus ce dernier aurait confiance, plus il serait facile à abuser. Tout cela bouillait à petit feu sous son front bas, tandis qu'il essayait de prendre un air détaché. Il ne rêvait plus que des barres d'or massif.

— OK, dit-il, on va essayer de le trouver. Mais attention, je ne lui ai pas parlé de l'or...

— Vous avez eu raison, approuva Malko.

Van Mook alla dire à Rachel de les attendre et ils partirent dans la chaleur moite du crépuscule. Quelques minutes plus tard, ils étaient dans Watermolenstraat. Premier bar, personne; second, uniquement des Noirs qui leur jetèrent des regards hostiles. Des cris furieux sortaient du troisième. Deux putes noires comme du charbon, les cheveux tressés à la façon des rastas, moulées dans des minijupes et des pulls trois tailles trop petits, étaient en train de se crêper le chignon sous l'œil rigolard d'une Colombienne. Un type chauve, du bar, regardait la scène avec intérêt.

— C'est lui, annonça Van Mook.

Les putes se turent lorsqu'ils entrèrent dans le bar. Van Mook alla droit sur Tonton Beretta.

— Tonton, fit-il, voilà mon copain, celui qui finance l'opération. J'ai voulu que tu le connaisses.

Les gros yeux marron se posèrent sur Malko, le détaillant comme un insecte. Puis l'homme tendit une main, grasse mais ferme.

— Salut, fit-il d'une voix basse. C'est bien. J'aime connaître ceux avec qui je travaille. Vous p... p... prenez une bière ?

Ils burent en silence, puis le Hollandais lança à voix basse :

— Il voudrait voir ton bateau. C'est possible ?

Le Français vida sa bière et coula à la Colombienne un regard plein de regret.

— Ça va me faire faire des éco... éco... économies, mais allons-y.

Ils repartirent à pied jusqu'au *Parbo Inn* et prirent la voiture de Van Mook, après avoir récupéré Rachel. Tonton Beretta monta à l'avant et, aussitôt, à l'arrière, Rachel se colla sournoisement contre Malko, posant sa main sur la sienne. Dès qu'ils furent sortis de la lumière du centre, elle la fit glisser jusqu'à une poche de sa robe et Malko sentit tout à coup la chaleur moite de son ventre sous ses doigts. Rachel continuait à parler à son amant dont Malko ne voyait que le dos énorme... Il sentit soudain en lui un trouble qui lui asséchait la gorge. Rachel arborait toujours le même sourire un peu lointain et innocent. Malko la sentait remuer doucement sous ses bras, ouvrant légèrement les jambes pour qu'il puisse aller encore plus loin. Puis, elle se tendit, se raidit et il réalisa qu'elle était en train de jouir. Il faillit l'imiter. Heureusement, ils étaient arrivés.

La cabane du Français ne payait pas de mine au milieu d'un terrain qui était une véritable forêt vierge, en bordure du fleuve... Il les amena à un grand hangar abritant plusieurs bateaux et s'arrêta devant le plus gros, un énorme canot automobile, bleu et blanc, profilé comme un squale.

— Voilà la bête ! annonça Tonton Beretta. Deux moteurs de 175 chevaux. Vingt-cinq nœuds sans fatigue. Deux cents litres à l'heure. On peut rouler six heures, plein pot.

Il avait pris son souffle et tout débité sans bégayer. Malko monta à bord pour l'examiner. Le bateau semblait en parfait état. La cabine sous le pont avant était assez vaste pour abriter l'or ; les passagers tiendraient facilement dans le cockpit. Le canot était bas sur l'eau et ne devait pas se repérer facilement...

— Où le mettez-vous à l'eau ? demanda-t-il.

— Il y a un « slip » en ville avant la gare des autobus, expliqua le Français. Mais il n'est bon qu'à marée haute.

— Il faudrait commencer la veille, dans ce cas, suggéra Malko.

Le vieux Français fit la grimace.

— Embêtant. On risque de tout voler dessus et je n'ai pas envie de dormir dedans. En plus, ça va nous faire remarquer.

— Il faut le mettre à l'eau le matin, insista Malko, et, durant la journée, le cacher quelque part sur l'autre rive de la Surinam.

Tonton Beretta frotta son crâne chauve, pensivement.

— Il y a un bief en face du chantier. Là, personne ne le verra. Seulement, le dernier bac est à 6 h 30. Il faudra que quelqu'un le prenne et reste dessus jusqu'à la nuit.

— J'ai quelqu'un, affirma aussitôt Van Mook.

Il pensait à Dutchie. Malko refit le tour du bateau, satisfait. Il mesurait environ trente-cinq pieds, c'était bien assez. Il pouvait aisément porter deux tonnes plus cinq ou six personnes.

— J'ai vu un patrouilleur sur le fleuve, dit-il. Savez-vous à quelle vitesse il va ?

Tonton Beretta eut un rire joyeux.

— La moitié de celui-là, et le temps qu'ils le mettent en route, nous serons à Domburg.

— Les moteurs ?

— Je suis en train de les réviser. Mais ils tournent bien.

Le vieux Français caressa d'un regard tendre l'étrave effilée. Son rêve avait toujours été de posséder un bateau de cette espèce.

Les trois hommes regagnèrent la petite maison où Rachel les avait attendus. La créole semblait toujours perdue dans sa rêverie érotique. Tonton Beretta tint absolument à leur offrir un rhum. Pour changer. La nuit était tombée brutalement, sans que la température baisse d'un degré. Malko commençait à voir son projet fou prendre forme.

Chaque fois qu'il croisait le regard de Van Mook, il se heurtait à un sourire désarmant de sincérité...

— C'est p... p... pour quand ? demanda Tonton Beretta, anxieux. Il me faut encore au moins un jour de boulot pour les moteurs et le graissage des commandes.

— Je pense que ça ira, fit Malko.

Sortant trois billets de cent dollars de sa poche, il les tendit au vieux Français.

— Voilà pour les frais et l'essence.

Herbert Van Mook changea de voix et de visage. Malko gâchait le métier. Le vieux filou était capable de leur réclamer dix mille dollars à la dernière minute...

*
**

Sur le chemin du retour, Malko demanda au Hollandais de stopper sur Waterkant, l'avenue longeant le fleuve, bordée de charmantes vieilles maisons coloniales en bois peint. A côté du minuscule ministère du Travail, la petite Banque Centrale de Surinam ressemblait à un décor de cinéma avec ses six colonnes blanches, son fronton et son toit d'ardoises bleues... Des barreaux protégeaient les fenêtres du rez-de-chaussée et aucun garde n'était en vue. De jour, un unique policier en marron, sans arme, somnolait devant l'entrée principale, sur une chaise, à l'ombre. Il fit quelques pas et aperçut sur la gauche une grille en retrait, donnant sur la cour intérieure de la banque. Rachel et Van Mook étaient restés dans la voiture. Il continua, passant devant le ministère du Travail, puis tourna dans Mirandastraat au coin du ministère du Travail. Tout de suite après celui-ci, après Mirandastraat, s'élevait une grande maison de bois qui arborait la plaque du consulat d'Allemagne sur sa porte. Entre les deux bâtiments, se trouvait un terrain vague servant de parking, dont l'entrée était le long de la maison. Malko s'y engagea. Comme il l'avait pensé, il n'était séparé de la cour de la banque que par un mur peu élevé, sans barbelés ni tessons de bouteilles. Il retourna sur ses pas et regagna Waterkant.

Plusieurs marchands ambulants stationnaient en bordure de Waterkant, en face de la banque, offrant des boissons et des glaces. Il avança jusqu'au bord du quai. L'eau semblait profonde. De Waterkant, le bateau de Tonton Beretta serait invisible à cause de ses faibles structures. Il revint à la voiture.

— Nous pourrons amener le bateau jusqu'ici, dit-il. Cela éviterait plusieurs transbordements.

— Il faut que je demande à Tonton s'il y a du fond, fit Van Mook.

Malko regarda sur sa gauche. Le patrouilleur se trouvait à peine à deux cents mètres, gardé par deux soldats, et la masse de brique rouge de Fort Zeelandia dominait le Surinam derrière lui. Il remonta dans le véhicule.

— Il y a encore beaucoup de problèmes, dit-il, mais je pense que nous pouvons procéder de cette façon. Il n'y a pas de poste militaire en bordure du fleuve, qui pourrait intercepter le bateau ?

— Rien, affirma le Hollandais. Seulement quelques soldats qui gardent une des maisons de Bouterse, avant Domburg. La nuit, ils dorment.

Ils tournèrent devant la poste pour rejoindre le *Parbo Inn*. Rachel se pencha vers Malko et demanda de sa voix enfantine :

— Vous venez dîner avec nous, à la ferme ?

— Non, je suis pris, dit Malko.

Cristina devait déjà l'attendre.

Ils se retrouvèrent devant le bar.

— Il faut deux véhicules, dit Malko. Une ambulance et un camion qui nous attendra au bac.

— Une ambulance ? dit le Hollandais avec surprise. Pourquoi ?

— Je vous expliquerai, dit Malko. Demain soir, je passerai à la ferme. Il faut que vous ayez résolu ces deux problèmes d'ici là.

Il gagna sa voiture garée en face du *Parbo Inn*, évitant le regard brûlant et déçu de Rachel. Son intermède automobile ne lui avait pas suffit...

***

Un chien se mit à aboyer furieusement, se jetant contre la grille qu'essayait de pousser Malko. Presque aussitôt une silhouette apparut à la véranda du premier, indistincte dans l'obscurité.

— Entrez ! cria la voix de Cristina Ganders. Suki, tais-toi !

Malko poussa la grille, le chien se tut, et il monta l'escalier extérieur menant à la véranda. La jeune créole surgit aussitôt, souriante, maintenant contre elle une robe noire de la main gauche. Elle se retourna aussitôt.

— Vous pouvez me la fermer ?

Elle avait un dos superbe que la robe découvrait jusqu'à la naissance des reins. Malko remonta la courte fermeture Eclair et Cristina lissa la toile pour mettre sa poitrine en place. Avec ses hauts talons, sa taille mince soulignée par une grosse ceinture de croco, ses cheveux tirés sur les tempes, elle était splendide, débordante de sensualité. Une bouteille de J and B traînait sur la table et elle s'en versa une bonne rasade. Ça ne devait pas être la première de la soirée. Après le rhum qu'elle avait bu chez Mama Harb... Robuste santé.

— J'ai appris deux ou trois choses, annonça-t-elle. Peut-être que Julius ne sera pas exécuté. Il y a une grande discussion à son sujet en ce moment, entre les pro-Cubains et les autres. Les pro-Cubains veulent sa peau, mais il a encore des amis dans l'armée. Le Président a dit qu'il démissionnerait s'il y avait de nouvelles exécutions. (Elle rit). Il ne le fera sûrement pas. Il aime trop son beau palais... Mais ça les fait hésiter.

— Il y a une chance qu'ils le libèrent ?

— Non. Seulement qu'ils reculent l'exécution. Ou qu'ils l'avancent.

Elle regarda sa montre et se leva vivement.

— Allons-y. Ici, tout commence tôt, à cause du couvre-feu... Vous avez une voiture ?

— Oui, dit Malko.

Ils montèrent dans la Colt de Budget. Cristina parlait sans arrêt, jouant avec les gros bracelets de son bras gauche. Malko lui demanda :

— J'espère que je ne dérange pas votre emploi du temps ? Vous deviez peut-être aller avec quelqu'un...

— Non, dit-elle en souriant, en ce moment, j'ai un ami hindoustani dont la femme est jalouse. Je ne le vois guère que l'après-midi. Heureusement que je sors à une heure et demie. Mais au lieu de me mettre en short et de me reposer, je suis obligée de me maquiller et de faire ses quatre volontés. Il en veut vraiment pour son argent. Enfin...

Une bonne nature. Elle le guida dans un dédale d'avenues sombres qui se ressemblaient toutes, bordées de maisons élégantes enfouies dans une végétation exubérante. Celle où ils se rendaient ressemblait aux autres, noyée dans les bananiers géants et les flamboyants.

Des Libanais laids comme des poux accueillirent Cristina comme si c'était la Reine de Saba. Les invités se mirent à arriver et très vite, il fallut hurler pour se parler. Soudain, Malko aperçut une peau de panthère moulant une croupe somptueuse. Quand celle à qui elle appartenait se retourna, il reconnut Greta Koopsie. La jeune Hollandaise lui sourit et il la rejoignit, abandonnant Cristina, aussitôt accaparée par un jeune métis à lunettes. Greta Koopsie lui tendit une main parfumée.

— Bonne surprise ! Vous vous êtes vite intégré au Surinam, dit-elle. Vous avez trouvé la cavalière idéale.

— Pourquoi ?

Greta Koopsie se pencha à son oreille.

— On dit que c'est le meilleur coup de Paramaribo, mais elle est assez chère. Remarquez, vous avez des dollars.

Elle se tut, Cristina arrivait vers eux. La créole adressa un sourire ravageur à Greta Koopsie.

— Alors, toujours seule ?

— Toujours, répondit la jeune Hollandaise. Et très contente.

Cristina s'éloigna à travers la foule des invités. Ceux-ci s'étaient jetés comme des gloutons sur le buffet. Greta pouffa.

— Elle veut absolument me refiler à quelques-uns de ses amants. Me maquerauter, quoi. Surtout que j'en connais certains. Il faut du courage pour entrer dans un lit avec de pareils débris... Je ne l'envie pas.

— Toujours au jogging ? demanda Malko.

— Toujours. Jusqu'à ce que je trouve. Quand cela me travaille trop, je prends une bonne douche...

Malko lui jeta un regard inquisiteur.

— C'est seulement pour vous rafraîchir ? Avec une douche, on peut faire beaucoup de choses.

Elle lui tourna le dos avec une pirouette. Malko suivit des yeux la silhouette en panthère. Il n'était pas le seul. Elle était, avec Cristina, la femme la plus excitante de la soirée. A part peut-être une Chinoise sculpturale, assise à l'écart, hiératique, la robe fendue très haut, révélant sa cuisse fuselée. On buvait sec et on bâfrait encore plus. Plus la nuit avançait, plus la chaleur devenait étouffante. Des gens entraient et sortaient sans arrêt. Cristina revint vers lui, un verre de scotch à la main, et passa familièrement un bras sous le sien.

— Ne me dites pas que vous avez dégelé cette petite dinde !

— Je ne l'ai vue par hasard qu'une fois une demi-heure...

La belle créole lui jeta un regard aigu et trouble.

— Cela suffit parfois, quand on en a vraiment envie...

Elle ruisselait littéralement de sensualité... Une pulpeuse fleur tropicale. Un filet de transpiration coulait entre ses seins et ses yeux étaient de plus en plus brillants. Quelqu'un avait mis sur l'électrophone un disque de meringué lent et sensuel.

— On danse ? proposa Cristina.

Quelques couples évoluaient déjà sous un bananier géant qui ressemblait sous la lune à un gigantesque éventail. Malko ne fut pas surpris en sentant le corps souple de Cristina épouser le sien tandis qu'elle nouait les bras autour de son cou. Elle semblait ne pas avoir d'os. Son bassin se balançait très lentement, ses seins fermes s'écrasaient contre lui et son parfum *sui generis* se mélangeait harmonieusement à celui dont elle s'était arrosé. Un autre danseur, évoluant près d'eux, lui caressa la hanche en passant et elle lui répondit d'un sourire carnassier, murmurant à l'oreille de Malko :

— Tous les hommes qui sont ici ont couché avec moi ou ont essayé. Ils doivent être très jaloux... S'il y a des mouchards dans cette party, ils ne pourront que m'attribuer un nouvel amant. J'ai la réputation de sauter sur toutes les nouvelles têtes. Vous ne faites donc pas exception.

Elle avait beau plaisanter, l'amour-propre de Malko en fut désagréablement chatouillé. Il n'arrivait pas à savoir si elle jouait vraiment pour la galerie ou si elle se sentait sincèrement attirée par lui.

Il s'en voulut de se poser la question au sujet d'une femme qui comptait ses amants par centaines, mais il ne pouvait se défendre d'une attirance violente pour cette splendide créature, même si elle sortait sans sa bonne depuis longtemps. La musique changea et elle le quitta avec un sourire puis elle enlaça un hindoustani à grosse moustache qui se mit aussitôt à la peloter honteusement. Malko accrocha le regard ironique de Greta Koopsie debout près du buffet. Il se rapprocha d'elle.

— Vous ne dansez pas ?

— J'ai essayé, dit-elle. J'ai cru que mon cavalier allait transpercer ma robe avec son machin. Ce sont des animaux...

— Je vous jure de ne pas vous violer..., assura-t-il.

Elle l'enlaça en souriant et tout de suite se colla à lui, le bassin en avant.

— Vous voyez que je ne suis pas bégueule, dit-elle. Ce n'est pas désagréable la sensation d'un corps d'homme contre le sien. A condition de le choisir.

Ils dansèrent plusieurs meringués, étroitement imbriqués l'un dans l'autre. Il commençait à fantasmer sur ce qu'il y avait sous la peau de panthère lorsque Greta Koopsie se détacha et soupira :

— Bon, je dois rentrer, j'ai mon jogging demain matin à sept heures. A bientôt, peut-être...

Quelle allumeuse ! Malko se retrouva en tête à tête avec une coupe de Dom Pérignon. Jusqu'à ce que Cristina surgisse, traînant une jeune Noire bouclée comme un caniche, avec une extraordinaire poitrine pointue.

— Helena veut faire votre connaissance, annonça-t-elle.

Helena se jeta dans les bras de Malko et commença à danser sur place une gigue absolument obscène, enfonçant sa poitrine d'acier dans ses pectoraux, faisant tourner son bassin comme une danseuse orientale.

Hélas, la musique s'interrompit et Helena fut happée par un grand Javanais qui l'entraîna dans le jardin. Cristina rejoignit Malko, pouffant de rire.

— Vous ne savez pas y faire ! Cela fait un quart d'heure qu'elle vous dévorait des yeux. Elle ne peut pas résister à un blond. Mais elle a trop bu ce soir. Le premier qui l'emmènera la sautera. Tant pis pour vous...

Les mœurs semblaient plutôt libres au Surinam. A voir le nombre d'hommes qui entouraient Cristina avec des regards pleins de sous-entendus, elle n'avait pas menti à Malko sur le nombre de ses amants. Celui-ci en avait assez de ce bruyant carnaval tropical. L'air ruisselait d'érotisme et il avait envie de chasser sa tension nerveuse pour quelques heures.

— Si nous rentrions ? proposa-t-il.

A sa grande surprise, Cristina ramassa aussitôt son sac.

— Bonne idée ! Il faut que je m'arrête de boire. Ça fait grossir...

Le temps d'étreindre au passage une douzaine de ses ex-amants, ils réussirent à s'extraire de la cohue. La température avait légèrement baissé, il ne devait plus faire que 30 degrés et le ciel était dégagé. Cristina se laissa tomber sur le siège de la Mitsubishi.

— Je suis morte ! J'ai bu au moins douze scotchs !

Il n'était que onze heures et déjà les rues étaient totalement désertes. On se serait cru dans une ville morte, abandonnée. Le silence était tel qu'on entendait même les cliquetis du mécanisme des feux de signalisation ! En stoppant devant la villa, Malko aperçut une lumière. Cristina se redressa avec une exclamation dépitée.

— *Godferdom !* Il est là !

— Qui « il » ?

— Mon Jules ! Je pensais qu'il était à Cayenne. Il a dû prendre le dernier bac. (Elle se tourna vers lui). Tant pis, ce sera pour une autre fois.

Malko n'eut pas à se demander longtemps à quoi elle faisait allusion. Se penchant, elle lui offrit sa bouche avec fougue. En une fraction de seconde, ils furent emmêlés comme deux araignées. Le bassin de Cristina semblait doué d'une vie indépendante, se soulevant du siège, roulant, venant à la rencontre de Malko. Collée à la jeune femme comme une seconde peau, la robe ne représentait pas un grand obstacle. Hors de lui après cette soirée de frustration, Malko en fit craquer un bout. Cristina le repoussa avec un sourire, essoufflée :

— A demain, je vous téléphone.

Elle l'abandonna sur un dernier baiser.

En arrivant au *Torarica,* Malko n'était pas encore apaisé. Deux allumeuses dans la même soirée, c'était beaucoup. Il repensa à Rachel, s'avouant avec un peu de honte que la jeune créole l'excitait furieusement en dépit de son côté malsain. C'était rare de rencontrer une perverse aussi épanouie. Cela le ramena au but de sa présence au Surinam. Pourvu que Herbert Van Mooke soit à la hauteur de ses promesses. Tout reposait sur lui.

Dans le hall du *Torarica,* trois clients attardés regardaient un film cubain sur la culture du maïs, tandis que des paquets d'Indiens et de Chinois flambaient comme des fous à des tarifs d'hospice au mini-casino, fierté de l'hôtel.

Malko mit son réveil à six heures. Il se méfiait de l'exactitude surinamienne. Il avait décidé d'aller vérifier lui-même les points essentiels de l'opération. Il aurait assez à faire à surveiller Herbert Van Mooke, ensuite.

Il ne restait plus que six jours pour organiser la libération de Julius Harb.

CHAPITRE VII

La piste de latérite rouge s'étendait à perte de vue, tirée au cordeau, flanquée à sa droite d'une ligne à haute tension supportée par d'immenses piliers métalliques étrangement déplacés dans cette forêt dense, sans la moindre trouée, sauf cette piste ouverte au bulldozer. De temps à autre, on apercevait la petite enclave d'un village indien, en bord de piste, où des Noirs assis à l'ombre, attendant un bus hypothétique.

Toutes glaces ouvertes, il faisait 40 degrés dans la voiture. Malko avait pourtant quitté Paramaribo à sept heures du matin, mais le soleil était déjà brûlant. Jusqu'à l'énorme usine de transformation de bauxite de la Soracom, à Paranam, c'était une route asphaltée. Depuis, il faisait du slalom entre les nids-de-poule de la piste qui menait au lac Van Blommestein, terminus de la ligne haute tension qui ramenait à l'usine le courant produit par le barrage d'Afobaka. Parfois, quelques gouttes tombaient du ciel gris. La sueur lui piquait les yeux. Il avait mis près d'une heure et demie pour parcourir cinquante kilomètres depuis Paramaribo. Un minibus le croisa dans un nuage de poussière rouge.

Son estomac faisait du yoyo au rythme de la tôle ondulée, mais la piste était trop mauvaise pour dépasser le soixante : la voiture se serait désintégrée. Soudain, il aperçut sur sa gauche l'embranchement qu'il guettait. Un panneau en bois à demi effacé indiquait : Jodensavannna 45 km. Cette minuscule bourgade se trouvait sur la rive est du Surinam. Donc, c'était la piste menant au bac de Carolina.

Il s'engagea sur une piste nettement plus étroite qui s'enfonçait en pleine jungle. Les ornières auraient pu avaler un troupeau d'éléphants : la saison des pluies venait tout juste de se terminer. Plus un village, plus âme qui vive, la latérite sinuait au gré de la forêt, avec de temps à autre une clairière ouverte par des exploitants forestiers. Une heure plus tard, après avoir franchi deux petits creeks (1) sur des ponts de fortune, il déboucha brusquement sur le fleuve. La Surinam était nettement moins large qu'à Paramaribo, mais tout aussi limoneuse. La piste se terminait abruptement. A droite, une petite baraque vendait des *roties*, des bananes et des boissons. Le bac — une antiquité rouillée — se trouvait en ce moment amarré sur l'autre rive. Un panneau délavé cloué sur un poteau affichait ses horaires. De sept heures du matin à cinq heures du soir, toutes les heures. Donc si leur bateau arrivait de nuit, Malko et son équipe risquaient peu d'être dérangés. Il descendit de voiture et s'approcha du bord. Un vieux ponton de bois permettait aux voitures d'embarquer sur le bac. A côté, un sentier descendait jusqu'au niveau du fleuve. Il pouvait très bien servir au déchargement du bateau et au transfert dans le camion qui les attendait.

Il restait à vérifier le plus important : la piste d'atterrissage pour le Xingu. Il consulta sa carte. Environ cent trente kilomètres de piste, jusqu'à Pokigron. Au mieux, trois heures, au pire, cinq ou

(1) Petites rivières.

six. Après avoir bu un Pepsi et mangé un *rotie,* il fit demi-tour.

⁂

Herbert Van Mook ralentit en atteignant le village de Lelidorp, petite bourgade à quinze kilomètres de Paramaribo, sur la route de l'aéroport. A la sortie, un peu en retrait de la route, se trouvait une épicerie chinoise. Le Hollandais s'engagea dans le sentier qui la longeait et pénétra dans la cour. Un camion rouge haut sur pattes y était garé, protégé par une bâche. Van Mook en fit le tour, examinant les pneus. Ils étaient presque neufs. La machine avait à peine servi. Son allure d'échassier s'expliquait par ses ressorts très puissants mettant la caisse loin du sol. Avec sa transmission sur les quatre roues, ce genre de véhicule pouvait passer presque partout. Une jeune Chinoise guettait Van Mook sur le pas de la porte. Il s'avança en souriant.

— Comment ça va, Ah-luan ?

— Ça va, ça va.

Il lui caressa les seins au passage et elle eut un rire chatouillé. Il venait parfois la culbuter quand son mari était en Guyane française. Maintenant, il avait plutôt un œil sur sa nièce créole encore plus provocante que Rachel. Ils s'assirent dans l'arrière-boutique, encombrée de cartons et de caisses.

— Ton mari n'est pas là ?

— Si, si, il est en haut. Il fait la sieste.

— Va le réveiller.

Il lui flatta la croupe et elle ne se déroba pas, un peu déçue qu'il n'aille pas plus loin : la boutique était fermée pour la sieste et son mari ayant le sommeil lourd, ils auraient eu largement le temps pour une petite étreinte...

Le mari descendit l'escalier de bois, les cheveux

ébouriffés, s'assit à une table et attrapa aussitôt une bouteille de cognac Gaston de Lagrange et remplit deux verres, tandis que sa femme s'éclipsait pour les laisser parler business.

Van Mook avait fait quelques affaires avec lui, et il s'en était toujours bien trouvé. Quand le Chinois descendait à Paramaribo, le Hollandais s'arrangeait toujours pour lui trouver une pute à l'œil.

— J'ai besoin de ton « truck (1) », annonça Van Mook.

Il l'avait déjà emprunté au Chinois afin de transporter des caisses de serpents jusqu'à Cayenne, pour des envois sur l'Europe. L'épicier avala une gorgée de cognac Gaston de Lagrange.

— Si tu veux. En ce moment, il n'y a pas beaucoup de travail. Je n'arrive pas à avoir de licences d'importation. Je suis tous les jours au ministère du Commerce. Tu le veux pour combien de temps ?

— Deux, trois jours.

— Tu as quelqu'un pour le conduire ?

— Oui.

— Bon, tu le prends quand tu veux. Cinquante florins par jour. Plus le fuel.

— Quarante, corrigea Van Mook pour la forme.

Le Chinois leva son verre de cognac.

— Tu ne veux pas que je te donne aussi ma femme, pour ce prix-là. C'est un « truck » tout neuf...

La Chinoise, revenue près de la table, rit niaisement. Au même moment la nièce créole entra et Herbert Van Mook ne vit plus que le fessier charnu moulé par le jean. Ondulant à dessein, la jeune fille monta l'escalier raide menant au grenier, avec un regard en coin pour le visiteur. Le Chinois suivit le regard de son hôte, et ricana...

(1) Camion.

— Elle te plaît au moins autant que le camion... Mais elle n'a encore fait ça avec personne...

A regret, Van Mook vit la croupe disparaître. Il se leva et serra la main du Chinois.

— Je te téléphone avant de venir. Quarante-cinq florins...

L'épicier le suivit sur le pas de la porte et cria :

— Si je ne suis pas là, tu verras ma femme...

Herbert, le Hollandais, se demanda s'il se doutait de quelque chose. Au Surinam, les mœurs étaient extrêmement libres et c'était un miracle que les quelques putes importées arrivent à gagner leur vie. De temps en temps, une machette mettait fin à un différend, mais dans l'ensemble tout se passait pacifiquement. Une fois, il avait abordé une jeune créole dans la rue, à Paramaribo, et, sans même lui offrir un verre l'avait sautée derrière une palissade. Il l'avait quittée aussi brutalement et elle semblait ravie.

Il prit la direction de Paramaribo. Euphorique. Les barres d'or se rapprochaient à vue d'œil. Bien sûr, il y avait une petite formalité désagréable avant de les obtenir. Mais il avait confiance en son étoile et en ses talents de voyou. S'il ratait ce coup-là, il était vraiment bon pour l'élevage des serpents, à vie.

***

Dutchie arrêta la vieille Austin devant la petite maison, en face de l'ambassade de Chine. Consciencieusement, après en être sorti, il donna un coup de chiffon au pare-brise et défit la chaîne de la porte.

— Miss Rita !

Rita Moengo, la secrétaire de la Banque du

Surinam, apparut sur la véranda. Un peu boulotte, très brune, mi-chinoise, mi-indonésienne.

— J'arrive.

Elle fut en bas aussitôt et regarda sa voiture briquée à neuf.

— Je l'ai un peu nettoyée, annonça modestement Dutchie.

— C'est gentil ça ! fit chaleureusement Rita Moengo. Viens prendre un rhum.

Le mécano essuya son front couvert de sueur, faisant mine de refuser.

— Allez, viens, fit la jeune femme, tu as chaud.

Dutchie s'installa gauchement dans un fauteuil de toile, sur la véranda. Rita revint avec une bouteille et deux verres, s'assit en face de lui, croisa et décroisa les jambes plusieurs fois, sans quitter des yeux son jeune visiteur, avec un regard déjà alangui. Dutchie réalisa soudain avec dégoût qu'il ne lui était pas indifférent. Elle parlait un peu trop fort, bougeait sans nécessité et il y avait une lueur dans son regard qui n'était pas seulement de la reconnaissance. Il se dit que c'était le moment de se mettre au travail.

— Vous êtes venue à pied de la banque ? demanda-t-il.

— Non, dit-elle, j'ai pris le bus.

— Il n'y avait personne pour vous raccompagner ?

Rita but une gorgée de rhum.

— Non, je pars toujours la dernière. C'est moi qui ferme toutes les portes et qui met le système d'alarme.

— Ah bon ! fit Dutchie, ouvrant de grands yeux. Qu'est-ce que c'est ?

Malin comme une portée de chimpanzés, Dutchie savait prendre l'air totalement demeuré quand il le fallait. Rita Moengo, flattée de pouvoir étaler son importance, se leva, prit dans son sac un gros trousseau de clefs et en isola une, plate et très découpée. Elle se pencha sur lui de façon à ce que sa poitrine s'écrase sur l'épaule du jeune garçon. Dutchie en éprouva une profonde répulsion, qu'il réussit à dissimuler. Il était en service commandé...

— Tu vois cette clef-là ? expliqua Rita Moengo. Eh bien, il y a un tableau, près de la porte qui donne dans la cour. Quand je pars, je mets la clef et je la tourne. J'ai une minute pour fermer la porte. Sinon, l'alarme se déclenche et le téléphone sonne au ministère de la Police. Ce sont les Hollandais qui avaient installé ça. A cause de l'or.

— Quel or ? demanda Dutchie, sincèrement étonné.

— Comment ! Tu ne sais pas ? fit tendrement Rita. Tout l'or qui est dans la chambre forte.

Dutchie en oublia de paraître idiot.

— Et vous avez cette clef-là aussi ? demanda-t-il avidement, pris de fantasmes inouïs. Après tout, se taper une bonne femme rien qu'une fois, ce ne devait pas être répugnant... Hélas, Rita Moengo dissipa aussitôt son rêve.

— Ah, non ! Celle-là, c'était le directeur de la banque qui la gardait. Maintenant qu'il est parti, ce doit être le colonel Bouterse qui l'a. Mais il n'est jamais venu à la chambre forte...

Elle remit les clefs dans son sac.

— Vous n'avez pas peur qu'on vous les vole ? demanda Dutchie.

Rita Moengo secoua la tête, le regard fixé sur les cuisses musclées du jeune mécano, moulées par le vieux jean.

— Non, je ne les quitte jamais. Si je les perdais, on ne pourrait plus entrer dans la banque ! J'ai la clef de la porte aussi...

Dutchie hocha la tête, impressionné. Ne pensant plus qu'à filer. Mais le rhum accentuait encore la nature généreuse de la secrétaire. Elle enveloppa Dutchie d'un regard faussement maternel.

— Dis donc, tu es en sueur, tu ne veux pas prendre une douche, ça te fera du bien...

Dutchie se leva vivement. Oh, là, là... S'il sentait la femme en retrouvant son amant de cœur, un métis musculeux, il allait prendre une raclée épouvantable.

— Non, non, je dois rentrer à l'atelier. J'ai encore plein de travail. Le patron m'attend.

Il était déjà dans l'escalier. Rita Moengo se pencha à la balustrade de la véranda. Frustrée, mais bonne joueuse.

— Attends, je vais te raccompagner.

— Ça va ! cria Dutchie.

Il se mit à courir sous les premières gouttes de pluie, un tas d'or énorme devant les yeux. Jamais il n'avait pensé à un truc pareil. Il commença à se demander comment son patron allait ouvrir cette chambre forte et surtout comment il pourrait en obtenir un petit peu.

***

Malko retrouva la piste principale au milieu d'une averse tropicale épouvantable. L'eau fouettait le pare-brise de la Colt Turbo comme un jet de lance de pompiers. Entre les trombes d'eau et les ornières, il faillit heurter de plein fouet un taxi de brousse qui zigzaguait, lui aussi, à la recherche d'un passage carrossable.

En plus, Malko avait complètement perdu de vue qu'on roulait à gauche au Surinam, même en pleine jungle...

La pluie cessa brutalement et la forêt se mit à fumer. La piste semblait ne jamais finir. De nouveau, ce fut la chaleur étouffante et la poussière pénétrant partout, s'insinuant dans les moindres plis de la peau. La jungle fit place à une espèce de savane avec de curieuses plaques de sable blanchâtre qui ressemblaient à des marais salants. Puis, de nouveau, la végétation s'épaissit. Devant lui, la piste se scindait en deux. Les pylônes de la ligne haute tension continuaient sur la gauche. Malko prit à droite, vers Brownsweg, la dernière agglomération avant Pokigron. La piste descendait en pente douce vers le lac, sans trop d'ornières et il put accélérer.

Il faillit ne pas voir le petit village ! Ce n'était que quelques cases au bord de la piste avec l'éternelle épicerie chinoise et la station d'essence à pompe à main.

Cent mètres plus loin, une voie de chemin de fer coupait la piste, envahie par les herbes. Cela lui donna un point de repère. C'était le chemin de fer de la Sorecom, jamais utilisé, de Brownsweg à Zanderij. Tout de suite après, la piste s'éloignait du lac, contournant un massif montagneux couvert de jungle.

De nouveau, la latérite ! Sa chemise était collée à la peau par la transpiration. Cette fois, il n'y avait plus du tout de circulation. Il roula une heure et demie, dans un décor monotone et vert, débusquant parfois un gros serpent ou un iguane. C'était comme l'océan. Par moments, il apercevait le lac Van Blommestein, puis replongeait dans l'immensité verte. Plusieurs maisons en bois surgirent brutalement à un tournant. Un petit singe était attaché à une longue chaîne, au milieu des cases.

Quelques Noirs le regardèrent avec curiosité. Ils ne devaient pas voir passer beaucoup de touristes. Deux cents mètres plus loin, la piste se termina brusquement au bord d'une rivière de plusieurs centaines de mètres de largeur. D'après la carte, c'était le Gran-Rio qui se jetait un peu plus loin dans le lac Van Blommestein. Il était bien à Pokigron.

L'eau jaunâtre de la rivière coulait rapidement, emportant pas mal de débris. En face, il n'y avait même pas de piste, bien que la carte en indique une. Il était au bout du monde. Et pas trace d'une piste d'atterrissage. Il revint en arrière, retraversa le village, continua, roulant au pas, scrutant la moindre trouée dans la jungle.

Rien.

Nouveau demi-tour. Revenu au centre du village, près de l'épicerie, il descendit et fut aussitôt entouré d'un nuage compact de mouches et de différents insectes, ravis de cette chair fraîche. Il s'offrit un Pepsi à l'épicerie, puis prit le risque d'interpeller un jeune métis accroupi à l'ombre.

— *Airfield?*

L'autre le fixa comme s'il lui avait exposé la théorie d'Einstein. Malko insista et, entre l'allemand, l'anglais et les gestes, finit par faire comprendre à son interlocuteur ce qu'il cherchait. Le métis consentit à s'arracher à sa sieste et monta dans la voiture de Malko, emmenant avec lui un millier de mouches. Il le guida ensuite à la sortie du village, et, à côté d'une hutte en ruine, lui fit signe de tourner à droite.

— *Over there!* fit-il.

Puis, il descendit et repartit vers le centre du village. Malko regarda le sentier, impossible de s'y engager en voiture. Il ferma la Mitsubishi à clef et partit à pied, écartant les branches, les lianes, les fougères géantes. Il avait l'impression d'être le docteur Livingstone. A part le bruissement des insectes, le silence était total. Il parcourut plus d'un kilomètre dans une chaleur de bête, assailli par des hordes de moustiques de plus en plus nombreuses. Priant pour que la fièvre jaune ne soit pas au rendez-vous.

Enfin, au moment où il allait rebrousser chemin, sûr de s'être fourvoyé, il aperçut sur sa gauche, les débris d'une construction en bois. Il la contourna. Derrière, sur une bande de quatre cents mètres de long et trente de large, la forêt était moins épaisse... Il vit devant lui un poteau qui avait dû soutenir une manche à air. Ce qui avait été le terrain d'aviation de Pokigron était devenu une plantation de fougères géantes ! On n'aurait même pas pu y poser un cerf-volant.

Un arbre énorme, probablement touché par la foudre, coupait la piste en deux et la hauteur de la végétation atteignait plus de trois mètres.

Il aurait fallu un bulldozer, et des dizaines d'hommes pour dégager une piste d'atterrissage.

Découragé, il reprit le sentier. Sa Seiko-quartz indiquait une heure vingt et il mourait de faim. Revenu à sa voiture, il se plongea de nouveau dans la carte. Celle-ci indiquait une piste qui continuait de l'autre côté de la rivière, vers le sud-est, pour atteindre un village, où un aéroport était indiqué : Drietabbetje, situé au bord d'une autre rivière, la Tapanahoni.

Mince, très mince espoir.

Le métis était revenu à la même place.

— On ne peut pas traverser la rivière ? interrogea Malko.

— Si, assura le métis.

— Comment ?

— Il y a un radeau...

Un billet d'un florin l'arracha à son repos. Cette fois, ils abandonnèrent la voiture au bord de la rivière, longeant la rive boueuse.

Cent mètres plus loin, le métis désigna à Malko une plate-forme faite de troncs d'arbres et de pirogues, à demi immergée entre deux eaux, amarrée à un piquet. En face, on ne distinguait toujours rien qui ressemble à une piste. La forêt était compacte comme un rideau de fer peint en vert.

— Il y a une piste de l'autre côté ? demanda Malko.

Le métis tendit le bras vers un coude de la rivière.

— Là-bas. Mais elle n'est pas bonne. Personne n'y va. Sauf des chasseurs et des Indiens.

— Et en voiture ?

Le métis le regarda, totalement ébahi.

— En voiture ? Oh non, je ne crois pas.

— Où va-t-elle ? s'enquit Malko, entêté.

Le métis émit un son bizarre qui devait être la prononciation taki-taki de Drietabbetje. Découragé, Malko n'insista pas. Après avoir rendu son guide à sa sieste, il se relança sur la piste. Même en roulant très vite, il avait tout juste le temps de regagner Paramaribo avant la nuit. Heureusement que Budget lui avait loué une voiture pratiquement neuve.

*
**

Un vieux Constellation et un DC 6 achevaient de se décomposer en bordure du terrain de Zanderij, l'aéroport de Paramaribo, encerclé par la jungle.

Hébété de fatigue, Malko retrouva avec délices le bitume de la route principale. Mais l'angoisse qui le tenaillait depuis Pokigron ne le lâchait pas.

Tout le plan échafaudé par les Hollandais était en l'air. A quoi bon arracher Julius Harb à sa prison, s'ils ne pouvaient pas quitter le pays ? Il leur restait six jours pour trouver une solution de rechange, hautement improbable. On ne trace pas une piste en pleine jungle avec de bonnes intentions. Même un garçon aussi débrouillard que Herbert Van Mook ne pourrait pas résoudre ce problème-là.

CHAPITRE VIII

Herbert Van Mook contempla avec stupéfaction Malko transformé en statue de latérite. Quant à la Mitsubishi, on aurait dit une termitière... On ne voyait même plus les glaces.

— Bon sang, d'où venez-vous ? demanda le Hollandais.

— De vérifier certaines choses, dit Malko. Et le résultat n'est pas brillant. Il y a longtemps que vous avez été à Pokigron ?

— Oui, pourquoi ?

— Le terrain est inutilisable, dit Malko. Maintenant, j'aimerais prendre une douche avant de faire le point.

Il avait préféré s'arrêter à la ferme de Van Mook afin de le mettre immédiatement au courant. Le Hollandais le suivit à l'intérieur, l'air soucieux. Rachel apparut en jean et s'illumina en voyant Malko.

— Montre-lui la douche et reviens me préparer un Tom Collins, lui jeta le Hollandais, visiblement d'une humeur de chien.

Rachel précéda Malko dans l'escalier, jusqu'à une salle de bains sommaire. Heureusement, la chambre était climatisée. Elle ouvrit la douche et lui adressa un sourire ravageur.

— Je vais brosser vos vêtements pendant que vous prendrez la douche.

Malko se déshabilla, suivi par le regard des étranges yeux écartés. Dès qu'il fut nu, Rachel s'approcha de lui, et sans un mot, commença à se frotter comme une chatte en chaleur. Une voix la fit sursauter.

— Rachel !

Herbert Van Mook s'impatientait. La jeune créole prit l'air boudeur d'une enfant privée de dessert, marmonna quelque chose, caressa brièvement Malko et sortit de la pièce, en emportant ses vêtements, se demandant pourquoi, brusquement, son amant n'était pas d'humeur partageuse.

Malko entra dans la douche et laissa l'eau tiède emporter la latérite en un ruisseau rouge.

*
**

— Le terrain de Drietabbetje est praticable, assura Herbert Van Mook. J'y suis encore allé il y a deux mois, récupérer des grenouilles chez les Indiens. Il n'a pas pu s'abîmer depuis. Evidemment, il est un peu plus court que Pokigron. La piste d'envol ne doit pas dépasser sept ou huit cents mètres. Il y a une mine de manganèse à côté et je sais qu'un avion assez gros peut s'y poser.

— Et la piste pour y parvenir ?

— Ça, c'est un autre problème, admit le Hollandais. Je ne l'ai jamais empruntée. Depuis le départ des Hollandais, elle n'a jamais été entretenue. Ce n'est sûrement pas brillant. Mais avec un véhicule à quatre roues motrices, on devrait passer.

— Vous en avez un ?

— Oui.

Rachel se balançait dans un hamac tendu à travers la véranda, en fumant une cigarette, lançant régulièrement un long regard intense à Malko. Frustrée.

— Combien de temps pensez-vous qu'il faudra à partir de Pokigron ?

Van Mook leva les yeux au ciel.

— Je n'en sais rien. Entre trois heures et trois jours. Il y a 120 kilomètres environ. Si on tombe sur un tronc d'arbre ou un pont emporté par une crue, on peut ne pas passer du tout. Mais je ne vois pas d'autre solution. Tous les autres terrains sont à portée des militaires et nous risquerions une interception.

» Il faudra emporter des vivres, des pelles, des machettes, de la pharmacie, des torches électriques. On devrait passer, nous débutons la petite saison sèche. Il faut espérer qu'il n'a pas trop plu dans ce coin-là.

Le Hollandais écrasa un moustique sur sa joue. C'était la mauvaise heure.

— En tout cas, continua-t-il, personne ne nous suivra là-bas, et j'ai résolu pas mal de problèmes aujourd'hui.

Il fit le point de son rendez-vous avec le Chinois propriétaire du « truck » et des informations glanées par Dutchie. Ce qui ne résolvait pas le problème numéro un.

Sans paraître s'en préoccuper, Van Mook poursuivait son rêve doré.

— Il suffira d'envoyer Dutchie récupérer les clefs quelques heures avant. Elle veut se le faire, et n'y verra que du feu. Quand elle s'en apercevra, le lendemain matin, nous serons loin.

Donc, au pire, pensa Malko, si le « truck » s'enlisait, ils pourraient continuer à pied. Evidemment, il faudrait abandonner l'or. Mais Julius Harb était plus important que les lingots de la Banque Centrale.

A son tour, il écrasa un moustique énorme sur sa

main. Coûte que coûte, il fallait joindre Cristina, qu'elle transmette le changement de programme aux Hollandais. Pourvu qu'une raison technique n'interdise pas l'usage du terrain de Drietabbetje !

— A propos, demanda-t-il, avez-vous trouvé assez d'hommes ? Il en faut au moins cinq pour l'action proprement dite, plus un pour conduire le camion et un pour l'ambulance. Cela fait sept...

Herbert Van Mook compta sur ses doigts.

— Vous, moi, Tonton. Dutchie conduira l'ambulance et Tonton le bateau. Je pense avoir demain un type pour conduire le « truck », Selim. C'est lui qui fournira l'ambulance. Pour le vrai « travail », nous sommes déjà trois. Il en manque un. On m'a parlé d'un déserteur de la Légion Etrangère, qui a passé le Maroni. Il se planque quelque part en ville. Un gars comme ça ne refusera pas quelques milliers de florins. Seulement, il faut le mettre dans le coup à la dernière minute, sinon, il risque de nous balancer...

La lutte contre les moustiques devenait trop inégale. Malko se leva. Il avait hâte de voir Cristina Ganders et d'avoir le feu vert des Hollandais pour le plan bis.

— Nous ferons le point demain soir au *Parbo Inn*, dit-il. Il faut à ce moment que nous ayons tous les éléments.

Rachel glissa de son hamac et lui tendit une main molle et tiède comme un sexe. Par contre, la poignée de main du géant manqua lui arracher les doigts.

— Tout va bien se passer, assura-t-il avec un sourire rassurant.

The Smiling Cobra... Le tout était que ça s'arrange pour tout le monde...

Les ultimes kilomètres jusqu'à Paramaribo semblèrent s'étirer indéfiniment. Malko passa au *Torarica* changer de vêtements, appela Cristina sans résultat et repartit. La villa de la jeune femme n'était pas éclairée et sa voiture n'était pas là. Il s'apprêtait à attendre quand une idée lui passa par la tête. Cristina était sûrement sortie dîner. Elle ne reviendrait pas tout de suite. Pourquoi ne pas tenter sa chance avec Greta Koopsie ? Elle habitait tout près.

Cinq minutes plus tard, il frappait à sa porte. Cette fois, elle n'était pas nue, mais drapée dans un ravissant sarong mauve. Le sourire de Malko dissipa sa légère appréhension.

— Je suis venu vous inviter à dîner, dit-il. Je n'avais pas votre téléphone.

***

Le *New China* ressemblait à un restaurant chinois comme le Liban ressemble à la France. Cependant la nourriture indonésienne déguisée en cuisine chinoise était mangeable.

Quelques instants de vraie détente pour Malko. Sa cavalière l'observait avec une curiosité qu'elle ne cherchait même pas à déguiser.

— C'est curieux, fit-elle rêveusement, je ne vous vois pas en train de vendre du riz...

— Pourquoi ? demanda Malko.

Greta Koopsie eut une moue dubitative.

— Je ne sais pas... Le feeling. Vos yeux. Votre allure. Vous semblez dangereux. Vous ne seriez pas un mercenaire comme Bouterse en voit partout ?

Son ton était à demi sérieux. Malko s'en inquiéta.

— Je vous promets que je n'ai pas de mitrailleuse dans mes poches, dit-il. Et que je n'ai pas l'intention de vous enrôler dans ma légion privée.

— Bon, soupira Greta, j'ai rêvé tout haut. Ramenez-moi, je dois encore me lever tôt.

Les rues de Paramaribo étaient désertes comme toujours le soir. Malko avait la tête ailleurs, obsédé par sa découverte de l'après-midi. Il avait surtout hâte de mettre la main sur Cristina, la seule à pouvoir transmettre le changement de programme aux Hollandais. Arrivé devant la porte de Greta, il se contenta de lui prendre la main et de la baiser. La jeune femme lui adressa un sourire ironique.

— Bravo, vous avez brillamment franchi votre examen de passage. Cela vous donne droit à un autre dîner.

Elle s'enfuit en riant, balançant ses hanches en amphore.

A peine eut-elle disparu que Malko fit demi-tour, en route pour la villa de Cristina. Toujours aucune lumière. Elle n'était pas rentrée. Sa Seiko-quartz indiquait onze heures et demie. Il décida d'attendre, ne voulant pas la joindre à son bureau.

A minuit moins dix, des phares illuminèrent l'allée. Malko se raidit. Pourvu que ce soit elle et qu'elle soit seule. C'était Cristina et elle était seule. Elle eut un petit geste de recul en voyant Malko surgir de sa voiture, puis éclata de rire.

— Vous m'avez fait peur ! Quelle bonne surprise.

Elle l'embrassa. Son haleine sentait le scotch. Elle n'avait sûrement pas passé la soirée à jouer aux échecs...

— Il fallait que je vous voie, dit Malko, c'est important.

— Montez.

Il la suivit, elle jeta son sac sur un fauteuil et, immédiatement, se servit un scotch pur. Malko lui résuma sa journée et le problème grave qui se posait. L'alcool ne semblait pas avoir trop obscurci ses facultés car elle réagit instantanément.

— J'aurai le contact demain, après mon travail, dit-elle. Eux travaillent par télex. Je pense que dès le soir, nous aurons une réponse. Mais c'est cette piste qui m'inquiète. Si vraiment elle n'est plus entretenue du tout, vous ne passerez pas, même avec quatre roues motrices. Il faudrait attendre la saison sèche.

— Tant pis, dit Malko, nous terminerons à pied s'il le faut.

Elle le regarda, avec un sourire admiratif.

— Bravo. J'espère que vous n'aurez pas à le faire. Je pense qu'il faut que vous preniez un battement de sécurité. Vous agirez de nuit. Donc, fixez le rendez-vous avec l'avion pour le surlendemain de la soirée où vous agirez.

C'était sensé. Malko approuva. Il se levait pour s'en aller lorsque Cristina poussa un cri.

— *Lieve hemel!* (1) Il est minuit et quart.

Plus question de partir. Ce serait trop bête de se faire remarquer. Malko allait proposer de coucher sur le divan lorsque Cristina lui jeta un regard éloquent. Elle se leva, s'approcha et posa ses lèvres sur les siennes.

— Vous aviez un crédit depuis hier soir ! dit-elle.

Si jamais elle avait eu des inhibitions, l'alcool les supprimait totalement. Cinq minutes plus tard, ils se retrouvaient enlacés sur un grand lit protégé par une moustiquaire très romantique. Cristina fut nue en un clin d'œil. Gardant seulement ses escarpins blancs.

Elle vint s'agenouiller sur le lit en face de Malko, prit ses seins entre ses mains, les lui offrant et dit :

— Caresse-moi. Là.

Il effleura les pointes marron et dures. Cristina ferma les yeux, ses mains allèrent à sa recherche et entreprirent un massage très doux. Lui se mit à martyriser amoureusement ces extrémités vulnérables, les faisant rouler entre ses doigts. Cristina gémissait de bonheur. Craignant de lui faire mal, il relâcha sa prise. Aussitôt la voix rauque de la créole exigea :

(1) Bon sang !

— Plus fort, tu vas me faire jouir.

Se pliant à son caprice, Malko continua comme elle le souhaitait. Sa respiration haletante et les ondulations involontaires de son bassin exprimaient mieux que toutes les paroles le plaisir de Cristina. Finalement, elle poussa un cri étranglé, projetant sa poitrine vers Malko. Puis, tout naturellement, elle se pencha et sa bouche l'emprisonna, continua l'œuvre de ses mains. Enfin, elle se releva et l'entraîna hors de la moustiquaire, en face d'une grande glace. Posant un pied sur le lit, elle attira Malko et parvint à se faire prendre debout, dans cette position inconfortable, le regard rivé à leur image sur le lit où elle tomba en riant les mains en avant. Il la pénétra de nouveau, comme un animal couvre sa femelle, les mains crispées sur ses hanches.

Les ongles crochés dans la moustiquaire, Cristina hurlait chaque fois qu'il se ruait en elle. Quand il l'inonda, de nouveau elle cria, déchirant un pan de moustiquaire.

Puis, ils restèrent foudroyés, couverts de sueur, tentant de reprendre leur respiration. C'est Cristina qui revint vers Malko à demi assoupi et lui fit de nouveau l'offrande de sa bouche. Patiemment jusqu'à ce qu'il ait envie d'elle. Il la reprit, alors qu'elle était à plat ventre et ils recommencèrent à faire l'amour avec moins de violence. Cristina souleva son torse pour qu'il puisse lui prendre les seins à pleines mains. Aussitôt, elle se mit à trembler et jouit avec le même cri d'animal blessé.

Malko parvint à se retenir et ce n'est que beaucoup plus tard qu'il se répandit en elle pour la seconde fois. Il avait l'impression de sortir d'un bain, tant il avait transpiré. La moustiquaire était en loques.

— Viens, dit Cristina.

Il la suivit sur la véranda. La lune était haut dans

le ciel et d'innombrables étoiles piquetaient la nuit. Il faisait nettement moins chaud que dans la chambre. Ils restèrent plusieurs minutes le visage levé vers les constellations qui semblaient clignoter. Malko se sentait merveilleusement bien en compagnie de cette femme qui savait être une complice et une femelle en même temps. Il n'y avait aucune affectation dans sa façon de faire l'amour. C'était instinctif, naturel.

Cristina noua ses bras autour de sa nuque.

— Je suis contente que tu sois venu ce soir, dit-elle. Sinon, nous n'aurions peut-être jamais fait l'amour.

***

Malko se réveilla en sursaut. Cristina était penchée sur lui, maquillée, habillée, souriante, un plateau de petit déjeuner à la main.

— Il est sept heures, dit-elle, je vais bientôt aller au bureau.

Lui aussi avait à faire. Il allait lui répondre lorsqu'il entendit frapper à la porte. Cristina alla ouvrir et revint, tenant une lettre à la main.

— C'est Mama Harb qui m'envoie ça, annonça-t-elle.

En une fraction de seconde, Malko fut totalement réveillé. Cristina avait ouvert la lettre et la lisait. Il vit toute la joie s'effacer de son visage et sa gorge se serra.

— Qu'y a-t-il ? Ils l'ont exécuté ?

Elle baissa les yeux vers lui.

— Non, pas encore. Mais ils avancent l'exécution. C'est pour demain dans la nuit.

— Demain !

— C'est un caporal qui a servi sous les ordres de Julius qui le lui a appris, expliqua Cristina. Je le connais. Il a toujours de bonnes informations parce qu'il est secrétaire de Bouterse à Fort Zeelandia.

Malko était atterré. Non seulement, il ne pourrait pas s'envoler de Pokigron comme prévu, mais il devait réaliser en moins de quarante-huit heures ce qui était prévu pour être étalé sur six jours. Autrement dit, travailler sans filet.

C'était à la limite de l'impossible.

CHAPITRE IX

Cristina revint s'asseoir sur le lit, avec un pauvre sourire.

— Nous avons de la chance, dit-elle, que je le sache maintenant. Je vais communiquer tous les changements d'un coup à mon contact. Evidemment, cela ne leur laisse pas beaucoup de temps pour s'organiser.

— Pourvu qu'ils puissent disposer de l'avion ! dit Malko.

Le fil qui le reliait à la vie s'appelait Cristina. Il aurait été trop dangereux pour lui d'avoir un contact direct avec l'antenne des Services hollandais à Paramaribo, certainement sous la surveillance des Surinamiens. Quant à la CIA, c'était pire. Il était passé plusieurs fois, près de l'ambassade US dans Sophie Remondstraat, logée dans le haut building de Paramaribo, sans même oser tourner la tête. Les « impérialistes » étaient la cible numéro Un des Cubains et de leurs amis.

Les pensées se catapultaient dans sa tête. Ce qui devait être monté comme un mouvement d'horlogerie allait reposer sur de l'improvisation. Il n'y avait rien de plus dangereux. Il sauta du lit et commença à s'habiller à toute vitesse. Il n'avait plus une minute à perdre.

— Je vais prévenir Herbert Van Mook, dit-il. Il faut que je te voie ce soir.

— Je passerai au *Torarica.* Et je suis sûre que j'aurai de bonnes nouvelles.

Ils sortirent ensemble de la villa. Pas rasé, encore courbatu après sa courte nuit, Malko décida de ne même pas passer à l'hôtel. Si Van Mook ne mettait pas tout en route immédiatement, c'était foutu. La traversé au ralenti de Paramaribo fut un supplice. A cause du marché, la voie le long du fleuve grouillait d'animation. Malko mit près de quarante-cinq minutes pour se dégager des embouteillages. Réalisant qu'il ignorait encore tout des modalités du transfert de Julius Harb.

Combien d'hommes ? Combien de véhicules ? Quelle heure ? Dans quel état physique se trouvait-il ?

Autant de questions qui, si elles restaient sans réponse, risquaient de faire échouer l'opération. Il faudrait une suite de miracles, maintenant, pour que Julius Harb échappe à ses bourreaux. Sa dernière chance reposait sur Malko et sa bandera des cloportes, et sa chance.

*
**

Herbert Van Mook surgit de la ferme, une machette à la main, torse nu, avec un slip panthère. Il avait les yeux gonflés de sommeil. Lui non plus n'avait pas dû dormir beaucoup. Il s'avança vers Malko qui venait de s'arrêter en face de la ferme. Visiblement inquiet.

— Qu'est-ce qui se passe ? On avait rendez-vous ce soir.

— Il y a un changement. C'est pour demain soir, annonça Malko. Je viens de l'apprendre.

Les traits du Hollandais semblèrent s'affaisser et il jura à mi-voix.

— C'est un peu court, grommela-t-il.

— Nous n'avons pas le choix, dit froidement Malko. Julius Harb exécuté, l'action n'a plus de raison d'être. Il faut que vous ayez tout organisé pour demain.

Herbert Van Mook planta sa machette dans le sol et caressa son menton mal rasé, pensivement. Guignant Malko du coin de l'œil. Il avait bien envie de lui dire quelque chose, mais il n'osait pas. Avec une prudence de félin, il décida que ce n'était pas le moment.

— Ouais, se contenta-t-il de dire. Evidemment... Je vais m'y mettre tout de suite. Le temps de me raser.

— Vous aurez cinq hommes pour demain soir ?

Le Hollandais eut un geste fataliste.

— J'espère. Sinon, on fera avec moins. Les autres en face, ce ne sont pas des Israéliens, même s'ils ont des Uzis.

Désespérément, il cherchait une échappatoire. A ces yeux, la seule solution était de ramasser l'or et ensuite d'éviter d'aller au massacre. Prendre une balle dans le ventre, c'est toujours triste, mais quand on vient de faire fortune, c'est particulièrement horrible...

— Et le bateau ? le harcela Malko.

— Allez voir Tonton, conseilla Van Mook. Maintenant, il vous connaît, il n'y a pas de problème. A la cathédrale ou chez lui. Et on se retrouve comme convenu au *Parbo Inn* à la nuit tombée.

Malko remontait déjà dans la Colt Turbo. Volant littéralement dans les ornières du sentier.

***

Tonton Beretta travaillait en musique. Une cacophonie assourdissante sortait du hangar. Malko avait appelé mais personne ne l'avait entendu. Il progressa au milieu des bateaux sur cale et déboucha dans le dos du vieux Français. Celui-ci était en train, avec l'aide d'un jeune homme, de démonter la transmission d'un des deux moteurs du racer bleu et blanc. Il se retourna brusquement. Sans même que Malko l'ait vu prendre une arme, il avait déjà son Beretta au poing.

Il le baissa en reconnaissant Malko, et se fendit d'un sourire huileux.

— Faut p... p... pas venir à l'improviste comme ça ! reprocha-t-il. Je suis un vieux bonhomme nerveux, moi. Qu'est-ce qui se passe ?

Le regard éloquent de Malko posé sur le jeune homme lui attira un sourire rassurant de Tonton Beretta.

— Vous pouvez parler, dit-il. C'est Herbert qui m'a envoyé Dutchie. Il s'y connaît en moteurs.

Dutchie coula un regard sournois à Malko, puis se replongea dans le cambouis.

— L'opération est avancée à demain soir, dit Malko. Il faut que le bateau soit prêt demain matin, afin que vous puissiez le mettre à l'eau et le cacher dans la journée sur l'autre rive. Il faudrait le ramener ensuite, dès la nuit tombée, sur cette rive et l'amarrer le long de Waterkant. J'ai regardé le quai : il est assez haut et on ne remarque rien de la rue.

— Où voulez-vous qu'on le planque ?

— Le long du Waterkant, répéta Malko. Il y en a plusieurs, personne ne le remarquera. Vous voyez l'endroit ?

— J... j... je vois, fit Tonton Beretta.

Il secoua la tête, soucieux et enchaîna :

— Merde ! On a un problème sur la transmission du moteur gauche. J'espère qu'on va arriver à la décoincer. Tant pis, on travaillera cette nuit, hein Dutchie ?

Le jeune mécano émit un son qui pouvait passer pour un acquiescement.

— Il faut absolument qu'il soit prêt, insista Malko.

Inutile d'en dire plus et de parler de l'or. Au dernier moment, il le ferait mettre en face de la Banque Centrale.

Tonton Beretta frappa familièrement sur l'épaule de Malko, ses gros yeux marron dégoulinant de bonne volonté.

— Vous en faites pas ! Ça sera prêt. J'irai le planquer très tôt en face et je reviendrai par le bac. Le petit fera la sieste dedans, qu'on ne pique pas l'essence ou les moteurs. Ensuite, je reprendrai le dernier bac et nous reviendrons ensemble vers huit-neuf heures. Passez me voir à la cathédrale, ce soir. Je vous dirai où nous en sommes.

Tellement heureux qu'il ne bégayait plus.

Il raccompagna Malko jusqu'à sa voiture et le regarda partir. Dutchie l'avait mis au courant pour l'or, sous le sceau du secret. Tonton Beretta n'en revenait pas. Une chose était sûre : ce trésor représentait la dernière chance de sa vieille vie, et il était bien décidé à tout faire pour le récupérer. Lorsqu'il habitait Caracas, il était capable de tuer huit hommes avec les huit cartouches de son Beretta. Même manquant d'entraînement, il pouvait encore faire du bon travail.

Tout en revenant vers le hangar, il se demanda lequel il faudrait mieux abattre le premier : le commanditaire ou Herbert Van Mook ? En pensant aux misérables cinq mille dollars que ce dernier lui avait promis, il pencha plutôt pour le Hollandais, tant la rage l'étouffait. Se disant cependant que les circonstances détermineraient son choix.

*
**

Machinalement, Malko continua son chemin, passant devant Fort Zeelandia. Les sentinelles bayaient aux corneilles et le patrouilleur était toujours à l'ancre. Maintenant que l'action approchait, il se sentait plus calme. Presque fataliste. Une fois de plus, il allait jouer sa vie à pile ou face. Les informations qu'il pourrait ou non obtenir sur la composition du convoi feraient pencher la balance d'un côté ou de l'autre. Il tourna à droite pour s'engager pour la centième fois dans Gravenstraat, là où tout se jouerait.

⁂

A trente kilomètres de Paramaribo, Herbert Van Mook quitta la piste pour un sentier s'enfonçant à travers la forêt, débouchant sur un espace découvert occupé par un immense paillotte aménagée en bar-restaurant. Deux femmes se balançaient dans des hamacs. L'une d'elles avec un bébé dans les bras. A côté de lui, Rachel dormait, sur son siège, comme un enfant. Après la visite de Malko, il n'avait pas perdu de temps. Dans son coffre, il avait entassé toutes les armes nécessaires à l'expédition.

Les filles dans les hamacs le regardaient venir. L'une d'elles se laissa glisser à terre, et s'avança vers lui, infiniment gracieuse avec son sarong serré autour de ses hanches larges. Un gros bracelet d'argent cliquetait autour de sa cheville gauche.

— Midnight Cowboy est là? demanda Van Mook.

La fille tendit la main vers les arbres.

— Là-bas, il est au « creek », il revient.

Le Hollandais sentit un grand poids s'envoler de sa poitrine. Si Selim, le chauffeur de taxi, surnommé « Midnight Cowboy » avait été absent, qui aurait conduit le camion? Il fallait quelqu'un habitué à la piste, qui fermerait sa gueule. Selim, un métis sino-hindoustani, avait le profil rêvé. Il le vit surgir de la brousse sans se presser, traînant un petit agouti pris dans un piège. Van Mook marcha à grands pas vers lui.

— Salut, Selim, j'ai besoin de toi.

— Quand tu veux ! fit le métis. C'est pour aller où ?

— Oh, pas loin, fit le Hollandais. Mais je voudrais pas ton taxi. Nabibox a toujours sa grande ambulance, la Mercedes 600 ?

— Oui, je crois, dit Selim. Mais il a un chauffeur.

— C'est pas son chauffeur que je veux, précisa Van Mook, c'est toi. Sinon, je ne serais pas là. Alors, il faut que tu te débrouilles pour lui emprunter son ambulance demain soir. Il y en a juste pour quelques heures. Tu auras deux mille florins. Tu peux t'arranger avec le gardien, là-bas. Il te laissera prendre la tire pour deux cents florins.

Selim le regarda, bouche bée.

— Mais qu'est-ce que tu veux faire avec une ambulance ? Pourquoi tu t'adresses pas directement à Nabibox ? Il demandera pas mieux.

Les yeux de Herbert Van Mook foncèrent brusquement. D'un geste vif, il prit le chauffeur à la gorge, le soulevant presque de terre.

— Ne pose pas de questions, fit-il. Tu n'auras même pas à la conduire, cette ambulance. J'ai un autre boulot pour toi. Peinard. Mais j'en ai besoin.

Il le lâcha et Selim avala sa salive deux ou trois fois. Il n'osait plus regarder Van Mook. Il resta là, muet, grattant le sable du bout de sa botte ; puis affronta enfin le regard qui le terrorisait.

— Ecoute, Herbert, ça m'embête de te dire ça, mais, je ne peux pas faire un truc pareil. Si Nabibox apprend que je l'ai doublé, je suis grillé comme taxi. Tu sais bien que je lui loue ma bagnole. Et puis ton histoire est bizarre. Je veux pas me trouver dans un coup fourré. Une autre fois, si tu as besoin de moi pour quelque chose de plus tranquille...

Van Mook n'explosa pas. Au contraire, il eut un hochement de tête compréhensif :

— OK. Je comprends. Mais je voudrais quand même te montrer quelque chose. Viens.

Il se dirigea vers la voiture, suivi du métis et ouvrit le coffre. Les femmes avaient repris leur parlote. Calmement, le Hollandais prit dans le coffre une Uzi, la coinça dans la saignée de son bras et en braqua le canon sur le métis.

— C'est ennuyeux que tu ne veuilles pas m'aider, Selim, dit-il, parce que je vais être obligé de te flinguer.

Le métis regarda le trou noir du canon avec terreur, les jambes soudain en coton, avec une très forte envie de vomir.

— Mais, Herbert, bredouilla-t-il, qu'est-ce que je t'ai fait ?

Van Mook hocha tristement la tête.

— Rien, Selim, mais tu pourrais. Je ne peux pas me permettre de te laisser dans la nature. Il y a des gens qui te donneraient beaucoup d'argent si tu leur racontais ce que je t'ai dit.

Midnight Cowboy recula d'un pas.

— Herbert, je te jure que...

— *Bye, bye,* fit le Hollandais.

Le chauffeur vit son doigt se crisper sur la détente de l'Uzi et poussa un cri étranglé.

— Non, Herbert, OK, OK, je vais faire ce que tu veux.

De la voiture, Rachel regardait la scène avec des yeux gourmands. Rien ne l'excitait plus que la face cachée de son amant.

— Je ne voudrais pas te forcer la main..., dit le Hollandais d'une voix trop douce, sans abaisser son arme.

— Herbert, je te jure que c'est OK, dit Selim d'une voix suppliante.

Il avait du mal à contrôler ses sphincters. Van Mook continuait à sourire.

— Selim, dit-il, c'est ta femme qui est là-bas ? Et ton gosse ?

Le métis hocha la tête affirmativement.

— Si tu changeais d'avis, avertit Van Mook, j'arriverais ici avant toi et je les tuerais. Tu me crois ?

— Oui, balbutia Midnight Cowboy.

Il le croyait à cent pour cent. Herbert Van Mook remit l'Uzi dans le coffre et donna une grande tape sur le dos trempé de sueur de sa victime.

— OK, tu es un brave garçon. Je t'emmène. Ce soir, tu coucheras chez moi à la ferme. Je t'expliquerai tout ce que tu as à faire. Dis à ta femme que tu pars à Cayenne avec moi. Que tu seras de retour après-demain.

Il remonta dans la voiture tandis que le chauffeur allait chercher son baluchon. Herbert sifflotait. La première difficulté avait été surmontée facilement. Le tout était de motiver les gens. Pas une seconde, il n'avait cru que Selim pourrait le trahir, mais il était plus habile de montrer les dents. Rachel soupira.

— J'ai chaud. On crève ici, foutons le camp...

— On y va.

Il ferma les yeux un court instant, s'imaginant dans un palace de Rio, Rachel sous lui, écartelée, hurlant comme elle savait le faire, avec la fraîcheur délicieuse de la climatisation et un coffre plein de barres en or massif. La jeune créole était assez vicieuse pour partager tous ses fantasmes sans lui poser de problèmes.

Selim revenait en courant, un sac à la main. Vraiment motivé.

*
**

Malko, étendu au bord de la piscine du *Torarica*, repassait dans sa tête pour la centième fois son plan d'action quand la voix joyeuse de Cristina Ganders l'arracha à ses calculs.

— Je meurs de chaleur ! soupira-t-elle.

En un clin d'œil, elle eut ôté sa robe, apparaissant dans un maillot une pièce presque de la couleur de sa peau. Elle plongea aussitôt dans l'eau et y resta debout, bougeant à peine. Malko la rejoignit.

— Alors ?

— Tout va bien, annonça-t-elle à mi-voix bien que personne ne puisse les entendre. J'ai transmis ton message. Ils pensent que cela ne posera pas de difficultés. Seulement, ils ne savent pas s'ils auront la réponse avant demain soir...

— Et tu dis que tout va bien ! protesta Malko. Que se passera-t-il si nous arrivons à Drietabbetje et qu'il n'y ait pas d'avion ?

Cristina lissa ses cheveux mouillés, se rapprochant tendrement de lui comme pour l'encourager. La chaleur de son corps fit du bien à Malko.

— A Drietabbetje, dit-elle, vous n'êtes plus qu'à cinquante kilomètres du Maroni. Vous trouverez facilement des Nègres bonis pour vous descendre en pirogue. Ensuite, il n'y a plus qu'à traverser le Maroni pour être en Guyane française. Et en sécurité. Bien sûr les Français risquent d'être au courant, mais cela vaut mieux pour Harb que d'être fusillé.

Malko ne répondit pas. Il se voyait mal descendre une rivière en pirogue avec deux tonnes d'or.

— Et si nous avons un blessé ?

La jeune femme hocha la tête.

— Je sais, mais on ne peut pas faire mieux.

Elle l'enlaça et posa ses lèvres sur les siennes, puis murmura :

— Tu verras, tout se passera bien.

— Et le transfert ? demanda-t-il, encore tendu. Il y a des informations ?

— Demain. Je te retrouverai ici vers la même heure.

— C'est sûr ?

— Certain. Tu n'as pas confiance en moi ?

Elle sortit de l'eau et, déhanchée, appuyée au plongeoir demanda :

— Je peux prendre une douche dans ta chambre ?

Il regarda le corps épanoui, moulé par le maillot marron. Chacune de ses cellules semblait exsuder de l'érotisme.

*
**

Eric, le barman du *Popenkast*, s'effaça pour laisser passer Herbert Van Mook.

— C'est là, dit-il.

L'escalier sombre qui grinçait à chaque marche sentait la crasse. Il débouchait sur un appentis dont la porte se trouvait en face d'eux.

Van Mook tourna la poignée et se baissa pour entrer. Il régnait dans la petite pièce une chaleur poisseuse. C'était le dernier étage d'une maison de bois de Grachtstraat.

Un homme dormait sur le lit bas. Van Mook le secoua violemment. Il se dressa en sursaut, sa main droite enserrant déjà le manche d'une baïonnette posée près de lui. L'énorme chaussure de Van Mook lui écrasa le poignet et il poussa un cri de douleur.

— Ne fais pas le con, avertit le géant. Lève-toi.

L'homme obéit, se dressa en titubant, les yeux rouges, encore mal réveillé et jeta un regard apeuré à ses visiteurs. Derrière Van Mook se profilait la silhouette du barman barbu, presque de la même carrure. Les deux visiteurs examinaient le dormeur. Plutôt brun, maigre, les yeux enfoncés, le teint livide, il semblait malade. Il bredouilla quelques mots en français puis en allemand.

— *Was wollen sie ?*

C'était le légionnaire déserteur. Herbert Van Mook lui adressa son fameux sourire et dit en allemand :

— N'aie pas peur. Nous sommes des amis. On veut t'aider. Dis-nous d'abord pourquoi tu as déserté ?

L'autre bredouilla dans la même langue.

— La chaleur, en avait marre, veut rentrer en Europe...

Le barman qui le logeait depuis plusieurs jours, après lui avoir pris ses derniers sous, prit la parole à son tour :

— On peut t'aider à rentrer, si tu veux travailler avec nous. On a besoin d'un gars qui sache se battre pour un coup. Ensuite, on te donne du fric et un billet. On te sort du pays. Avant, tu auras à te servir d'une arme.

Le légionnaire regarda les deux hommes, plein de méfiance.

— Pour quoi faire ?

— On t'expliquera.

Silence. Son regard alla de l'un à l'autre de ses étranges visiteurs qui le fixaient comme un entomologiste examine un insecte. Il se décida, sentant qu'il était inutile de discuter.

— D'accord, fit le légionnaire. C'est pour quand ?

— Demain soir, dit Van Mook. Tu sais te servir d'un M 16 ?

— Oui.

— Combien de temps de Légion ?

— Six ans.

— OK. Tu restes ici, tu ne bouges pas jusqu'à

demain soir. On t'apportera à manger et à boire et je te donnerai des instructions.

Le légionnaire leur serra la main et ils sortirent de la pièce. Dès qu'ils furent dans l'escalier, le barman exulta.

— Voilà, tu es content ?

Herbert Van Mook ne répondit pas. Mais, arrivé au rez-de-chaussée, au lieu de sortir, il s'arrêta dans le couloir, retenant Eric.

— Attends !

Ils restèrent là sans un mot.

Dehors, les putes jacassaient d'un balcon à l'autre. La chaleur était étouffante. Le barman ne comprenait plus. Soudain, les marches de l'escalier craquèrent. Ils virent le légionnaire en train de descendre à pas de loup. Herbert Van Mook se dressa devant lui au moment où il allait sortir.

— Où vas-tu ?

Le légionnaire sursauta comme si une tarentule l'avait piqué, cligna des yeux, puis balbutia :

— Acheter des cigarettes.

— Remonte.

Le regard de Van Mook était tel que l'autre obéit, les deux hommes sur ses talons. Dès qu'il fut dans la pièce du haut, le Hollandais le poussa brutalement sur le lit où il s'effondra. Van Mook avait déjà saisi la baïonnette. Sans une hésitation, il la planta dans le dos de l'homme avec un « han » de bûcheron. Le lame s'enfonça à travers le cœur pour se planter dans le matelas. Le légionnaire eut un râle, quelques soubresauts, ses mains déchirèrent un peu le drap, puis il s'immobilisa. Van Mook continuait à peser sur le manche de la baïonnette. Quand sa victime ne bougea plus, il le prit à deux mains et lui fit effectuer un quart de tour. De cette façon, la lame sectionnait les artères encore en état de fonctionner.

Eric regardait la scène, horrifié. Il n'avait jamais vu tuer personne de cette façon sauvage et froide. Herbert Van Mook se redressa, arrachant la baïonnette. Aussitôt, le sang suinta de la blessure. Il se retourna vers son ami ; son visage était calme et il souriait.

— Tu vois, fit-il, j'avais raison.

— Merde, fit le barman, tu tues un mec parce qu'il va acheter des cigarettes !

Il en avait froid dans le dos...

— Pas parce qu'il va acheter des cigarettes, fit lentement Van Mook. Parce qu'il se préparait à nous trahir.

— Il se tirait simplement, tu lui as fait peur.

— Peut-être, peut-être pas. Nous ne pouvons pas prendre le risque de voir un type se balader sachant qu'on prépare un coup.

— Pourquoi « nous » ?

Le Hollandais eut son sourire froid :

— Parce que tu viens avec nous. C'est toi qui l'avais recruté, celui-là. Tu le remplaces.

Le sang quitta le visage du barman. Il n'osait pas dire non, mais des milliers d'objections se bousculaient dans son crâne. Van Mooke le prit gentiment par l'épaule.

— Toi, tu es intelligent, tu feras le boulot et tu recevras une barre d'or de douze kilos et demi.

C'était le genre d'offre qu'on ne peut pas refuser... Tranquillement, Herbert Van Mook prit une bouteille d'alcool à brûler et se mit à arroser le cadavre et la pièce. Il continua dans l'escalier. En bas, il craqua une allumette. Aussitôt, une flamme claire s'éleva dans la cage d'escalier. La vieille baraque en bois allait flamber comme une allumette. Il se tourna vers Eric :

— Comme ça, pas de questions, pas d'autopsie...

Le barman ne fit aucun commentaire. Herbert Van Mook se sentait parfaitement lucide. Décidé à éliminer impitoyablement tous ceux qui se mettraient entre lui et ce fabuleux tas d'or.

CHAPITRE X

Malko prit soin de ne pas garer sa voiture en face de la cathédrale, mais près de l'hôpital où elle se remarquerait moins. La fraîcheur de la grande nef d'acajou contrastait délicieusement avec la touffeur de l'extérieur. Il regarda partout sans voir personne. Tonton Beretta était en retard. Pourvu qu'il n'ait pas eu de pépin avec les moteurs du bateau ! Il essaya la porte montant au chœur, mais elle était verrouillée. Aussi, il s'arrêta sur les marches, dissimulé dans la pénombre. C'était un endroit idéal pour attendre car il était invisible pour quelqu'un entrant dans l'église. Les bruits de l'extérieur lui parvenaient faiblement.

Plusieurs minutes s'écoulèrent. Puis, il entendit un grincement de porte. Quelqu'un venait d'entrer. Ce devait être le vieux Français. Il se pencha un peu et aperçut au milieu de la nef une silhouette immobile, semblant renifler l'atmosphère. Ce n'était pas Tonton Beretta, mais un barbu à la peau très sombre. Un Pakistanais ou un Indonésien. Que venait-il faire dans une église catholique ? Malko était en train de réfléchir à cette bizarrerie lorsqu'il reconnut l'homme : c'était Ayub, le barman du *Parbo Inn!* Son cœur se mit à battre aussitôt comme un tambour. Ce ne pouvait pas être une coïncidence. Il se calma aussitôt. Herbert Van

Mook semblant avoir toute confiance en lui, il devait être venu porter un message de sa part à Tonton Beretta. Malko allait descendre de son escalier pour lui faire signe lorsque le barman se dirigea rapidement vers un confessionnal, non loin de lui et y disparut.

Malko n'eut pas longtemps le loisir de méditer sur cette étrangeté. Quelques instants plus tard, il entendit un bruit de pas, cette fois venant du chœur, et aperçut le crâne chauve de Tonton Beretta. Sortant aussitôt de sa cachette, il fonça vers le Français. Ce dernier l'accueillit avec un sourire rayonnant :

— Tout est en ordre ! annonça-t-il. Les deux moteurs tournent comme des montres suisses.

L'excitation faisait perler à la commissure de ses lèvres un peu de bave. Une lueur avide brillait dans ses gros yeux marron. A voix basse, Malko demanda :

— Vous connaissez le barman du *Parbo Inn*, Ayub ?

Tonton Beretta le fixa avec surprise.

— Ouais, pourquoi ?

— Il est ici, caché dans un confessionnal. Il est entré après moi. Vous pensez que c'est Van Mook qui l'a envoyé ?

Les gros yeux marron semblèrent se vitrifier. Tonton Beretta n'eut aucune exclamation de surprise. Il dit seulement d'une voix égale :

— On va le savoir tr... tr... très vite. Filez au *Parbo Inn*, je m'occupe d... d... de lui.

*
**

Dès que Malko fut sorti de la nef, Tonton Beretta s'approcha à pas de loup du confessionnal désigné par Malko. La pointe de son nez rejoignait presque son menton, ce qui le faisait ressembler à un vieux polichinelle. Il posa la main sur le loquet du confessionnal et tira brusquement.

Le Pakistanais ne l'avait pas entendu venir. Il sursauta si fort que son coude heurta violemment la paroi du confessionnal, trouant le vieux bois. Son regard affolé ne pouvait se détacher du petit trou noir terminant le canon de l'automatique tenu d'une main ferme par le vieux Français. La main avança un peu et l'extrémité du canon s'enfonça dans le cou du Pakistanais, à la naissance de sa barbe.

— Qu'est-ce que tu... tu... fais là-de... de... dans ? demanda Tonton Beretta.

La pomme d'Adam de Ayub montait et descendait comme un ludion, mais il avait la gorge trop serrée pour répondre. Tout le visage de Tonton Beretta se crispa d'une manière effrayante et il enfonça brutalement son arme.

— C'est Herbert qui t'a en... en... voyé ?

Avec ces âmes simples, on ne savait jamais. Le Pakistanais hocha affirmativement la tête.

— Pour me dire quoi ?

Silence, regard fuyant. Il semblait se tasser sur lui-même. Tonton Beretta était édifié. Il eut un sourire éclatant de toutes ses fausses dents, les vraies ayant été détruites depuis longtemps par le scorbut, lorsqu'il purgeait une peine dans une prison vénézuélienne.

— Puisque tu t'es mis là, tu vas pouvoir te con... con... confesser.

***

Le *Parbo Inn* était fermé. Malko tambourina, fit le tour, alla au *Popenkast,* également fermé. Il avait croisé une voiture de pompiers essayant d'éteindre tout un bloc de maisons qui avaient flambé comme des allumettes non loin de là. Tout Paramaribo était à la merci de ce genre d'incident.

Il allait s'en aller quand la porte du *Parbo Inn* s'entrouvrit enfin sur les yeux bleus de Herbert Van Mook.

— Entrez vite, dit-il à Malko.

Ce dernier pénétra dans le bar. Il y avait deux autres hommes. Le gros barman barbu du *Popenkast* et un métis grand et maigre. Dans un coin, l'inévitable Rachel fumait à son habitude. Van Mook adressa à Malko un sourire éblouissant.

— Je crois que vous connaissez Eric... Il marche avec nous.

Le barman pansu et rouquin se dandina orgueilleusement et tendit une main énorme à Malko.

— Content de vous revoir.

— C'est un bon élément, fit sobrement Herbert Van Mook. Il sait se servir d'une arme et ça lui fera plaisir de faire un carton sur ces salauds... Quant à l'autre, c'est Selim, Midnight Cowboy. Un vieux copain. Il conduira le camion. Lui aussi c'est un type solide...

Il lui donna une grande claque dans le dos et le « type solide » sembla prêt à se désintégrer. Il avait l'air aussi heureux d'être là qu'un juif à l'entrée d'une chambre à gaz. Malko se demanda comment le grand Hollandais l'avait convaincu et surtout s'il allait tenir le coup. Van Mook continua jovialement :

— Il ne manque plus que cette petite canaille de Dutchie. Il doit être en train d'aider Tonton.

— C'est tout ? demanda Malko.

— Ça suffit.

Van Mook n'osait pas dire que ce n'était pas la peine d'être trop pour partager l'or.

— Ayub, le barman, n'est pas dans le coup ?

— Ayub ?

Herbert Van Mook semblait sincèrement stupéfait. Malko sentit sa gorge se nouer et dissimula son angoisse dans un sourire froid.

— Dans ce cas, nous avons un problème sérieux sur le dos.

Herbert Van Mook éclata en une série de jurons orduriers pendant que Malko lui relatait ce qui s'était passé dans la cathédrale. Ses yeux s'étaient injectés de sang. Midnight Cowboy semblait prêt à tourner de l'œil. Finalement, le géant hollandais parvint à se dominer.

— OK, fit-il, je vais à la cathédrale. Attendez-moi ici en buvant une bière. N'ouvrez à personne. Il y a une sortie derrière. Eric reste avec vous. Au cas où il aurait un pépin, nous nous retrouvons à la ferme.

Il sortit, comme un boulet de canon, sans même adresser la parole à Rachel.

***

Herbert Van Mook traversa en trombe la nef et s'arrêta en face de Tonton Beretta.

— Où est-elle, cette crapule ?

Le Français désigna le confessionnal du bout de son pistolet.

— Là-dedans. P... p... pas frais.

— Va fermer cette putain d'église.

Tandis que le vieux Français se dirigeait vers la porte, Herbert Van Mook envoya le bras droit à l'intérieur du confessionnal et son énorme main se referma autour du cou de Ayub, l'arrachant de son abri comme un Bernard-l'hermite de sa coquille. Il le colla si brutalement à la paroi de bois qu'elle se fendit avec fracas. Le Pakistanais était livide.

— Qu'est-ce que tu foutais ici ? gronda le Hollandais.

Terrifié, l'autre n'arrivait pas à répondre. Arrachant la machette de sa ceinture, Van Mook frappa le visage du barman à toute volée, du plat de la lame, lui brisant le nez et lui fendant la bouche. Puis, il appuya la pointe sur son larynx et annonça d'une voix vibrante de rage :

— Tu parles ou je te crève.

Tonton Beretta, revenu, contemplait la scène sans intervenir.

— Fais pas des s... s... saletés pa... par... partout, dit-il. Après, c'est moi qui n... net... nettoie.

Le Pakistanais roulait des yeux blancs, essuyant le sang qui coulait de son visage, muet comme une carpe.

Van Mook sentit que s'il utilisait la machette, il risquait de le décapiter du premier coup, tant il bouillait de haine. Or, il était vital qu'Ayub parle. Sinon, tout était fichu. L'or lui passait sous le nez. Apercevant les deux cordes des cloches qui pendaient presque au sol devant l'escalier menant au chœur, il eut une idée. Saisissant le barman par sa chemise, il le traîna jusque-là et, en un clin d'œil, lui passa une des grosses cordes autour du cou avec un superbe nœud coulant. Tonton Beretta approuva :

— Ça c'est plus propre.

— Aide-moi, dit Van Mook.

A deux, ils forcèrent leur prisonnier à monter le petit escalier puis lui firent passer les jambes par-dessus la rampe de bois, l'installant, la corde au cou, les jambes dans le vide. Le Hollandais resserra le nœud d'un coup sec, laissant tout juste un filet d'air passer. Il suffisait d'une petite poussée pour faire basculer Ayub de cette potence improvisée. Herbert Van Mook lui prit la barbe à pleine main, le forçant à le regarder.

— Je te donne une minute pour me dire ce que tu faisais ici, dit-il. Sinon, tu sautes.

Le Pakistanais toussa, faillit vomir et finit par murmurer d'une voix imperceptible :

— Je suivais votre ami.

— Pourquoi ?

— On me l'avait demandé.

— Qui ?

Silence. Herbert Van Mook poussa un peu, lui faisant presque perdre l'équilibre. Ayub émit un cri étranglé.

— C'est le chef de la Milice de notre quartier. Depuis longtemps, il m'a dit de vous surveiller, de lui dire tout ce que vous faisiez, qui vous rencontriez.

Herbert Van Mook faillit le précipiter dans le vide tant sa rage était violente.

— Petit salaud et tu ne m'as pas prévenu, gronda-t-il. Moi qui avais confiance en toi...

— Il m'avait dit que je me retrouverais « plein de trous » si je n'obéissais pas, gémit Ayub.

Le Hollandais respira profondément pour se calmer.

— Qu'est-ce que tu leur as dit ?

— Rien, rien, jura Ayub. Seulement que vous aviez rencontré un étranger plusieurs fois au *Parbo Inn*. Ils m'ont demandé de le suivre. Ils ont très peur des mercenaires. Je n'ai rien dit d'autre, je le jure. D'ailleurs, je ne sais rien...

— Tu ne sais pas ce qu'on va faire ? demanda Van Mook d'une voix trop douce.

— Non, non.

Tonton Beretta était muet comme une carpe, mais ses gros yeux marron exprimaient un dégoût profond.

— Eh bien, je vais te dire ce qu'on va faire, continua Van Mook.

— Non !

C'était un vrai hurlement. Van Mook ne le laissa pas s'achever. D'une brusque poussée, il projeta le Pakistanais dans le vide. Son cri se termina brutalement en un gargouillement bref et le craquement sec de ses vertèbres cervicales se brisant retentit dans le silence de l'église. Son corps tressauta quelques instants au bout de la corde, les pieds à quelques centimètres du sol. De l'extérieur un tintement grave parvint jusqu'à eux. La cloche où était accrochée la corde, sonnait involontairement le glas pour le barman qui eut quelques derniers soubresauts, puis s'immobilisa. La cloche tinta encore un peu, puis le calme retomba. Herbert Van Mook cracha par terre, livide de rage.

— Quelle merde, ce type...

— T'es trop con... con... confiant, fit Tonton Beretta. Tu crois qui... qui... qu'il s'est allongé ?

— Ouais, il avait trop les jetons. Mais, il a rien pu apprendre, on n'était jamais près de lui.

— J'espère que tu te goures pas, fit le vieux Français. De toute façon, on peut pas le laisser là. Il y a des vieilles mamas qui viennent le soir. Aide-moi.

Les deux hommes défirent la corde et transportèrent le corps inerte pour le tasser sous l'escalier. Quand Herbert Van Mook se redressa, il avait une lueur dangereuse dans ses yeux bleus.

— Tonton, dit-il, il faut qu'on parle sérieusement.

— Tu c... cr... crois ? ricana Tonton Beretta.

— Tu es au courant pour l'or ?

— Oui.

— Bon, fit le Hollandais, j'avais pas vraïment l'intention de me lancer dans l'attaque de la diligence, mais maintenant, il n'en est plus question. Cette saloperie de barman a peut-être bavé un peu plus... Et, de toute façon, ils doivent se méfier. Donc voilà mon idée. On fait la banque, avec l'autre, et, ensuite...

— On le laisse à la place de l'or, compléta froidement Tonton Beretta.

— Tout juste, fit Van Mook. Ensuite, on partage

moitié-moitié, toi et moi. J'ai tout organisé. Midnight Cowboy nous attend avec un camion au bac de Carolina. De là, on filera sur Zanderij et on prendra la piste de l'est, vers Witagron et ensuite Avanero. Il y a un terrain d'aviation et quelquefois des avions qui viennent du Venezuela pour les recherches minières. On pourra peut-être s'arranger.

— Mais dis donc, fit Tonton Beretta, il n'y a pas un chat dans ce c... c... coin.

— Justement. Il suffit d'emporter de l'essence. Pour la bouffe on trouvera toujours avec les Indiens. Et là, personne ne nous cherchera. Et si on ne trouve pas d'avion à Avanero, on continuera jusqu'au Venezuela, en traversant le Guyana. Il y a des pistes que personne ne pratique. On n'est pas pressés. On arrivera bien un jour à Caracas...

Au Venezuela, Tonton Beretta était chez lui. Le plan du Hollandais lui paraissait difficile mais jouable. Personne n'irait les chercher dans la jungle. Le tout était que leur véhicule tienne et qu'ils arrivent avant la saison des pluies.

Tonton Beretta pencha la tête de côté, comme un gros oiseau satisfait.

— C'est bien goupillé, fit-il, mais fais pas le c... c... con avec moi.

Herbert Van Mook lui jeta un regard douloureusement choqué.

— Tonton ! Tu me connais !

— J... just... justement, fit le vieux Français. Maintenant, va leur ra... raconter tes salades. On se retrouvera chez m... moi demain soir.

Il le suivit jusqu'au parvis de la cathédrale et s'immobilisa, regardant les voitures qui passaient. Herbert Van Mook sifflotait. Tonton avait raison de se méfier, il n'avait pas la moindre envie de partager l'or avec le vieux Français, mais ce dernier ne verrait pas venir le coup. Maintenant, il restait à rassurer celui qui allait les mener au trésor.

*
**

Un silence lourd régnait au *Parbo Inn*, presque aussi étouffant que la chaleur. Rachel avait beau fusiller d'œillades incendiaires Malko et Eric le barman, les deux hommes étaient trop tendus pour s'intéresser à sa sensualité animale. Dans son coin, Midnight Cowboy n'avait pas touché à sa bière. Herbert Van Mook entra, le visage grave, referma soigneusement et annonça :

— Ce fumier d'Ayub travaillait pour la Milice populaire !

Malko sentit une coulée glaciale le long de sa colonne vertébrale. A côté de ça, les autres difficultés semblaient de la rigolade.

— Où est-il ? demanda-t-il.

Herbert Van Mook lui jeta un regard de commisération.

— Là où il ne fera plus de mal. Tonton s'en est occupé.

Midnight Cowboy avala bruyamment un peu de sa bière. Eric baissa les yeux, l'estomac retourné. Cela faisait deux en une journée.

— Quelles sont les conséquences pratiques ? demanda Malko. Que savait-il ?

Van Mook fit le tour du bar et se servit un rhum. Malgré sa sérénité apparente, lui aussi crevait d'inquiétude.

— Je crois qu'on ne risque pas grand-chose, dit-il finalement. Les gens de Bouterse sont obsédés par les mercenaires. Ils savent que je ne suis pas leur copain, alors ils ont demandé à Ayub de me surveiller. Comme vous êtes nouveau en ville, il s'est intéressé à vous. C'est tout.

— C'est déjà pas mal, fit amèrement Malko. Si je suis suivi, vous réalisez les conséquences ?

— Je ne pense pas que ça aille jusque-là, dit Van Mook. Ce sont des lents. Quand ils se réveilleront, nous serons loin.

— La disparition d'Ayub risque de les alerter, remarqua Malko.

— Il devrait être au bar jusqu'à minuit, laissa tomber Herbert Van Mook. Ils se poseront des questions demain. Moi, je vais retourner à la ferme, Eric va au boulot. On ne change pas nos plans. On se retrouve chez Tonton demain soir. Le bateau sera en place.

— Où sont les armes ? demanda Malko.

— Ici, dans ma voiture, je vais les laisser chez Tonton.

— Et moi ? demanda timidement Midnight Cowboy.

— Toi, tu viens avec moi, dit Van Mook. Avant de repartir, tu passeras voir Nabibox pour lui dire que tu prendras l'ambulance en fin de journée. Quand nous reviendrons, je te dropperai là, tu l'amèneras chez Tonton et ensuite, je te conduirai au camion. Tu n'auras plus qu'à aller avec à Carolina et à dormir dedans en nous attendant. Ensuite ton boulot sera fini et tu auras gagné deux mille florins.

— Et l'ambulance ?

— Tu la récupéreras chez Tonton et tu la ramèneras le lendemain matin.

Malko écoutait attentivement. Tout cela tenait debout. Il appréciait le sang-froid du Hollandais. Evidemment, la seule solution était de faire l'impasse sur la dénonciation possible et de ne rien changer à leur plan en espérant que Cristina ait des informations précises sur le transfert. Ou alors, il fallait démonter toute l'opération.

Dans ce cas, Julius Harb mourrait la nuit suivante.

Ils sortirent tous du bar. Herbert Van Mook prit la clef du *Parbo Inn* et accrocha sur la porte un écriteau « Fermé ». Malko regarda les deux hommes et Rachel s'engouffrer dans la voiture de Van Mook, tandis que le barman regagnait sa tanière. Les heures prochaines allaient être très longues.

*
**

Il semblait à Malko que la jeune Chinoise à la réception du *Torarica* lui jetait un coup d'œil furtif. Dans le petit hall traînaient les quelques clients habituels. Il inspecta sa chambre et ne remarqua rien de suspect, ce qui le rassura. Le temps de prendre une douche et de se changer, il repartait... En quittant le *Torarica,* il surveilla son rétroviseur, mais ne vit aucune voiture. Il n'était pas suivi, c'était déjà quelque chose...

La voiture de Cristina était devant sa maison. Cela lui parut de bon augure. Il aperçut sa silhouette sur la véranda du premier et monta rapidement l'escalier extérieur. La métisse était assise dans son grand fauteuil d'osier, un verre de scotch à la main, une cigarette dans l'autre. Elle n'arborait pas son sourire éclatant coutumier. Ecrasant sa cigarette, elle se leva, son regard n'avait pas non plus sa limpidité habituelle.

— J'ai de mauvaises nouvelles, annonça-t-elle d'emblée. Des hommes de la Milice populaire sont venus se renseigner sur toi au *Torarica.*

CHAPITRE XI

Malko prit machinalement le verre que lui tendait Cristina. Tout s'écroulait. Herbert Van Mook avait péché par optimisme. Dans le monde parallèle, les optimistes terminaient généralement dans les cimetières...

— Comment l'as-tu su ?

— J'étais passée à l'hôtel te voir. Je connais quelqu'un là-bas qui m'a prévenu.

— Je ne peux pas y retourner, dit Malko. Et je ne peux pas non plus rester ici. On sait que je te connais.

Cristina semblait plus calme.

— C'est vrai, dit-elle, aussi j'ai prévu une solution jusqu'à demain soir. Quelqu'un qui va t'héberger.

— Qui ?

Elle sourit.

— Greta Koopsie.

— Greta ! Mais...

— Je la connais assez bien. Elle n'a pas hésité.

— Mais que lui as-tu dit ?

— Presque la vérité. Que les militaires veulent te causer des ennuis. Que tu cherchais un refuge pour vingt-quatre heures et qu'ensuite, tu gagnerais Cayenne. Elle ne m'a pas posé de questions. Elle t'attend.

Malko lui aurait sauté au cou. Mais ça ne réglait pas tout.

— Et les autres ?

— Il y a une chance à courir, dit Cristina. Je pense qu'ils vont d'abord chercher de ton côté. Les autres, ils les ont sous la main. Si vraiment ils se déchaînaient, tu pourrais toujours filer la nuit prochaine sur la Guyane française.

Malko tâta la clef de sa chambre au fond de sa poche. Bonne habitude de ne jamais la laisser à l'hôtel... Au fond de son attaché-case, il y avait les trois clefs de la chambre forte de la Banque Centrale. Il laissa l'alcool détendre ses nerfs et interrogea :

— Tu as eu des informations sur le transfert ?

Cristina hocha la tête affirmativement :

— Il aura lieu la nuit prochaine, tout de suite après le couvre-feu. Un seul véhicule, probablement un minibus qui comprendra en sus de Julius Harb et du chauffeur, quatre ou cinq soldats d'escorte, avec des armes légères. D'après ce que nous savons, Julius est en bon état.

— Sait-il qu'on va tenter de le faire évader ?

De nouveau, elle alluma une cigarette.

— Si mon « contact » est sérieux, il le saura. Je lui ai fait dire de se coucher au fond du véhicule s'il entend des coups de feu.

Elle regarda sa montre, nerveuse.

— Ne reste pas trop longtemps ici. On ne sait jamais. Je vous téléphonerai demain en fin de journée chez Greta. Ils n'ont pas encore d'écoutes téléphoniques. Tu repasses au *Torarica* ?

— Oui.

Ils se levèrent tous les deux et Malko l'étreignit. Cristina le serra de toutes ses forces.

— Bonne chance.

— Merci, dit-il. A un de ces jours peut-être.

— Peut-être.

Elle le regarda traverser le jardin et lui adressa un petit signe d'adieu. Malko lui répondit avec un petit serrement de cœur.

Il repartit vers la ville, dépassa le *Torarica* et stoppa en face du bar *Papillon* de l'autre côté de Combéweg. Laissant sa voiture, il revint sur ses pas et pénétra dans le jardin de l'hôtel en passant par le terrain vague qui le prolongeait. Malko contourna la pelouse et arriva devant la porte de sa chambre du côté jardin. Pas de lumière. Il mit la clef dans la serrure. La chambre était vide. Il alluma, fourra dans un sac l'indispensable, la plupart de ses affaires, quelques pantalons pour ne pas donner l'éveil, prit son attaché-case et ressortit. Comme il avait déjà découché, les gens de l'hôtel ne s'étonneraient pas.

Deux putes, à la coiffure rasta, devant le *Papillon,* lui adressèrent un sourire prometteur. Il reprit la Colt et mit le cap sur Eldoradolaan.

*
**

Greta Koopsie coiffée, maquillée, arrosée de parfum, arborait un haut blanc très collant et la minijupe de panthère qu'elle affectionnait. La panoplie d'une femme qui a envie de mettre un homme dans son lit. Son regard se posa sur Malko avec un mélange de timidité et d'audace. Elle lui prit ses bagages et dit :

— Installez-vous.

La pièce — capharnaüm, encombré de machines à sous — était plongée dans une obscurité presque totale, une musique douce sortait d'un haut-parleur invisible. Un film était en train de passer sur l'Akaï, le son coupé. A quelques images, Malko reconnut *Emmanuelle.* Greta revint et s'assit sur le divan très bas, en face de Malko.

— Je vous ai préparé à dîner, annonça-t-elle.

— Je n'ai pas tellement faim, avoua Malko.

Elle gagna le bar et s'y affaira, chacun de ses gestes était une provocation muette. Le « pluf » d'un bouchon de champagne claqua et elle revint vers Malko, une bouteille de Moët et Chandon à la main, avec deux verres.

— Un cadeau, dit-elle. Nous allons le boire ensemble.

Elle s'assit, les jambes de côté, la jupe serrée moulant ses fesses, remontée à mi-cuisses. Lorsqu'elle se pencha pour lui donner son verre, ses cheveux effleurèrent agréablement la joue de Malko. Elle versa le champagne, et ils choquèrent leurs flûtes.

— A votre hospitalité, dit Malko.

Le Moët était glacé et pétillait agréablement sur le palais de Malko.

Greta le dévorait silencieusement des yeux. Avec une expression totalement différente d'auparavant. Malko comprit la raison de cette transformation : comme beaucoup de femmes, Greta avait besoin de se sentir utile, de protéger un homme. Là, elle était comblée ! La petite secrétaire de Rotterdam se trouvait mêlée à une véritable aventure, dangereuse, excitante. Malko en fut touché. Ils burent sans un mot, puis elle dit d'une voix rêveuse :

— Je suis certaine que ce que vous faites est passionnant.

Comme Malko ne répondait pas, elle ajouta vivement :

— Oh, je ne vous demande pas d'en parler. Je suis seulement heureuse que vous soyez ici. Ne craignez rien, je ne serai pas curieuse.

Elle vida son verre, comme pour se donner du courage, puis le remplit de nouveau. L'attitude de camaraderie presque platonique de Greta avait disparu, lorsque Malko croisa le regard de son hôtesse, il vit deux yeux bruns brûlants de désir.

Cependant, lui ne cessait de repasser dans sa tête tous les détails de son plan. Beaucoup reposaient sur Herbert Van Mook, le reste sur sa chance. Les dés roulaient. Encore vingt-quatre heures.

Il but encore du Moët. Greta ne cessait de remplir sa flûte. A demi étendu sur les coussins, il se détendait peu à peu regardant le film du coin de l'œil. Soudain, Greta appuya sur la commande à distance de l'Akaï et l'image s'immobilisa sur le « viol » d'Emmanuelle dans l'avion. Aussitôt la jeune femme glissa contre Malko et sa bouche se posa sur la sienne, lèvres entrouvertes. Sa langue se mit à jouer avec la sienne. Il passa un bras autour de sa taille et aussitôt le ventre de la jeune femme tressaillit contre le sien. Elle l'embrassait avec application, fougue et un rien de tendresse. Il passa sa main sur la croupe callipyge et aussitôt Greta cambra les reins, comme une chatte. Toujours sans un mot. Il se hasarda à la découverte des cuisses, gêné et en même temps excité par la jupe étroite. Quand il atteignit son ventre, il découvrit deux choses. D'abord que Greta, comme la plupart des femmes qui reçoivent leur amant, ne portait rien sous sa jupe, et, ensuite, que ce n'était pas vraiment une femme frigide. Ses lèvres se détachèrent des siennes et elle dit à voix basse :

— J'avais peur de ne pas vous plaire, après tout ce que je vous avais dit.

Lentement, ses doigts défirent les boutons de sa chemise et sa bouche se posa sur la poitrine de Malko. Il ferma les yeux, savourant cette exquise surprise. Quand les femmes « frigides » décident de changer de camp, elles deviennent imbattables.

*
**

Le disque était terminé depuis longtemps et Greta n'avait pas pensé à le retourner. Mais, même sans meringué, sa volonté d'extraire de Malko jusqu'à la dernière goutte de plaisir ne s'était pas affaibli. Depuis longtemps, sa jupe en panthère et le haut blanc avaient volé au milieu de la pièce. Le sport lui avait conservé un corps ferme et souple à la fois qu'elle semblait heureuse d'utiliser à un autre but que les tractions.

Elle avait installé Malko bien calé sur les coussins, après lui avoir ôté tous ses vêtements, comme un pacha dans un harem.

Entre ses jambes, elle s'activait en une fellation savoureuse et interminable, dont elle semblait tirer presque autant de plaisir que Malko. Sa croupe ondulait sans cesse, comme pour appeler un invisible amant.

Cependant, à force de jouer avec les nerfs de Malko, elle sentit, à quelques tressaillements précurseurs qu'il était à bout. Au lieu de l'agacer, la langue l'enveloppa aussitôt avec une telle douceur impérieuse qu'il inonda la bouche de Greta, arqué de plaisir comme un homme qu'on électrocute.

Greta trembla de tout son corps, ses muscles se raidirent, comme si elle éprouvait elle-même un orgasme, mais elle ne lâcha pas sa proie d'un millimètre, continuant sa caresse, comme une chatte lèche ses petits.

Plus tard, après avoir bu un peu de champagne, elle rampa jusqu'à l'oreille de Malko et, la bouche encore humide, murmura :

— Je te veux aussi dans mon ventre.

Comme une ouvrière consciencieuse, elle reprit aussitôt sa fellation, agrémentée de la fraîcheur du Moët.

Peu à peu, Malko sentit sa vigueur revenir. Greta paraissait infatigable. Elle s'acharna jusqu'à ce qu'il ait la consistance de l'acajou. Alors seulement, elle l'attira.

Il la pénétra avec violence, tant il avait contenu

son désir. Son sexe semblait en feu. Greta cria. Puis, se mit à remuer avec une telle vigueur qu'il crut qu'elle allait lui arracher le sexe. Elle s'arrêta d'un coup. Remuant la tête de droite et de gauche, elle gémisssait :

— Non, non, je ne veux pas, je ne veux pas...

Malko demeura immobile puis recommença à lui faire l'amour, ce qui déclencha de nouveau ses mouvements désordonnés et la même réaction de rejet.

— Qu'il y a-t-il ? murmura-t-il.

Les yeux bruns brûlaient d'une flamme insolite.

— Je ne peux pas, gémit-elle, je ne peux pas jouir avec un homme qui ne m'aime pas. J'ai l'impression d'être violée, de me retrouver avec mon mari. Ne bougez plus, restez juste en moi.

Elle noua ses mains autour des reins de Malko, le soudant à elle, ondulant sous lui, poussant de petits gémissements heureux. Quand il lui effleura l'oreille du bout de la langue, son corps tressaillit si violemment qu'elle manqua lui échapper. Elle le serra encore plus fort et il continua à lui faire l'amour presque sans bouger, accélérant quand même sournoisement ses mouvements. La respiration de Greta devenait entrecoupée, peu à peu, son bassin se soulevait au rythme de Malko. Ce dernier attendit encore qu'elle atteigne le point de non-retour, puis, se retirant presque entièrement, s'enfonça d'un coup. Greta émit un son étranglé, ses jambes s'ouvrirent en ciseaux, se levèrent vers le ciel, ses reins basculèrent et, quelques instants plus tard, elle fut secouée d'un orgasme violent et bref. Ensuite, ses jambes retombèrent, et elle resta parfaitement immobile, presque sans respirer, encore transperçée. Malko sentait le sang battre dans son sexe, mais avait pu se contenir. Ils reprirent leur souffle ensemble. Greta ne parlait plus, comme si elle avait été honteuse de s'être laissé arracher ce plaisir. Puis, elle lui échappa, se retourna soudain, et, sans un mot, lui présenta sa croupe, la poitrine écrasée contre les coussins. Sa main arrêta Malko au moment où il allait la pénétrer à nouveau, le prit et le mena plus haut, lui faisant comprendre d'une légère pression ce qu'elle souhaitait.

De nouveau, sa respiration était entrecoupée.

— Doucement, demanda-t-elle.

Lui se retenait, le cœur cognant dans sa poitrine d'excitation, de réaliser un fantasme qui l'avait effleuré dès sa première rencontre avec Greta. Il tourna la tête et réalisa que leurs deux silhouettes se reflétaient dans une grande glace placée près des machines à sous. Fasciné, il croisa le regard de Greta, fixant le membre en train de forcer doucement la porte étroite de ses reins. Elle étouffa un petit cri, probablement de douleur, puis sa bouche s'ouvrit toute grande quand il plongea d'un coup en elle et demeura immobile, savourant la sensation exquise et brève qu'il éprouvait chaque fois qu'il prenait une femme de cette façon pour la première fois. Greta, loin de se dérober, se poussait vers lui. Où était la frigide jeune femme qui prétendait préférer le jogging aux hommes ?

Peu à peu, il s'enfonça de toute sa longueur, le souffle court, tant son plaisir était intense. Greta demeurait muette, les yeux fixés sur la glace avec une expression hallucinée. La cambrure de ses reins était étonnante : on aurait dit une Noire.

— Bouge ! ordonna-t-elle, que je te vois.

Il se retira avec douceur et entreprit de la pilonner sur un rythme très lent. Peu à peu, Greta se détendit, s'ouvrit. Ce n'était plus le caprice d'une femme amoureuse, mais une sorte de pulsion sexuelle instinctive.

Sa croupe se balançait, venant cogner contre le pubis de Malko de plus en plus violemment. Il ne savait plus quelle partie d'elle il prenait. Greta était totalement offerte, la bouche ouverte sur sa respiration sifflante. Il prit ses hanches à pleines mains et se mit à la marteler de toutes ses forces, lui arrachant chaque fois un rugissement de plaisir. Ils explosèrent en même temps et il sentit la chair ferme de ses fesses tressauter contre lui. Puis, lentement, comme si elle s'évanouissait, elle devint toute molle, s'allongeant sous lui, sans jamais quitter le miroir des yeux.

Ce n'est que beaucoup plus tard qu'ils refirent surface. Malko se sentait vidé par ces deux violents orgasmes. Greta but encore du champagne, alluma une cigarette et se tourna vers lui.

— C'était la première fois, tu sais, j'ai toujours refusé à mon mari.

— Pourquoi, alors ?

— Je voulais te faire plaisir.

— Tu as réussi, dit Malko.

S'il mourait, il aurait au moins eu une compensation. Sa pensée vola vers son château et Alexandra. Une soudaine angoisse l'envahit. Il est toujours plus tard qu'on ne le pense. Un jour, il la retrouverait mais ils ne récupéreraient jamais les heures disparues à jamais dans le gouffre du temps.

— A quoi penses-tu ? demanda Greta.

— A ce que j'ai à faire, dit-il. Ce n'est pas facile.

Elle fuma en silence un moment, puis demanda :

— Je voudrais te demander quelque chose.

— Quoi ?

— Emmène-moi demain avec toi.

C'était si inattendu qu'il ne put dissimuler sa surprise. Greta eut un sourire contrit.

— Je sais, c'est fou. Mais je m'ennuie ici. J'ai fait une erreur en venant à Paramaribo. Je croyais découvrir un monde nouveau, l'aventure, je me retrouve dans un bureau, comme à Rotterdam, et des hommes qui rôdent pour coucher avec moi entre deux portes. Tu es différent. Je ne sais pas vraiment ce que tu fais, mais je voudrais participer une fois dans ma vie à quelque chose qui me fasse le même effet que lorsque je fais bien l'amour...

Sa sincérité était si évidente que Malko en eut la gorge serrée. Il lui caressa doucement les cheveux.

— Je ne peux pas. C'est dangereux.

Elle demeura silencieuse, puis secoua ses cheveux noirs comme si elle voulait oublier tout ce qu'elle avait dit.

— Bien, on va dormir. Demain matin, je vais au bureau à sept heures et demie. Je reviens vers deux heures. Tu seras encore là ?

— Oui. Promis.

Elle se pencha et posa ses lèvres sur les siennes.

*
**

Herbert Van Mook regarda le ciel couvert, pris d'une brusque angoisse. C'était le jour décisif. Rachel dormait encore, ainsi que Selim, le chauffeur. Rien de suspect autour de la ferme. Ayub, le barman, n'avait pas eu le temps de nuire. Il s'étira. Si tout se passait bien, dans quelques heures, il serait milliardaire.

Il commença à s'habiller et glissa dans sa botte un petit automatique 32 avec une balle dans le canon. Eric apparut, les traits tirés, des poches sous les yeux.

— J'ai pas pu dormir, dit-il, je suis crevé.

Herbert Van Mook posa sur lui son regard glacial.

— Tu as eu tort, parce que tu ne vas pas beaucoup dormir la nuit prochaine.

Lui, il le larguerait dès que l'or serait chargé sur le bateau. Comme Dutchie. Seul, son commanditaire posait des problèmes. Mais une fois en possession de l'or, il était le plus fort. Il secoua Rachel qui s'éveilla en sursaut :

— On décolle dans deux heures.

***

Malko regarda sa montre : six heures moins dix. La nuit allait tomber dans une demi-heure. Cristina venait d'appeler pour confirmer qu'il n'y avait aucun changement. Il avait dormi jusqu'à onze heures. Réaction à la trop grande tension de ses nerfs. Puis Greta Koopsie était revenue avec des fruits frais. Ils avaient déjeuné et refait l'amour. Plus simplement cette fois. Presque avec gravité. Ils avaient somnolé durant les heures chaudes et depuis un moment, ils ne parlaient plus, Malko, pris par ce qu'il allait faire et la jeune Hollandaise préférant ne pas penser qu'ils allaient se quitter. Un peu comme les gens qui se séparent dans un aéroport, qui auraient des tas de choses à se dire et qui demeurent muets.

Greta vint se blottir contre Malko et ils restèrent enlacés tandis que la nuit tombait brutalement. Malko bouillait d'impatience. Il avait beau savoir que rien ne se passerait avant plusieurs heures, il avait hâte se retrouver les autres, de vérifier que tout avait été fait. La jeune femme le sentit et dit avec douceur :

— Il faut que tu t'en ailles, n'est-ce pas ? Vas-y.

Elle l'accompagna jusqu'à sa voiture et au dernier moment, l'étreignit à lui briser les os. Puis, elle s'enfuit en courant dans l'escalier extérieur, sans même se retourner.

Les phares de la Mitsubishi éclairèrent le sentier. Le cœur de Malko battait la chamade, mais il se sentait très calme. Il allait affronter, non seulement l'armée surinamienne, mais aussi ses complices. Il était certain qu'un homme comme Herbert Van Mook n'avait qu'une idée en tête : le tuer et partir avec l'or. Les autres ne valaient guère mieux. Ils ignoraient que Malko, lui aussi, connaissait l'âme humaine.

CHAPITRE XII

Dutchie traînait depuis un bon moment à côté de la poste. C'est là que se retrouvaient tous les marginaux de Paramaribo, à la recherche d'un peu d'aventure. Le téléphone international ne fermait qu'à dix heures du soir et beaucoup d'étrangers venaient essayer d'appeler leur famille après leur travail. Dutchie avait repéré un jeune Coréen qui lui plaisait bien. Un peu plus loin, garées sur le terre-plein de la station Esso fermée, des voitures attendaient portières ouvertes, la radio ouverte à plein. Ça, c'étaient les dragueurs de filles. Un tour au *Skorpio* en face du *Krasnapolski,* et ensuite direction les berges de la Suriman. Les filles n'étaient pas farouches et, chauffées par la musique et le rhum, se laissaient facilement culbuter. Dutchie regarda sa montre, contrarié. Le jeune Coréen, ce ne serait pas pour ce soir. Pas question de désobéir à Herbert Van Mook.

Il monta dans sa vieille Toyota et prit la direction de la sortie de la ville. Rita Moengo se couchait toujours tôt. Maintenant, elle devait dormir. Elle lui avait dit une fois qu'elle se levait à six heures du matin pour jouer au tennis. Effectivement, la villa était éteinte. Dutchie se sentait quand même un peu inquiet. Aussi avait-il pris son couteau à cran d'arrêt. Il s'approcha de la grille. Dans tout le quartier, des chiens aboyaient. C'était la plaie de Paramaribo. Si le petit bâtard de Rita Moengo entendait Dutchie et se joignait au concert, elle risquait de se réveiller. Les yeux écarquillés, le jeune mécano scruta l'obscurité et aperçut une silhouette qui descendait les marches et s'approchait de la grille : le chien.

Celui-ci remua la queue, passant sa truffe à travers les barreaux. Dutchie le caressa et, d'un bond, escalada la grille, le cœur dans la gorge. Pas un bruit. Le chien l'escortait, lui donnant de grands coups de langue. Dutchie savait que la secrétaire dormait les fenêtres ouvertes, n'ayant pas de climatisation.

La porte du salon était ouverte. Il s'y glissa, guidé par le clair de lune, s'arrêta, écoutant le bruit régulier de la respiration de Rita Moengo qui troublait le silence. Il chercha à se repérer, se demandant où, d'habitude, elle posait son sac. Il le trouva assez vite, sur une table basse, à côté du lit. C'était le plus dur. Le chien l'observait, immobile. Dutchie n'en pouvait plus, la bouche sèche, s'attendant à chaque seconde à ce qu'il aboie. Il plongea doucement la main dans le sac, farfouilla et, d'un coup, sentit les clefs.

Doucement, il les retira, entre deux doigts. C'est le moment que le chien, qui avait envie de jouer, choisit pour pousser son museau contre son poignet.

Surpris, Dutchie lâcha les clefs qui tombèrent bruyamment sur le plancher ! Avec un grognement, la secrétaire se dressa dans son lit et cria :

— Titus ! Tu as fini !

Si Dutchie avait eu un peu de présence d'esprit, il aurait ramassé les clefs et filé, mais il demeura figé, le cœur cognant contre ses côtes. Brusquement, une lumière violente illumina la chambre. La dormeuse le fixait, ébahie, son buste volumineux moulé dans une nuisette de satin noir, finalement, assez appétissante. Elle aurait fait de l'effet à n'importe quel homme, mais Dutchie avait son petit Coréen dans la tête. Il ne vit que le visage crispé d'abord par la peur, puis par une intense surprise.

— Dutchie ! Mais qu'est-ce que tu fais ici ?

La voix s'était adoucie sur le « ici ». Rita Moengo était prête à croire que le mécano venait lui rendre un hommage impromptu à la suite des avances qu'elle lui avait faites. Dutchie ne bougeait plus, n'osant pas ramasser les clefs, ni fuir. Herbert Van Mook était capable de le tuer s'il revenait sans. La secrétaire choisit de sourire.

— Eh bien, Dutchie, dis quelque chose !

Comme le jeune homme demeurait muet, elle rabattit le drap, prenant bien soin de montrer ses cuisses nues et se leva, marchant vers lui, sans la moindre peur. Elle avait toujours considéré le jeune mécano comme parfaitement inoffensif.

Le geste fut si rapide qu'elle n'eut pas le temps d'avoir peur. Sournoisement, Dutchie avait sorti son couteau, et, par pure méchanceté, lui avait déchiré le sein gauche, coupant comme dans une motte de beurre !

Pendant une fraction de seconde, elle regarda sans comprendre les yeux noirs pleins de méchanceté de Dutchie, puis, le sang qui commençait à inonder sa nuisette. La douleur l'envahit d'un coup, lui donnant envie de vomir et elle hurla, reculant vers le lit, le cerveau vide, devant cette agression inattendue. Le chien gronda, tournant autour de Dutchie d'un air menaçant. Le jeune métis se pencha et balaya la gorge de l'animal avec son couteau, lui tranchant d'un coup le larynx, les cordes vocales et les carotides.

L'animal tomba, secoué de spasmes, ses dents claquant, se vidant de son sang.

Rita Moengo rampait vers le téléphone. Dutchie

la rattrapa, prenant au passage un lourd cendrier de cristal qu'il lui abattit sur la nuque. Elle poussa un gémissement sourd. A genoux sur le lit, sa main gauche pesant sur l'épaule de sa victime, le mécano continua à frapper jusqu'à ce que les os du crâne n'offrent plus qu'une résistance molle. Il jeta alors le cendrier et se redressa, balayant ses cheveux qui lui venaient dans la figure. Pendant quelques instants, il avait été hors de lui-même. La peur, et puis ce regard que Rita lui avait jeté, comme si elle pouvait l'acheter. Il essuya la lame de son couteau sur les draps, le remit dans sa poche et se mit à quatre pattes pour chercher les clefs.

Ensuite, il n'eut plus qu'à redescendre l'escalier, à ressauter la grille pour se retrouver dans l'avenue déserte. Herbert Van Mook allait être content.

L'inquiétude commença quand même à l'envahir. On allait découvrir le cadavre de Rita Moengo. Il risquait des ennuis. Pourquoi ne pas partir avec Van Mook ? Maintenant qu'il connaissait son secret, le Hollandais ne pouvait pas refuser. Ragaillardi à cette idée, il se hâta.

⁂

Mama Harb glissait régulièrement la pierre à affûter le long de la lame de sa machette, son visage crispé par l'attention. Elle leva la lame vers la lumière et l'admira. Puis, prenant une feuille de papier, la coupa en deux sans aucun effort. Satisfaite, elle fourra alors la machette dans son cabas, éteignit et sortit. Elle avait bien l'intention de voir son fils une dernière fois et s'il le fallait de prêter main-forte à ceux qui allaient l'aider. Grâce à Cristina Ganders, elle savait où l'attaque allait se produire. Croyante, elle se disait que la proximité de la cathédrale ne pouvait que lui porter bonheur.

Marchant à grands pas, elle s'éloigna dans les

acajous géants de Nassylaan. Elle avait même mis dans le cabas une *rotie* au cas où elle aurait faim. Dans sa poche, elle serrait la dernière lettre de son fils.

***

Malko laissa son regard errer sur les armes étalées sur la grande table. Le riot-gun Beretta, deux Uzi et deux M 16. Afin d'avoir une arme de rechange. Depuis qu'il était arrivé chez Tonton Beretta, elles avaient été revérifiées et approvisionnées. Des sacs de toiles contenaient d'autres chargeurs et des cartouches pour le riot-gun.

Le bateau se trouvait en place, presque en face de la Banque Centrale. Midnight Cowboy devait déjà être arrivé au bac de Carolina. L'ambulance avait été dissimulée sous le hangar à bateaux du vieux Français. Ce dernier faisait une réussite sur le coin de table, tandis que Herbert Van Mook, le regard dans le vague, jouait avec une bouteille vide, observé par Rachel. Eric s'efforçait de s'intéresser à une bande dessinée, après avoir bu cinq bières coup sur coup, tant la peur lui asséchait le gosier. Personne n'avait envie de parler. Il était onze heures et il restait une heure avant le couvre-feu.

On attendait Dutchie et il était en retard. Intérieurement, Herbert Van Mook se maudissait de lui avoir fait confiance. Le petit pédé était capable de s'être dégonflé et d'avoir filé. Il en avait l'estomac tordu de rage. Tonton Beretta, qui avait fini sa réussite, se leva et alla observer le jardin de la fenêtre.

— Tiens, v... voi... voilà quelqu'un !

— C'est Dutchie, exulta aussitôt Van Mook, un poids de moins sur la poitrine.

Ils guettaient tous la porte. Elle ne s'ouvrit pas. Van Mook se tourna vers le vieux Français.

— *Je lult vit je nek jongen* (1).

Furieux, Tonton Beretta se précipita vers l'extérieur.

— Je vais voir.

Ils attendirent, brusquement tendus, un œil sur les armes, pensant tous à la même chose. Soudain, il y eut des cris dans le jardin. Malko et Van Mook bondirent aussitôt. Ils se heurtèrent à Tonton Beretta tenant quelqu'un qui se débattait furieusement et qu'il jeta littéralement à l'intérieur de la pièce.

— J'ai trouvé « ça » près du h... han... hangar ! jeta-t-il.

« Ça », c'était Greta Koopsie ! Malko crut que son cœur s'arrêtait. Il n'eut pas le temps d'intervenir. Déjà, Herbert Van Mook, d'une formidable gifle, avait expédié la jeune femme contre le mur. Il se préparait à récidiver lorsque Malko s'interposa.

— Arrêtez ! Je la connais.

Il aida Greta Koopsie en larmes à se relever. Ses mains tremblaient, mais son regard ne vacillait pas. Elle affronta vaillamment celui de Malko.

— Que fais-tu ici ? demanda-t-il. Qui t'a dit que j'étais là ?

— Cristina, balbutia-t-elle. Je lui ai menti. J'ai prétendu que j'avais quelque chose de très important à te dire.

— Pourquoi es-tu venue ?

Elle baissa la tête, et murmura :

— Je veux partir avec toi.

Les autres, en cercle, autour d'eux, écoutaient, bouche bée. Aucun ne connaissait la jeune Hollandaise. Malko était stupéfié par son inconscience et son entêtement. Il la prit par les épaules et lui dit doucement :

— C'est impossible. Nous allons faire quelque

(1) Tu dis des conneries.

chose de très dangereux. Je te l'avais dit. Il faut que tu rentres chez toi. Tu entends. C'est impossible.

Il avait parlé plus fort et Greta sursauta, comme dégrisée.

— Bon, dit-elle, pardonne-moi. Je m'en vais.

Elle s'écarta de lui, marcha vers la porte et s'arrêta net. Tonton Beretta braquait son vieux pistolet sur elle, l'air vraiment méchant :

— Si cette gre... greluche essaie de p... pa... partir, je lui fous mon chargeur d... dans le ventre.

De nouveau, Malko s'interposa :

— Qu'est-ce qui vous prend ? Je réponds d'elle.

Tonton Beretta secoua sa calvitie.

— ... Réponds d'el... le, mon cul ! Ça suf-f-f-fit pas, le bougnoule ? Elle est venue, elle reste.

— D'où sort-elle ? renchérit Van Mook, méfiant.

— Je me suis caché chez elle, expliqua Malko. C'est ridicule.

Tonton Beretta marmonnait tout seul, sans baisser son arme. Visiblement décidé à mettre sa menace à exécution. Rachel ne quittait pas des yeux la nouvelle venue, ivre de rage de cette concurrence inattendue.

Les coups secs frappés à la porte firent sursauter tout le monde. Tonton Beretta, son arme toujours au poing, se retourna et cria à travers le battant :

— Qui est-ce ?

— Dutchie !

Le vieux Français fit entrer le métis. Aussitôt celui-ci alla droit vers Van Mook. Il lui tendit un gros trousseau de clefs et dit avec une fierté teintée d'humilité :

— Voilà, monsieur Van Mook, ça a bien marché.

Le Hollandais prit les clefs et les fit sauter dans sa main. Malko remarqua soudain quelque chose et tendit le doigt vers une grosse tache sur le devant de la chemise de Dutchie.

— Qu'est-ce que c'est ?

Malko et Tonton Beretta se rapprochèrent à leur tour. C'était évident qu'il s'agissait de sang. Dutchie, embarrassé, lissa la tache comme pour la faire disparaître et dit d'une voix mal assurée :

— Cette conne a voulu appeler la police.

La gifle décochée par Herbert Van Mook claqua comme un coup de feu.

— Petit con ! Qu'est-ce que tu as fait ?

Dutchie se releva, tenant son menton disloqué, des larmes plein les yeux.

— Ça va, monsieur Van Mook, elle a pas eu le temps.

— Vous l'avez tuée ? demanda Malko, glacial.

Ça commençait ! Greta Koopsie était blanche. Dutchie ne répondit pas, mais son silence était éloquent. Malko étouffait de rage. L'opération n'était même pas commencée et cela dérapait déjà. Et quel dérapage... Il regarda avec dégoût Dutchie qui s'efforçait de prendre un air contrit.

— Ce petit con va conduire l'ambulance, dit Van Mook, après on le largue.

Malko réalisa soudain que Greta Koopsie avait assisté à toute la scène. Les armes s'étalaient sous ses yeux. Finalement le point de vue de Tonton Beretta était compréhensible. Une bavure, cela suffisait. Inutile de se mettre à dos ceux dont il avait besoin. D'autant qu'il avait encore une sacrée pilule à leur faire avaler.

— Très bien, dit-il au Français. Greta reste avec nous.

— Ça... ça vaut mieux, grommela Tonton Beretta, avec un regard noir pour la jeune femme.

Les yeux d'Herbert Van Mook ne quittaient pas Dutchie. Le mécano, s'il demeurait à Paramaribo, finirait par se faire prendre. Il était le seul à pouvoir incriminer Van Mook. On ne sait jamais de quoi l'avenir est fait... Dutchie avait intercepté son regard. Il se dit qu'à la première occasion il aurait les gros doigts du Hollandais autour de son cou, et pas pour lui faire un câlin. Plus que jamais, son alliance avec Tonton Beretta devenait indispensable. Herbert Van Mook regonfla Eric d'un coup d'œil et s'approcha de Malko.

— Je suis désolé pour la fille, fit-il d'une voix doucereuse — il s'en moquait comme de son premier hold-up — mais maintenant qu'on a les clefs, on va pouvoir se préparer.

— Exact, dit Malko, mais il y a un petit changement.

— Lequel ? firent d'une seule voix Herbert Van Mook et Tonton Beretta.

— J'ai appris que le transfert de Julius Harb doit s'effectuer immédiatement après le début du couvre-feu, expliqua suavement Malko. Nous devrons donc nous occuper de lui d'abord et de la Banque Centrale, ensuite.

Un silence sulfureux suivit ses paroles. Les traits de Herbert Van Mook ressemblaient à un masque de cire qui aurait un peu coulé.

CHAPITRE XIII

Dans un silence de mort, Malko parcourut les visages de ceux qui lui faisaient face. Seule, Rachel demeurait indifférente. Tonton Beretta semblait s'être tassé sur lui-même, Eric, le barman, était médusé, Dutchie avait pris l'air apeuré et Herbert Van Mook, blanc de rage, fixait Malko de ses yeux fous.

— C'est impossible! explosa le Hollandais. Toute la ville va être en alerte. Il y aura des patrouilles, nous nous ferons prendre immédiatement. Il faut aller à la banque d'abord.

— Nous n'utiliserons pas les routes qui sortent de la ville, fit remarquer Malko, puisque nous fuyons par le fleuve. Le centre ne sera pas spécialement surveillé, au contraire. Ils ne penseront jamais que nous pourrions rester si près.

Tonton Beretta secoua la tête d'un air dégoûté.

— C'est din... dingue! On va se f... fa... faire flinguer! Faut prendre l'or tout de suite. Main... maintenant. Une demi-heure, à tout... tout casser.

Il en bavait. Van Mook, lui, n'arrivait même plus à articuler, cuvant sa rage.

Prudemment, Malko s'était rapproché de la table des armes. Sans affectation, il avait posé la main sur une Uzi.

Lui mort, les autres ne pouvaient ouvrir la

chambre forte même, avec les clefs. Seulement, ils pouvaient bêtement être tentés de le torturer pour lui arracher la combinaison. Il croisa fugitivement le regard de Greta Koopsie, fascinée et terrifiée. Du coup, tout le monde semblait l'avoir oubliée. Tout avait été dit. Le silence se prolongea.

— Il vous reste peu de temps pour vous décider, annonça Malko. Dans une demi-heure au plus, nous devons être en place, ensuite ce serait trop dangereux.

Van Mook l'apostropha :

— Et si on ne marche pas ?

— C'est votre droit. J'irai tout seul et si je réussis par miracle, j'essaierai de fuir en laissant l'or.

— Vous savez très bien que seul vous n'avez aucune chance, jeta Van Mook. Et puis, ces armes m'appartiennent.

C'était l'impasse. Tonton Beretta et Herbert Van Mook échangèrent des regards furibonds. Si Malko avait encore eu des doutes sur leur bonne foi, ils se seraient dissipés. Sûr, l'or de la Banque Centrale les intéressait. Donc, sa décision était la bonne et il devait s'y tenir coûte que coûte.

Les secondes filaient dans un silence de plomb. Malko pouvait voir les circonvolutions du cerveau de Herbert Van Mook au travail. Cherchant une parade. C'est la présence de Dutchie qui lui fit penser à un argument massue. Il s'adressa à Van Mook directement.

— Je dois vous rappeler quelque chose : votre ami Dutchie a assassiné la secrétaire de la banque. Vous avez agi de même pour Ayub, le barman du *Parbo Inn*. Ces deux meurtres vont faire des vagues. Si vous restez à Paramaribo, vous risquez de sérieux ennuis... Ce n'est guère plus dangereux de tenter mon opération. Au moins, vous aurez vingt-cinq kilos d'or pour recommencer votre vie.

— Et moi ? demanda Tonton Beretta, qu... qu'est-c... ce que j'ai ?

— Si vous restez, dit Malko, des problèmes à cause d'Ayub. Si vous m'aidez, une barre d'or, de douze kilos et quelques.

Le silence retomba. Rachel semblait toujours absente. Greta Koopsie ne pouvait détacher les yeux de Malko. Dutchie, tamponnant sa mâchoire endolorie, aurait bien voulu être ailleurs. Un chien aboya furieusement dehors. Le front plissé, Herbert Van Mook réfléchissait. Eric, le barman, ouvrait des yeux comme des soucoupes, allant de Malko à Van Mook. Lui aussi regrettait de s'être fait piéger. Finalement, Herbert Van Mook laissa tomber ; avec un regard vers les armes.

— Ça va. On va faire comme vous dites. On n'a pas le choix.

Tonton Beretta ouvrit la bouche, puis la referma. Eric avait brusquement pâli. Lui aurait préféré la rupture diplomatique lui permettant de regagner son bar sur la pointe des pieds.

Le regard de Malko parcourut lentement tous les visages en face de lui. Cela allait de l'indifférence amusée avec Rachel jusqu'à la haine totale flottant dans les yeux bleus de Herbert Van Mook. Il jeta un coup d'œil à sa montre. Minuit moins vingt. Le compte à rebours avait commencé. Dutchie semblait le plus décomposé de tous. Il s'envoya une longue rasade de rhum, à même une bouteille de Black Cat.

Malko, avait gagné la première manche, mais il ne pouvait relâcher sa garde. Se lancer dans l'opération avec cette bande était à peine moins dangereux que de partager un sac de couchage avec une famille de serpents à sonnettes.

***

— Dans cinq minutes, nous filons, annonça Malko. Herbert, Eric et Tonton, avec moi dans l'ambulance, conduite par Dutchie. Les deux femmes prendront ma voiture et se rendront directement au parking de Mirandastraat, le long de la maison du consul d'Allemagne. Elles attendront que nous les rejoignions. Nous allons prendre positon dans Gelukkige Dag, le long de l'hôpital. Je sais que le véhicule qui transporte Julius Harb sera seul. Dès que nous le verrons, le conducteur de l'ambulance démarrera et lui coupera la route, pour bloquer Gravenstraat. La présence de l'ambulance risque de nous faire gagner quelques précieuses secondes. Nous serons donc quatre pour les neutraliser. Julius Harb est prévenu, il se couchera dès les premiers coups de feu. Je crains que nous ne soyons obligés de tirer. Une fois l'escorte maîtrisée, nous filons dans l'ambulance par Watermolenstraat.

— Elle est en sens unique, objecta Herbert Van Mook.

— Il n'y aura pas de circulation, c'est le couvre-feu, corrigea Malko. De cette façon, nous évitons le palais présidentiel et Fort Zeelandia. Nous avons moins de deux cents mètres pour rejoindre Gelukkige Dag et le parking qui jouxte la cour de la Banque Centrale. Il est invisible de la rue et je doute que nos adversaires s'amusent à fouiller Paramaribo, maison par maison. Ils chercheront plutôt à contrôler les sorties de la ville. Ensuite, il n'y aura plus qu'à passer à la seconde phase de l'opération.

Herbert Van Mook demanda, intéressé :

— Comment allons-nous transporter l'or jusqu'au bateau ?

— C'est la partie la plus délicate, avoua Malko. Il faudra traverser Waterkant à plusieurs reprises. Mais, en faisant le guet, cela devrait être possible.

Waterkant est en sens unique, nous ne risquons donc la surprise que d'un seul côté. En cas d'intervention des militaires, nous avons assez de puissance de feu pour les retenir le temps de gagner le bateau. Au pire, nous abandonnerons une partie de l'or.

Un ange passa, les ailes rutilantes de paillettes. Malko se dit qu'il aurait du mal à les arracher à la chambre forte. Même au péril de leur vie, ils déménageraient jusqu'au dernier gramme d'or.

Herbert Van Mook déchiquetait une allumette avec ses dents.

— C'est foutrement risqué, dit-il. On sera à quatre cents mètres de Fort Zeelandia et tous ces singes seront alertés.

Malko posa ses yeux dorés sur lui avec un sourire à peine ironique.

— Je comprends votre anxiété, Herbert. Mais il n'y a hélas, pas d'autre solution. Vous êtes sûr du conducteur qui nous attend à Carolina ?

Le Hollandais haussa les épaules.

— Autant qu'on puisse l'être d'un bougnoule... Mais je l'ai motivé. Il n'a rien de dangereux à faire. Il sera là. Sinon, nous sommes dans la merde.

C'était un understatment. Sans véhicule, ils étaient sûrs de se faire reprendre très vite... Herbert Van Mook semblait avoir avalé sa déconvenue. C'était un homme d'action. Puisqu'il était forcé de faire l'attaque, autant la faire bien. Ce serait trop bête de se faire tuer au moment d'atteindre le trésor. Il calcula dans sa tête. A vingt mille dollars le kilo d'or, il y en avait pour quarante millions de dollars. Même s'il était obligé d'abandonner quelques miettes aux associés qu'il n'aurait pas pu éliminer, il restait de quoi mener une vie fabuleuse pour le restant de ses jours. De toute façon, qui le poursuivrait ? Les Surinamiens en étaient incapables et les Services hollandais auraient d'autres chats à fouetter. C'était le coup idéal.

Il ferma les yeux, se félicitant d'avoir prévu dans son plan original l'élimination de Tonton Beretta. L'astuce allait servir pour Malko. Car tout passait par sa liquidation. Il eut un coup d'œil méfiant pour Greta Koopsie, ignorant dans quel guêpier elle s'était fourrée ! Elle aussi devait disparaître. Il prit un M 16, ôta le chargeur et vérifia le percuteur. Pour l'instant, le problème était de réussir la première partie de l'opération. Sinon... Une pensée affreuse le traversa soudain.

— Dites donc, fit-il, supposons que ça foire, qu'ils s'amènent avec un tank, ou un truc comme ça ?... Qu'est-ce qu'on fait ensuite ?

Malko soutint son regard.

— Rien, dit-il. La condition *sine qua non* est la libération de Julius Harb.

— Mais, merde, on se sera cassé le cul pour rien ! protesta le Hollandais. On risque notre peau.

— C'est comme la roulette, dit Malko, il y a un risque. Si vous vouliez la Sécurité sociale, il fallait vous engager dans l'armée. Evidemment, les salaires sont moins élevés...

L'autre remit le chargeur dans le M 16 avec rage. Ce fumier le paierait cher.

— Allons-y, dit Malko.

Il prit une Uzi, une musette de chargeurs et gagna le jardin.

Aussitôt, Greta Koopsie le rejoignit.

— Vous allez tuer des gens ? demanda-t-elle d'une petite voix.

La température était délicieuse, ç'aurait pu être une promenade d'amoureux, sans histoires. Hélas, il était en sursis et le problème que Greta venait de soulever l'obsédait. Il n'était pas, et ne serait jamais, un tueur. Cette fois, c'était la guerre. Il ne voyait pas comment mener à bien cette opération sans effusion de sang.

— J'en ai peur, dit-il. Il n'y a pas d'autres moyens de libérer Julius Harb...

— Mais tu peux être tué, alors ?

— Bien sûr, comme tout le monde.

— Mon Dieu... C'est atroce. Comment saurais-je ?

— Tu entendras les coups de feu. Je doute qu'on les neutralise sans tirer.

Les autres les rejoignirent. Malko leva les yeux vers le ciel et ses millions d'étoiles. Un chien aboya dans le lointain, puis d'autres lui firent écho. Herbert Van Mook murmura quelque chose à Rachel qui se rapprocha de Greta Koopsie.

Malko se tourna vers Tonton Beretta :

— Vous connaissez assez le fleuve pour naviguer de nuit ?

Le vieux Français éructa aussitôt :

— Ce n'est pas... pas... difficile. A part le vieux croiseur et un banc de sable, avant d'ar... d'ar... d'arriver à Domburg, il n'y a pas d'obstacles. Les eaux sont hautes. (Il ricana.) Evidemment, il y a les troncs d'arbres flottants qui vous cou... cou... coupent en deux ! mais ça...

— Allez chercher l'ambulance, ordonna Malko à Dutchie.

Le jeune mécano émit une sorte de cri étranglé puis se précipita vers Herbert Van Mook, s'accrochant à son bras et gémissant d'une voix de fausset :

— M'sieu Van Mook, je peux pas, j'ai les jetons, laissez-moi ici, je vous jure que je ne dirai rien... Sur la tête de ma sainte mère.

Van Mook se baissa et prit son poignard dans sa ceinture braquant la lame à l'horizontale sur le ventre du métis.

— Dutchie, je t'aime bien, dit-il sans méchanceté, mais tu es un enculé. Alors, on peut pas vraiment avoir confiance en toi. Si tu viens pas, va falloir creuser un trou dans le jardin...

Dutchie regarda le poignard, puis le visage du Hollandais. Ravalant un sanglot, il se dirigea vers le hangar, les épaules voûtées : ça commençait bien. Quelques instants plus tard, l'énorme Mercedes 600 peinte en blanc s'arrêtait près d'eux. En plus des civières, à l'arrière, on pouvait tenir facilement à six sur les deux banquettes. Les glaces dépolies dissimulaient l'intérieur. Malko et Van Mook prirent place à l'avant, à côté de Dutchie. Tonton Beretta s'installa sur la banquette arrière avec Eric et les armes. Greta et Rachel se dirigèrent vers la voiture de Malko.

Celui-ci regarda les feux rouges disparaître, la gorge serrée. Il régnait dans la grosse Mercedes un silence tendu. Dutchie cala au moment de démarrer et Van Mook lui envoya un violent coup de coude.

— Faudra pas faire ça tout à l'heure...

Enfin, le jeune métis arracha l'ambulance du sentier, émergeant sur la route. Afin d'éviter Fort Zeelandia, ils ne prirent pas Anton Dragtenweg, la rue longeant le fleuve, mais tournèrent tout de suite dans Jan Steenstraat, le long d'un grand canal, pour plonger vers le sud, beaucoup plus loin, afin de retrouver l'hôpital dans Gravenstraat.

La voiture roulait silencieusement dans les rues désertes. A dix minutes du couvre-feu, il n'y avait plus un chat.

Dutchie stoppa finalement la grosse ambulance dans la ruelle sombre le long de l'hôpital, le capot à trois mètres de Gravenstraat, puis coupa le moteur et les phares. En face, les vieilles maisons de bois semblaient abandonnées. L'entrée principale de l'hôpital se trouvait sur leur gauche. Malko savait par Cristina que les militaires patrouillaient rarement dans le centre de la ville, et surtout pas dans ce coin, situé entre le ministère de la Police et Fort Zeelandia. Le dernier endroit où ils s'attendraient à une attaque.

Il y eut un claquement sec à l'arrière. Tonton Beretta venait de faire monter une cartouche dans la chambre de son pistolet.

Puis le silence retomba. Le premier coup de minuit, égrené par le clocher de la cathédrale, les fit tous sursauter. Ils entraient dans l'illégalité. Malko fit descendre sa glace, écouta. Rien : Pompéi après le cataclysme. Il se tourna vers Van Mook qui tenait le riot-gun dans ces grosses mains.

— Au départ, nous attaquons tous les quatre. Ensuite, divisons-nous en deux groupes. Avec Tonton, nous vous couvrirons. Vous et Eric, ouvrirez les portières et sortirez Julius Harb. C'est plus facile, puisque vous parlez hollandais. Pendant ce temps, Dutchie avancera et nous attendra dans Watermolenstraat. Ensuite, si tout se passe bien, vous et moi resterons en arrière pour neutraliser une éventuelle contre-attaque. Nous ignorons dans quel état Julius Harb va se trouver. Il est peut-être torturé ou affaibli. Ensuite, nous aurons moins de trois minutes pour nous réfugier dans le parking. Je pense qu'il faudra attendre au moins deux heures avant de déclencher la seconde partie de l'opération. Jusqu'à quelle heure Midnight Cowboy doit nous attendre ?

— Jusqu'à ce que j'arrive, fit sobrement Van Mook. Sinon, je lui coupe les oreilles.

Malko ne releva pas l'illogisme : il faudrait pour cela l'attraper.

— Et si ces cons de Fort Zeelandia interviennent ? enchaîna Van Mook avec inquiétude.

— Il leur faudra au minimum cinq minutes, dit Malko. Notre opération doit être bouclée en trois. En plus, il va y avoir une certaine pagaille. Nous ne pouvons pas *tout* prévoir.

Lui aussi était inquiet, malgré son apparente confiance. Cette attaque de commando était d'une audace folle, avec cette équipe de ringards peu soucieux d'héroïsme. Tout reposait sur les informations de Cristina et un postulat : aucun véhicule ne circulait durant le couvre-feu, donc celui qui allait se présenter serait obligatoirement le transfert de Julius Harb.

Malko ouvrit doucement la portière et gagna le coin de Gravenstraat. Risquant un œil, il aperçut la chaussée déserte des deux côtés.

Pas un piéton, pas un véhicule.

Très loin vers la gauche, sous la lumière crue des réverbères, il devinait, plus qu'il ne voyait, les silhouettes des sentinelles du palais présidentiel. Elles étaient trop éloignées pour être dangereuses. La température était toujours délicieuse, avec un souffle de vent... Herbert Van Mook le rejoignit silencieusement, son riot-gun à la main.

— Vous croyez vraiment qu'on ne peut pas éviter cette connerie ? demanda-t-il à mi-voix. Et si l'on se tirait avec l'or, tous les deux, après en avoir filé un peu aux autres ? Le Brésil, c'est pas dégueulasse...

Malko ne répondit pas à cette ultime tentative et l'autre n'insista pas. Au moins, il était fixé. Cependant, tant qu'ils ne seraient pas devant la porte de la chambre forte, les autres le protègeraient comme la prunelle de leurs yeux. Ils observèrent ensemble la rue déserte un long moment, puis retournèrent vers l'ambulance. Il fallait vraiment s'en approcher très près pour voir qu'il y avait des hommes armés à l'intérieur... Un oiseau de nuit poussa un cri aigu, strident, dérangeant, comme un cri humain.

Dutchie avait les mains placées à plat sur le volant. Un peu trop calme, le regard fixe. Herbert Van Mook se tourna vers le barman :

— Va planquer.

L'autre sortit avec un M 16. La montre de bord

indiquait minuit cinq. Le couvre-feu était levé à quatre heures. Il restait trois heures cinquante-cinq d'angoisse... Tout à coup, une odeur désagréable frappa les narines de Malko. Il n'était pas le seul. Van Mook interpella le chauffeur d'un ton furieux.

— Dutchie ! Nom de Dieu !

— Pardon, m'sieu Van Mook, pleurnicha le gamin, j'ai fait dans mon froc. J'ai les jetons...

Il ne manquait plus que cela ! L'odeur était si inconfortable qu'ils baissèrent toutes les glaces. Cinq minutes s'écoulèrent. Tout à coup, il y eut des pas précipités et le visage anxieux du barman se pencha à la portière de Malko.

— Il y a deux bagnoles qui arrivent ! annonça-t-il. Roulent assez vite. Elles doivent être à la hauteur du cimetière !

Le plus vieux cimetière de Paramaribo se trouvait en bordure de Gravenstraat, un kilomètre plus haut. Malko sentit son estomac se changer en plomb. Cristina avait affirmé qu'il n'y aurait qu'un véhicule ! Ou alors, était-ce une patrouille ? Comment savoir si c'était bien le transfert qu'ils attendaient ? Il avait au plus une minute pour prendre une décision.

CHAPITRE XIV

Malko sauta hors de l'ambulance et courut au coin de Gravenstraat. Il regarda les phares blancs qui se rapprochaient. Il y avait bien deux véhicules. Si c'était une patrouille, l'attaque se solderait par une catastrophe. Mais s'il laissait passer le convoi de Julius Harb, c'était encore pire. Se fiant à son instinct, il jeta à Herbert Van Mook :

— On y va !

Van Mook et le barman jaillirent de l'ambulance. Van Mook se retourna vers Dutchie.

— Je me mets au coin. Dès que je lève le bras, tu démarres. Tu te mets en travers de Gravenstraat et tu t'aplatis jusqu'à ce qu'on revienne. Compris ?

— Compris, balbutia le mécano dont les mains tremblaient si fort qu'il était obligé de serrer violemment le volant.

Il y avait un abîme entre tuer une femme sans défense et se trouver pris dans une fusillade. Il vit Malko et le barman courir le long du mur de l'hôpital, puis s'immobiliser dans l'ombre au coin de Gravenstraat. Il entendait les deux véhicules se rapprocher. Il concentra son attention sur Herbert Van Mook accroupi à un coin de mur, le riot-gun au poing, avec dans son sillage Tonton Beretta et le M 16 qui paraissait aussi grand que lui. Un vrai tambour de guerre battait contre ses côtes.

Malko sentit sa gorge se nouer en identifiant le premier véhicule : transport de troupes blindé à huit roues, comme celles qui avaient permis au colonel Bouterse de gagner la Révolution !

La lueur d'un réverbère éclaira le long canon d'une mitrailleuse lourde surmontant la tourelle. Ils allaient tous se faire hacher par ses projectiles. De plus, il devait se trouver six à huit hommes à l'intérieur. Le véhicule blindé avançait rapidement. Il n'était plus qu'à cent mètres, quatre-vingt, soixante...

Malko croisa le ragard de Herbert Van Mook, paralysé par la stupeur. Il ne fallait surtout pas lui laisser le temps de réfléchir.

— Allez-y ! cria-t-il comme un automate.

Herbert Van Mook leva le bras. Derrière eux, le moteur de la Mercedes 600 rugit. Cette fois, Dutchie avait écrasé l'accélérateur tant il avait peur de caler.

L'ambulance, sous la puissance de ses deux cents chevaux, bondit littéralement, traversa Gravenstraat comme une fusée et son pare-chocs s'écrasa contre la véranda en bois d'une vieille maison qui vola en éclats sous le choc. Le véhicule rebondit en arrière et s'immobilisa au milieu de la chaussée, moteur calé ! Le véhicule blindé se trouvait à vingt mètres.

***

Malko n'arrivait pas à détacher les yeux du transport de troupes blindé. Cristina n'avait jamais parlé de ça. Derrière, il distingua un minibus Volkswagen ! Donc, ce n'était pas une patrouille militaire, mais bien le transfert de Julius Harb. Seulement, son « commando » n'était pas équipé pour se battre contre un tel adversaire. Il tourna la tête et aperçut Herbert Van Mook qui lui adressait de grands gestes. C'était maintenant ou jamais. Ce type de transport blindé comportait une mitrailleuse de « 50 » orientable et deux armes tirant dans l'axe du véhicule. C'est la « 50 » qui était la plus dangereuse. Malko aperçut à la lueur d'un réverbère, le torse du mitrailleur casqué dépassant de la tourelle, les mains sur les poignées de tir de son arme. D'une seule rafale, il pouvait les réduire en charpie tous les quatre. Les énormes projectiles de 12,7 millimètres, à cette distance, coupaient un homme en deux.

Le pilote du véhicule blindé freina brutalement pour ne pas percuter l'ambulance qui venait de surgir de la rue transversale. L'engin stoppa à quelques mètres de Malko. Projeté en avant par le choc, le mitrailleur plongea sur son arme. Malko leva son Uzi, ajusta son tir un peu bas, à la base de la tourelle et pressa la détente en remontant. Les détonations claquèrent dans le silence avec un vacarme assourdissant. Le soldat eut quelques gestes désordonnés, puis s'effondra en avant, tandis que la mitrailleuse dressait son canon vers le ciel. Le conducteur du minibus, surpris, faillit à son tour emboutir le véhicule blindé qui le précédait.

Malko se retourna vers Herbert Van Mook et cria :

— Couvrez l'arrière de l'automitrailleuse !

Le transport de troupes blindés s'ouvrait par l'arrière. Herbert Van Mook se précipita entre les deux véhicules, suivi de Tonton Beretta.

— Venez ! cria Malko à Eric.

Il distinguait à peine le conducteur du minibus derrière le pare-brise. Logiquement, c'est dans ce véhicule que devait se trouver Julius Harb. Quelques secondes s'étaient écoulées depuis la première rafale de l'Uzi mais le temps semblait s'être arrêté.

A ce moment, dans un hurlement de moteur, le minibus commença à reculer. Malko leva son Uzi, arrosant le pare-brise, imité par Eric, avec son M 16.

Le minibus s'immobilisa. Combien d'hommes y avait-il à bord ? Maintenant, la distance entre les deux véhicules était d'une vingtaine de mètres. Presque une minute s'était écoulée depuis les premiers coups de feu. Le vacarme risquait d'alerter le poste de PM de Fort Zeelandia. Malko n'avait pas repéré d'antenne radio sur le véhicule blindé. Donc, ils ne pouvaient appeler au secours.

Il se colla au flanc du minibus, saisit la poignée de la portière coulissante et la tira violemment vers lui. Au même moment, la porte opposée s'ouvrit et il distingua plusieurs silhouettes qui se glissaient à l'extérieur, traversant la chaussée pour se fondre dans l'ombre d'une vieille maison de bois. La tuile. Ils ne pouvaient vraiment pas se lancer dans un combat de rue !

Accroupis, Tonton Beretta et Herbert Van Mook attendaient devant les portes du blindé. Elles s'ouvrirent violemment, mais aucun soldat n'eut le temps de sortir. Le riot-gun de Van Mook se mit à cracher ses gerbes de plomb à une cadence infernale, neutralisant tous les occupants du véhicule. A cette distance, le riot-gun valait un lance-grenades.

A côté de lui, Tonton Beretta vidait le chargeur du M 16 d'un seul coup sur ce qui pouvait encore survivre. Avec un « plouf » sourd, l'intérieur s'illumina et le blindé prit feu.

La porte du minibus tirée par Malko s'ouvrit d'un coup. Le conducteur était affalé sur le volant et son voisin, la tête renversée en arrière sur le siège, perdait son sang par les oreilles. Malko distingua plusieurs hommes tassés à l'arrière.

Eric fit le tour en courant pour prendre sous le feu de son arme l'autre porte.

— *Please, don't shoot* (1) ! cria une voix à l'intérieur du minibus.

Malko vit vaguement des mains se lever. Une rafale claqua, tirée de la maison d'en face. Eric poussa un cri, tituba, lâcha son arme, puis tomba sur la chaussée. Tonton Beretta se retourna et lâcha une rafale de M 16 au jugé. Les coups de feu cessèrent aussitôt.

— Harb, Julius Harb ! cria Malko.

Une silhouette se leva à l'arrière du minibus.

— *Quick ! Quick* (2) ! cria Malko.

Le sergent se faufila entre ses deux gardes du corps paralysés de terreur. Ils ne bronchèrent pas quand Malko leur arracha leurs Uzi et les jeta sur la chaussée dans un grand bruit de ferraille. Les flammes enveloppaient complètement l'engin blindé. Un pneu éclata avec un bruit sourd. Le visage amaigri de Julius Harb apparut dans la pénombre. Herbert Van Mook ramassa une des Uzi, rejoignant Malko, avec Tonton Beretta.

Malko tira Julius Harb hors du minibus.

— Vite, emmenez-le à l'ambulance, dit Malko à Tonton Beretta.

De nouveaux coups de feu claquèrent, du côté des soldats embusqués et ils s'accroupirent tous derrière le minibus, tandis que ses dernières glaces volaient en éclats.

— Où est Eric ? demanda Van Mook.

— Blessé ou mort, fit Malko. Couvrez-moi, je vais voir.

Il rampa jusqu'à l'arrière du véhicule et, tandis que le Hollandais lâchait de courtes rafales, rampa jusqu'au corps étendu. Eric reposait sur le ventre et le dos de sa chemise n'était plus qu'une énorme tache de sang. Malko essaya de le bouger, sans

(1) Ne tirez pas.
(2) Vite ! vite !

résultat. Plusieurs balles sifflèrent méchamment non loin de lui. Il se rejeta en arrière.

— Partons, dit-il, il est mort.

Ils coururent sous la protection des deux véhicules, faisant un crochet à cause des flammes. Il y avait ensuite un espace découvert à franchir pour rejoindre l'ambulance. Tonton Beretta s'y lança, escortant Julius Harb. Sans attendre l'ordre de Malko. Celui-ci vit un des soldats réfugiés près de la maison se lever et balayer la chaussée d'une rafale de mitraillette. Julius Harb tituba et tomba.

Malko et Van Mook tirèrent ensemble sur le soldat qui s'effondra. Il en restait deux. Malko bondit à son tour vers l'ambulance. Tonton Beretta essayait de traîner Julius Harb vers la portière. Dutchie ne se manifestait pas. L'odeur âcre du caoutchouc brûlé prenait à la gorge. Les deux hommes rejoignirent Tonton Beretta. Malko se précipita vers Harb.

— Il a été touché ?

— A... à la jambe, bégaya Tonton Beretta.

Julius Harb se tordait de douleur. Malko le prit sous l'aisselle et, avec Tonton Beretta, le traîna jusqu'à l'ambulance, couvert par Van Mook qui tirait de petites rafales en direction des soldats planqués dans la maison.

— Dutchie ! hurla Van Mook, ouvre la portière !

Pas de réponse. Dutchie continuait à être invisible. Tonton Beretta jura comme un charretier. Herbert Van Mook se pencha vers la voiture et explosa :

— Le fumier, il s'est tiré !

— Prenez le volant ! cria Malko, et ouvrez la portière.

Julius Harb continuait à gémir dans ses bras. Ce serait le comble de le perdre au dernier moment, après avoir couru tous ces risques. Ils s'étaient totalement exposés au feu de leurs adversaires. Van

Mook fit le tour en courant, se jeta à l'intérieur, et ouvrit enfin la portière arrière. Aussitôt, Malko poussa Julius Harb dans le véhicule, tandis que Tonton Beretta se jetait sur l'avant. Van Mook cria soudain :

— Attention !

Malko tourna la tête.

Dans la lueur d'un réverbère, il aperçut un soldat debout, en train d'épauler son arme.

— Tonton !

Tonton Beretta appuya sur la détente de son M 16. Il n'y eut qu'un tout petit bruit sec et insignifiant. Le chargeur était vide ! Instinctivement, Malko banda les muscles de son dos comme si cela avait été une protection suffisante pour arrêter une balle de fusil d'assaut tirée à cinquante mètres.

***

Mama Harb était accroupie dans l'ombre de la vieille maison de bois quand le petit convoi arriva à sa hauteur. Elle ignorait qu'il s'agissait de son fils. Elle avait vu l'ambulance se mettre en place le long de l'hôpital et des hommes circuler autour, mais n'avait pas osé révéler sa présence. Terrifiée, elle avait assisté à l'attaque du convoi. Quand les flammes avaient illuminé tout Gravenstraat, elle s'était dressée hors de sa cachette. Au même moment, deux soldats s'étaient réfugiés à quelques mètres d'elle, sans la voir.

Les rescapés du minibus.

Mama Harb n'avait jamais assisté à un combat et avait très peur. Mais, plus que tout, elle voulait voir son fils. Quand elle aperçut les trois hommes s'enfuir vers l'ambulance bloquée au milieu de la rue, son instinct de mère lui fit reconnaître son Julius, malgré la pénombre. Elle aurait tant voulu courir vers lui ! Seulement, les soldats étaient à quelques mètres et la tueraient sûrement.

Alors, elle demeura tapie dans son coin, regardant son fils qu'elle ne reverrait peut-être jamais s'éloigner vers la grosse ambulance. Quand il tomba, elle se dressa, muette d'horreur. Personne ne fit attention à elle. Il ne restait plus que deux soldats qui tiraient par intermittence. Un d'eux tomba en arrière, gémissant de douleur. Le dernier, quelques instants plus tard, se leva, visant l'ambulance. Mama Harb ne comprenait pas pourquoi les autres ne rispostaient pas. Son fils était déjà presque entré dans le véhicule, mais il pouvait encore être touché. Arrachant sa machette de son cabas, elle bondit vers le soldat. Ce dernier entendit du bruit, mais n'eut pas le temps de se retourner. Avec une force incroyable, Mama Harb venait d'abattre la machette sur sa nuque !

La lame acérée trancha les vertèbres cervicales comme si c'était du beurre, séparant presque la tête du corps. L'index crispé sur la détente déclencha une longue rafale qui se perdit dans le ciel, tandis que le soldat tombait à genoux, perdant son sang à gros bouillons. Mama Harb resta près de lui, son arme levée, ne sachant plus que faire.

*
**

Malko entendit le cri du soldat et le vit s'effondrer, sans entendre la moindre détonation. Il fallut la lueur de l'incendie pour qu'il aperçoive, près de l'homme tombé à terre, une silhouette humaine. Il était trop loin pour distinguer de qui il s'agissait, et ce n'était pas le moment de se poser de questions. A son tour, il se laissa tomber dans la voiture, à côté de Julius Harb. Ils étaient sur la corde raide. L'opération avait pris beaucoup trop de temps. La police militaire allait arriver d'un moment à l'autre.

— Vite, démarrez ! cria-t-il.

Herbert Van Mook était penché sur le volant.

— Cette saloperie ne part pas ! gronda-t-il.

Effectivement, le démarreur tournait sans que le moteur s'enclenche. C'était le comble. Avec la blessure de Julius Harb, il n'était pas question de s'enfuir à pied. Malko essaya de voir à travers les glaces teintées, mais ne vit que les flammes du blindé achevant de brûler.

Enfin, le moteur de la Mercedes démarra. Herbert Van Mook passa la marche arrière, le moteur rugit encore plus, l'ambulance trembla de toute sa carcasse, mais ne bougea pas d'un centimètre. Malko mit quelques secondes à comprendre ce qui se passait. Le coup avait bloqué le pare-chocs dans les débris de la maison !

— Avancez, puis reculez ! cria-t-il.

Van Mook passa en « low » et accéléra. La Mercedes s'enfonça de vingt bons centimètres dans les décombres. Aussitôt, le Hollandais passa la marche arrière. Cette fois, entraînant des débris de bois, la grosse voiture recula et Van Mook put enfin braquer et démarrer. Trente secondes plus tard, il tournait dans Watermolenstraat. Du coin de l'œil, Malko aperçut des silhouettes qui accouraient du côté du palais présidentiel.

L'ambulance dévala la rue étroite, tous phares éteints, faisant hurler ses pneus. Deux cents mètres plus loin, le Hollandais tourna à droite. Encore trente mètres et de nouveau à droite. Coup de frein, et il s'engouffra dans le parking repéré par Malko, longea la grosse maison de bois et s'immobilisa sous des claies, dans un espace invisible de la rue. Malko descendit aussitôt. La portière de la Colt garée à côté s'ouvrit. Greta Koopsie en jaillit et se précipita vers lui.

— Mon Dieu, tout va bien ?

— Presque, dit Malko. Il y a un blessé, occupez-vous-en.

Il revint sur ses pas et, dissimulé dans l'ombre de la maison, inspecta la rue. Personne. Le désert absolu. En principe, personne ne les avait vus entrer. Condition *sine qua non* de leur survie. Il demeura immobile dans la pénombre plusieurs minutes, entendant des bruits de véhicules dans le lointain, puis une longue rafale : des munitions qui explosaient probablement. Une lueur rouge illuminait le ciel dans la direction de Gravenstraat. Il fit demi-tour, se demandant qui lui avait sauvé la vie.

*
**

Mama Harb vit l'ambulance démarrer et appela de sa voix cassée :

— Julius ! Julius !

Bien entendu, il ne pouvait pas l'entendre. La longue Mercedes disparut dans Watermolenstraat et Mama Harb se mit à pleurer, sa machette sanglante au bout de bras. Les craquements de l'incendie furent pendant quelques instants les seuls bruits à troubler le silence. Puis, les deux soldats survivants sautèrent du minibus et se précipitèrent vers le blindé.

Mama Harb savait que s'ils la prenaient, ils la tueraient sur place : ils avaient eu trop peur. Et puis, d'autres allaient venir. Profitant de ce qu'ils avaient le dos tourné, elle traversa en courant Gravenstraat pour s'engouffrer dans l'hôpital. Elle se heurta à plusieurs infirmiers qui avaient observé la fin de l'embuscade attirés par les coups de feu. Ils regardèrent avec stupéfaction cette vieille mama à l'expression hagarde, une machette pleine de sang à la main.

— D'où sors-tu ? demanda un des infirmiers.

Mama Harb était trop émue pour parler. Des cris venaient de la rue, les soldats n'allaient pas tarder à arriver. L'infirmier renifla quelque chose de bizarre.

Entraînant Mama Harb, il la fit pénétrer dans une salle de pansements, lui prit sa machette et fit couler de l'eau sur la lame. C'était bien du sang.

— Qu'est-ce qui s'est passé ? demanda-t-il doucement.

Mama Harb baissa d'abord la tête, sans répondre. Des vociférations éclatèrent à l'entrée de l'hôpital. Des militaires excités réclamaient du secours.

Mama Harb releva alors la tête et dit :

— Je suis Mama Harb. Ils ont voulu tuer mon fils, je l'ai défendu.

L'infirmier la fixa avec incrédulité. Les cris continuaient dehors. Il la prit par le bras et l'entraîna avec un sourire rassurant.

— Venez, Mama, on va vous mettre dans un bon lit.

*
**

Les mâchoires serrées pour ne pas hurler, Julius Harb, blanc comme un linge, tenait à deux mains le pansement qu'on lui avait fait avec des bandes et une écharpe. La balle avait pulvérisé la cheville et il avait perdu pas mal de sang. Certes, sa vie n'était pas en danger, mais s'il ne voulait pas demeurer infirme, il fallait le faire opérer rapidement. On l'avait allongé sur une des civières de l'ambulance. Les deux femmes se relayaient autour de lui attendant que la morphine administrée agisse. Malko, Van Mook et Tonton Beretta se tenaient à l'avant, leurs armes rechargées. Leur tension commençait à diminuer.

Par les glaces ouvertes de la voiture, ils guettaient les bruits de la nuit. Une voiture passa à toute vitesse sur le quai. La police ou les militaires. A part cela, aucune animation. L'hypothèse de Malko semblait se vérifier. Les soldats ne fouillaient pas le centre de la ville. Une rafale claqua soudain qui leur parut toute proche ! Ou c'était une fausse manœuvre, ou un soldat avait tiré sur un passant attardé.

De nouveau, la tension remonta.

Tonton Beretta émit un ricanement désabusé.

— Ça pue la m... mort !

Herbert Van Mook lui jeta un regard furibond.

— Prononce pas ce mot-là. Eric, ça te suffit pas ?

Le Français haussa les épaules.

— Moi, je suis pas superstitieux. Et je peux plus mourir jeune, hein ? C'est pas comme toi...

Le Hollandais regarda sa montre.

— Il est une heure moins le quart. On y va quand ?

— Pas avant deux heures, dit Malko, laissez-leur le temps de se calmer. C'est trop dangereux avant.

— Et s'ils nous trouvent ici ?

— Nous avons des armes et le bateau est à côté. Nous essaierons de le rejoindre, dit Malko. Pour l'instant, il n'y a rien d'autre à faire. Ils ne vont sûrement pas se mettre à fouiller la ville. Du moins pas avant le jour. Attendez, je vais aller voir ce qui se passe.

Il se glissa hors de l'ambulance et gagna la rue, abrité dans l'ombre. Tout de suite, il aperçut un pinceau lumineux qui balayait le fleuve. Cela venait sûrement du patrouilleur ! Heureusement qu'ils n'étaient pas partis tout de suite. Puis, une jeep passa en trombe devant la banque. Il revint sur ses pas. Van Mook se dressa devant lui dans l'obscurité, Uzi au poing.

— Restez là, dit Malko, que nous ne soyons pas surpris.

Il regagna la Mercedes. Julius Harb, les yeux fermés, reposait en silence. Malko rassura Greta d'un sourire.

— Vous n'auriez pas dû venir. Si vous vous faites prendre avec nous, ce sera grave...

Elle se pencha et effleura ses lèvres.

— Ça ne fait rien, je suis heureuse.

Tonton Beretta les observait, ironique.

— Cette petite salope de Dutchie est dans la na... nature, remarqua-t-il. Il sait où nous sommes. Si jamais il se fait cho... cho... choper...

Malko sentit son estomac se nouer. Il avait oublié Dutchie. Le vieux Français avait raison. Il n'y avait plus qu'à prier pour que cette déplaisante canaille de Dutchie ne se fasse pas prendre.

CHAPITRE XV

Herbert Van Mook consultait sa montre de plus en plus souvent. Finalement, il explosa :

— Il est deux heures et demie. Si on n'y va pas maintenant, on n'aura jamais le temps de tout emporter. Vous vous en rendez compte : cent soixante barres de douze kilos chacune. On peut pas en prendre plus de trois à la fois. Il faudra au moins cinq minutes par voyage, même en se magnant. Faut compter une heure et demie.

Ce souci de sauver l'or eût été admirable si Malko n'y avait pas discerné une arrière-pensée plus que suspecte. Il savait que tant que le précieux métal ne serait pas à bord du bateau, il ne risquait rien. Ensuite, il avait intérêt à ne pas tourner le dos à Herbert Van Mook... Depuis une heure, Paramaribo était redevenue une ville morte, comme si rien ne s'était passé.

Herbert Van Mook trépignait intérieurement, songeant à l'or qui se trouvait à quelques mètres de lui. Il avait un plan qu'il n'avait plus qu'à appliquer à la lettre. Songer qu'ils puissent s'enfuir sans l'or le rendait tout simplement malade. S'ils étaient débusqués par les militaires, c'est pourtant ce qui se passerait. Malko interrompit ses pensées.

— Avant de transporter l'or, nous allons installer les femmes et Julius Harb dans le bateau. De cette façon, s'il y a un problème, nous pourrons partir rapidement. Je vais aller voir comment ça se présente.

Il sortit de l'ambulance et, cette fois, s'avança jusqu'au coin du ministère du Travail. Calme plat. D'un bond, il traversa la chaussée, heureusement peu éclairée, et gagna la quai surplombant la Surinam. Il trouva facilement le gros bateau, en contrebas du quai. Le retour se passa de la même façon. Il réapparut près de l'ambulance, guetté anxieusement par les deux autres.

— Nous ne ferons qu'un seul voyage, annonça-t-il. C'est moins dangereux. Van Mook et moi, nous porterons Harb.

Abruti de morphine, Julius Harb était inconscient. Ils sortirent la civière et s'avancèrent à la file indienne, Tonton Beretta fermant la marche avec le M 16. Heureusement, il n'y avait pas de lune. Ils se rassemblèrent au coin du ministère du Travail et Malko inspecta une ultime fois Waterkant. Rien, même pas un animal errant. Ils se lancèrent tous ensemble.

Quelques secondes difficiles à passer. Tonton Beretta les doubla sous les arbres du quai et sauta le premier dans le bateau. Malko et Van Mook déposèrent le blessé avec précaution dans la petite cabine sous l'avant, gardé par Rachel et Greta.

— Prépare tout, qu'on soit prêts à s'arracher, demanda Van Mook à Tonton Beretta.

Le Français, après une imperceptible hésitation, sortit la clef de contact de sa poche et la mit en place, débrancha le coupe-batteries et vérifia l'arrivée d'essence. Il restait juste une amarre à larguer.

Van Mook se hissa hors du bateau, y laissant Rachel et Greta, imité par Malko et Tonton Beretta.

Ils retraversèrent Waterkant d'un seul élan, puis regagnèrent l'ambulance désormais inutile. C'était le grand moment. Malko eut une ultime hésitation.

Pourquoi ne pas partir sans l'or ? Ils prenaient des risques insensés. Mais les deux autres étaient capables de le tuer sur place et cela faisait partie de sa mission. Van Mook sortit le trousseau de clefs de sa poche.

— Si seulement ce petit con de Dutchie ne s'était pas tiré ! J'espère qu'on ne va pas se gourer.

Montant sur le toit de la Mercedes 600, ils atteignirent facilement le sommet du mur et se laissèrent retomber dans la cour de la petite banque. Malko et Van Mook avait chacun une Uzi et Tonton Beretta traînait toujours son M 16.

La porte de service indiquée par Rita Moengo était juste en face d'eux. Fébrilement, Herbert Van Mook commença à essayer toutes les clefs. La quatrième pénétra dans la serrure. Le Hollandais retint son souffle.

— Si ce petit con ne s'est pas bien expliqué, dit-il, nous avons une minute pour trouver le tableau de sécurité à droite de la porte et le neutraliser grâce à cette clef.

Il n'y avait qu'une clef plate dans le trousseau. Herbert Van Mook tourna celle qui se trouvait dans la serrure et poussa le battant. Les trois hommes se ruèrent dans l'obscurité. La torche électrique de Malko éclaira un tableau en acier gris sur la droite, où scintillaient plusieurs voyants rouges. Le Hollandais enfonçait déjà la clef plate. Il tourna d'un quart de tour et aussitôt, tous les voyants passèrent au vert.

Ils avaient neutralisé le système de sécurité.

Ils soufflèrent quelques secondes. C'était presque trop beau. Malko tendit l'oreille. Pourvu qu'il ne se passe rien au bateau.

— Allez vérifier si on peut ouvrir la grille donnant sur Waterkant, demanda-t-il, ça ferait gagner un temps précieux.

En effet, la grille en retrait permettait de réduire

au minimum la partie dangereuse du transport. Sans se faire prier, le Hollandais partit en courant. Malko, pendant ce temps, cherchait l'accès de la chambre forte. Il le trouva assez facilement : une petite porte donnant sur un escalier descendant au sous-sol. Il s'y engageait déjà quand Van Mook les rejoignit.

— La porte est ouverte, annonça-t-il.

Les trois hommes débouchèrent dans un étroit couloir et s'arrêtèrent devant l'énorme porte en acier de la chambre forte. Impressionnés. Malko se tourna vers Van Mook et Tonton Beretta avec un sourire serein.

— Je vous demanderai de poser vos armes à terre, dit-il, je ne voudrais pas que vous ayez des tentations désagréables. Moi, j'ai encore besoin de vous, mais, une fois cette porte ouverte, je pense que vous souhaiterez vivement vous débarrasser de moi.

— Pourquoi ? demanda bêtement Van Mook.

— Parce que, deux tonnes d'or, c'est mieux que cinquante kilos.

Calcul irréfutable. A regret, ils posèrent le M 16 et l'Uzi à terre et reculèrent au pied de l'escalier. Malko enfonça la première clef, celle qui débloquait le mécanisme de la serrure chiffrée. Ensuite, il mit les deux autres dans la serrure triangulaire. Il les fit tourner vers la gauche jusqu'à ce qu'elles soient bloquées en position « zéro ». Ensuite, il tourna la première sept fois, avec chaque fois un petit « clic ». Puis, la seconde, cinq fois. Ensuite, la troisième, onze fois. Les deux autres le regardaient, fascinés.

Malko pesa alors sur la poignée qui, lentement, bascula vers le bas. Spontanément, Herbert Van Mook se précipita pour l'aider et la porte massive s'écarta, découvrant sa tranche d'acier de trente-deux centimètres. Derrière, il y avait une grille! Van Mook explosa de dépit :

— *Verdomme* (1)!

— J'ai la clef, dit aussitôt Malko, qui voulait lui éviter un infarctus.

A travers les barreaux de la grille, on apercevait les barres d'or, bien rangées les unes contre les autres, sur un plancher de bois. La pièce était toute petite, cinq mètres sur cinq, environ... Malko retira la clef principale de la chambre forte, l'enfonça dans la serrure de la grille. Celle-ci s'ouvrit facilement. Tonton Beretta et Herbert Van Mook se précipitèrent, tandis que Malko, discrètement, ramassait les armes et les passait à son épaule.

Herbert Van Mook ne l'avait pas attendu pour charger dans ses bras quatre barres d'or, soit cinquante kilos. Tous ses muscles saillaient, mais ses yeux brillaient d'un éclat dément. Tonton Beretta, modestement, n'en prit que trois, ses gros yeux étincelants de joie. A cause des armes, Malko ne put prendre que deux lingots. Il rattrapa Van Mook, titubant sous sa charge, à côté de la grille, et ils inspectèrent Waterkant avant de se lancer. Quand le Hollandais parvint au bateau, il tenait à peine debout. Les trois hommes posèrent les barres sur le quai, laissant aux deux femmes le soin de les déposer dans le bateau, et ils repartirent en courant. Toutefois, Malko laissa aussi le M 16 et l'Uzi de Van Mook, ne gardant que la sienne. Cela semblait dérisoirement facile. Si les Surinamiens avaient su qu'après avoir enlevé le prisonnier, ils dévalisaient la banque d'Etat!

Sans un mot, ils redescendirent et reprirent un chargement. Malko calcula qu'ils en avaient à peine enlevé 7 %. L'aller et retour avaient pris à peu

(1) Merde!

près cinq minutes. Ils n'auraient jamais terminé avant la fin du couvre-feu.

Van Mook courait presque, le regard vide. Malko prit ses trois barres et remonta le dernier. C'était hallucinant. Le vieux Tonton Beretta grimpait comme un jeune homme de vingt ans, mais, dans la cour, il dût s'arrêter pour reprendre son souffle. La même routine recommença. Les premières barres étaient déposées au fond du bateau en un tapis d'or. Personne ne parlait pour économiser ses forces.

***

Herbert Van Mook titubait comme un homme ivre. Tous ses muscles lui faisaient mal à hurler et, depuis longtemps, il avait renoncé à prendre trois barres d'un coup. Les deux qu'il arrivait encore à soulever lui sciaient les bras de leur poids froid. Il avait l'intérieur des avant-bras à vif, les genoux douloureux et une respiration sifflante comme un soufflet de forge. Les yeux injectés de sang, il continuait le manège infernal, jetant carrément les barres à terre en arrivant au bateau, et repartant d'une démarche d'automate. Il ne regardait même plus à droite et à gauche, avant de franchir Waterkant, ne pensant qu'à une chose : achever le transfert. Les trois hommes ne traversaient plus ensemble, Tonton Beretta perdant chaque fois du terrain. Quand Van Mook faisait trois voyages, lui en faisait deux... Malko arrivait tant bien que mal à suivre le rythme infernal du Hollandais. Lui surveillait encore la route, mais c'était tout juste.

Il n'avait pas eu le temps de dire un seul mot à Greta, occupée à ranger les lingots.

Ils étaient devenus des robots, motivés uniquement par le défi absurde. Déménager deux tonnes d'or en deux heures. Malko regarda sa montre et eut un choc : quatre heures trente ! Le couvre-feu était terminé depuis une demi-heure. Ils étaient à la merci de n'importe quel passant matinal ou insomniaque.

— On arrête, dit Malko.

Herbert Van Mook le bouscula, les orbites cernées de fatigue, les yeux fous.

— Le dernier voyage ! grogna-t-il.

Ils redescendirent tous les trois dans la chambre forte. Il ne restait plus que quelques barres d'or. Huit exactement. Malko en prit deux, laissant Van Mook et Tonton Beretta se partager le reste. Le Français semblait avoir fondu, ses gros yeux ressemblaient à ceux d'un batracien et il comprimait sa poitrine pour ne pas se trouver mal, contemplant l'or d'un œil vide.

Herbert Van Mook chargea trois barres d'or et souffla quelques secondes avant de se lancer dans l'escalier. Tonton Beretta était tout blanc, les narines pincées ; à son tour, il se pencha et commença à charger les dernières barres. Les deux premières, cela allait. Il hésita devant la troisième. Cela semblait au-dessus de ses forces. Arrivé à la porte de la chambre forte, Herbert Van Mook se retourna et vit son complice titubant au milieu de la petite pièce, l'or dans les bras, ce qui lui donna instantanément une idée. Retenant l'or dans ses bras d'une seule main, il attrapa la grille et la referma sur lui.

Tonton Beretta se retourna au bruit. Ses yeux parurent jaillir de leurs orbites. Il laissa tomber les barres qu'il tenait avec un hurlement !

— Salaud !

Sa main fouilla dans sa poche, ressortant avec le Beretta. Arc-bouté contre la porte de la chambre forte, Van Mook était en train de la refermer. Le battant d'acier claqua en même temps que la première détonation. Le Hollandais dut prêter l'oreille pour entendre les autres...

Galvanisé, il grimpa les marches encore plus vite, émergeant en sueur dans la tiédeur de l'aube. Il traversa Waterkant en titubant et atteignit le bateau au bord de la syncope. Malko guetta Tonton Beretta, d'abord sans s'inquiéter, sachant que le vieux Français était toujours plus lent. Mais les secondes passaient et rien ne venait.

— Où est l'autre ?

Herbert Van Mook releva la tête, semblant retrouver enfin la parole.

— Il s'est trouvé mal. Je crois bien qu'il est mort.

Malko tiqua intérieurement. C'était plus que suspect. Certes, Tonton Beretta était fatigué, mais pas au point de mourir. Il s'apprêtait à retraverser pour découvrir la vérité, lorsque Greta poussa un cri étouffé.

— Regardez !

Deux phares blancs s'approchaient dans Waterkant, venant de Fort Zeelandia. Les deux hommes sautèrent dans le bateau. Le véhicule passa sans ralentir. Herbert Van Mook s'était déjà glissé aux commandes, et avait tourné la clef de contact.

— Et Tonton ? demanda Malko.

— Je vous dis qu'il est mort ! gronda le Hollandais.

Il enclencha les moteurs et le bateau lourdement chargé se détacha doucement du quai, suivit la rive, contournant le chantier naval à petite vitesse, presque silencieux, puis, à la hauteur du croiseur allemand coulé au milieu du fleuve, bifurqua presque à angle droit, en direction de la rive opposée. Il semblait à Malko que le grondement de l'engin s'entendait à des kilomètres. Il se retourna et distingua vaguement la silhouette du patrouilleur, toujours immobile au pied de Fort Zeelandia. D'un seul coup de canon, il pouvait les réduire en bouillie... Mais ils atteignirent l'ombre de la rive opposée sans encombre. Aussitôt, le Hollandais poussa à fond les deux moteurs et l'avant du bateau se releva, filant très vite à près de vingt nœuds. Herbert Van Mook tourna vers Malko un regard triomphant.

— Plus rien ne peut nous rattraper.

Malko se dressa, le visage fouetté par l'air tiède. Rachel et Greta étaient tassées sur la banquette arrière. L'or se trouvait partout, débordant de la cabine, sur le plancher, les sièges arrière. Julius Harb lui-même était allongé sur un matelas d'or ! Malko se détendit un peu. Ils avaient réussi l'impossible.

Sans lâcher son Uzi, il vint rejoindre Greta qui, aussitôt, se serra contre lui.

Il regardait le large dos de Herbert Van Mook. Le Hollandais n'avait pas couru ces risques insensés pour quatre barres d'or. Qu'allait-il tenter ? Ce dernier se retourna, épanoui.

— On va avoir une belle journée ! annonça-t-il.

Elle risquait, se dit Malko, de ne pas être belle pour tout le monde. Plus il réfléchissait, plus la disparition de Tonton Beretta et le départ hâtif de Herbert Van Mook lui semblaient suspects. Si son intuition était juste, ce serait lui le prochain sur la liste du Hollandais.

CHAPITRE XVI

Il était un peu plus de six heures et l'aube commençait à pointer. Herbert Van Mook avait ralenti et scrutait la rive droite du fleuve, devenu beaucoup plus étroit. Malko aperçut une lumière qui clignotait, en haut de la berge.

— Voilà Carolina ! annonça le Hollandais.

Le bateau incurva sa trajectoire. Julius Harb gémit et Rachel se réveilla. Greta n'avait pas fermé l'œil, frissonnant parfois même sous le vent de la course. Encore quelques mètres et Malko distingua un petit ponton de bois dominé par une haute berge et la masse sombre du bac amarré à l'autre rive. De ce côté-là, on ne voyait qu'un appontage désert.

Pas de camion en vue !

— Si ce fumier s'est tiré ! jura Van Mook.

Malko eut envie de lui dire qu'il ne lui ferait rien du tout... L'avant du bateau toucha avec un choc mou, aussitôt le Hollandais sauta à terre et l'amarra. Puis, avec Malko, ils escaladèrent le sentier boueux menant à l'embarcadère dominant le fleuve de six ou sept mètres. Ils scrutèrent l'obscurité. La piste s'enfonçait perpendiculairement au fleuve à travers la forêt. Un peu plus loin sur le côté, en face d'une baraque en bois déserte, Malko aperçut soudain une masse sombre. Ils y coururent. C'était le Willys rouge !

Herbert Van Mook ouvrit la portière et un corps tomba presque à leurs pieds. Midnight Cowboy, méritant mal son nom, dormait à poings fermés appuyé à la portière ! Il se réveilla définitivement sous la poigne du Hollandais en train de le secouer comme un prunier.

— Recule le camion jusqu'au bord, comme si tu allais embarquer, lui ordonna Van Mook.

Encore vaseux, le chauffeur effectua la manœuvre. Le bac ne commençait son va-et-vient qu'une heure plus tard. Personne encore en vue. Malko regagna le bateau. Il avait encore mal dans les épaules du premier transbordement. Maintenant, il fallait recommencer avec moins de pression et une distance plus courte, mais c'était quand même épuisant. Il se pencha sur Julius Harb :

— Comment va-t-il ?

— Il a beaucoup de fièvre, dit Greta. Et il souffre sans arrêt... Nous n'avons plus de morphine.

Le blessé ouvrit les yeux. Les traits étaient creusés par la douleur et son regard voilé.

— Courage, lui dit Malko, dans quelques heures, vous serez en sécurité et on vous soignera.

Le sergent créole semblait à peine l'entendre. A trois, ils montèrent sa civière sur la berge et l'installèrent dans la cabine du camion, la jambe allongée sur la banquette.

— Les femmes aussi s'y mettent ! dit Van Mook, il faut que nous soyons partis d'ici dans une heure. Rachel va sur le bateau ! Greta, vous les disposerez dans le camion au fur et à mesure.

Cela faisait une chaîne : Rachel, Midnight Cowboy, Van Mook, Malko, et Greta. Le transfert commença.

Le jour se levait et, à chaque seconde, Malko craignait de voir surgir un véhicule.

***

Un vieux Noir sorti d'une cabane regardait l'air hébété la chaîne humaine en train de s'exténuer à vider le bateau, tirant sur une vieille pipe. Maintenant que Midnight Cowboy avait réalisé de quoi il s'agissait, il avait les yeux hors de la tête. Hélas, il n'avait même pas le temps de caresser les barres d'or au passage. Leurs arêtes dures lui coupaient les mains et tous ses muscles lui faisaient mal à hurler. A côté de lui, Van Mook soufflait comme un phoque, imposant un rythme endiablé à tout le monde. Rachel cria tout à coup :

— C'est fini, il n'y en a plus qu'une !

Le Hollandais se redressa.

— C'est bon, laisse-la et remonte.

La jeune Créole dut grimper à quatre pattes tant elle avait les reins en compote. Greta titubait, appuyée au camion, les mains pleines d'ampoules à vif, les jambes tremblantes de fatigue. Malko tenait à peine debout. Seul, Herbert Van Mook, mû par la fièvre de l'or, arrivait à dépasser sa fatigue. De l'autre côté du fleuve, des gens commençaient à s'affairer autour du bac. Il était temps. Un marchand commença à remplir les éventaires vides et Van Mook alla lui acheter des *roties* et des bananes. Puis il se tourna vers Midnight Cowboy en contemplation devant les lingots d'or.

— Pour toi, c'est fini, dit-il. Tu prends le bateau. Il y a encore une barre d'or à l'intérieur. C'est pour toi et le Chinois. Qu'il se charge de la vendre, il connaît. Tu as été un bon type. Salut.

Le Hollandais se tourna vers Malko.

— Je vais conduire, je prends Rachel avec moi, elle tiendra le négro. Mettez-vous sur le plateau avec votre petite.

Jusqu'à Pokigron, cela faisait près de deux cents kilomètres. Facilement quatre heures de piste, dont deux en pleine chaleur. Julius Harb allait souffrir le martyre, mais ils ne seraient en sécurité qu'à Pokigron. Malko pria pour qu'il n'y ait pas de détachement militaire à Brownsweg qu'ils devaient obligatoirement traverser. Il s'installa sur les lingots, Greta à côté de lui, l'Uzi à portée de la main, les autres armes étant restées sur le bateau. Il savait que Van Mook tenterait quelque chose pour se débarrasser de lui, mais le Hollandais attendrait sûrement un peu. Très vite, les cahots de la piste devinrent son seul souci. L'or ne constituait pas un matelas idéal. Au fur et à mesure que le soleil montait dans le ciel, la chaleur devenait insupportable. Il devait faire quarante-cinq degrés sous la bâche... Herbert Van Mook conduisait à tombeau ouvert, avec de brusques coups de volant pour éviter les nids de poule. Ils ne croisèrent qu'un véhicule, un taxi collectif. Au bout d'une heure, le camion stoppa. Van Mook descendit et souleva la toile.

— Nous avons atteint la grande piste de Brownsweg, dit-il. Espérons que nous ne ferons pas de mauvaises rencontres. Passé Brownsweg, nous ne risquons plus rien. Alors, je vais bourrer.

Il remonta et redémarra, encore plus vite. Secoué par la tôle ondulée, Malko avait l'impression que ses os se brisaient les uns après les autres. Greta essaya de se blottir contre lui, mais les cahots les séparaient sans cesse.

Par l'arrière, il apercevait les poteaux de la ligne haute tension allant au lac. Deux heures de piste presque rectiligne ! Il y avait un peu plus de circulation, des bus, de gros camions, mais pas un policier. Van Mook zigzaguait de gauche à droite de la route, cherchant le meilleur passage au milieu des ornières rouges. Sous la chaleur effroyable, Malko se mit peu à peu à somnoler, Greta Koopsie accrochée à son cou.

*
**

Malko aperçut fugitivement quelques maisons, une station d'essence, des Noirs, une épicerie chinoise et un bus qui débarquait des passagers. Le camion rouge traversa la bourgade en trombe. Sur le bord de la route, des Noirs agitèrent joyeusement la main. Van Mook se retourna et leva le pouce en signe de victoire. Ils venaient de traverser Brownsweg ! Les militaires surinamiens ne possédant pas d'hélicoptères, ne pouvaient plus les rattraper. Malko sentit un immense soulagement l'envahir. Il ne s'était pas battu en vain. La blessure de Julius Harb ne mettait pas ses jours en danger et il avait réussi le doublé. Le seul problème demeurait Herbert Van Mook. Tant que le camion roulait, il ne craignait rien. Ensuite...

— On va bientôt s'arrêter ? demanda Greta.

— Pas encore.

La piste serpentait entre deux collines couvertes d'une jungle épaisse plus étroite et aussi plus mauvaise. Il se demanda si les ressorts du camion tiendraient. Le Hollandais conduisait très vite pour « effacer » la tôle ondulée, faisant parfois de brusques écarts. Il n'y avait pas grand-chose à faire. Malko retomba dans sa somnolence, écœuré par l'odeur d'essence des quatre jerricans arrimés à côté de lui. Là, où ils allaient, il n'y avait aucun ravitaillement. Il grignota une banane et but un peu d'eau minérale. Il avait l'impression que ses poumons se remplissaient de latérite. A un moment, sur la gauche, il aperçut les eaux calmes du lac Van Blommestein, puis de nouveau, ils furent avalés par la jungle.

Vers midi et demi apparurent les premières et d'ailleurs les dernières cabanes en torchis de Pokigron. Encore un minuscule poste d'essence et l'éternelle épicerie chinoise. Herbert Van Mook arriva jusqu'à l'extrême bord du Gran Rio et stoppa sur un espace boueux. Ils descendirent tous. Quelques Noirs se baignaient dans la rivière et les contemplèrent avec curiosité. Greta Koopsie regarda les flots jaunâtres et la rive opposée où la jungle rejoignait directement l'eau.

— Mais il n'y a pas de piste !

— Si, si, dit Malko. Je suis déjà venu.

Il alla vérifier la condition de Julius Harb. Malgré la chaleur, il claquait des dents, pris d'un violent accès de fièvre. Sa cheville, très enflée, suppurait et il était impossible de la toucher. Il ouvrit les yeux et murmura :

— *Mi neki dry* (1)...

Dans son délire, il reprenait le taki-taki. Sans cesse, Rachel était obligée de verser de l'eau sur ses lèvres desséchées. Malko prit son pouls : plus de 130. Cela devenait urgent de le faire soigner. Or, ils ne récupéraient l'avion — si tout se passait bien — que le lendemain. Le créole avait encore plus de vingt-quatre heures à souffrir.

Herbert Van Mook revint, accompagné de plusieurs Noirs.

— Ils vont nous faire passer, annonça-t-il.

Malko regarda le camion lourdement chargé, se souvenant du bac entre deux eaux.

— Il va supporter le camion ? demanda-t-il.

Le Hollandais eut un geste d'impuissance. Un rien de plus et il aurait prié.

***

Les roues du camion s'enfonçaient dans l'eau marron jusqu'au moyeu. A l'aide de longues perches, six *bush-negros* décollèrent de la berge le bac submergé et se lancèrent à travers la rivière. Malko,

(1) J'ai soif...

les deux femmes et Julius Harb étendu sur sa civière attendaient le second voyage, pour ne pas trop surcharger le fragile esquif... Contre toute attente, il ne coula pas ! Entraîné par le courant, il traversa en diagonale les eaux limoneuses et Malko le vit s'amarrer juste en face du début de l'autre piste. A tout hasard, il avait gardé l'Uzi, au cas où il viendrait au Hollandais l'idée de filer avec le camion... Mais celui-ci se contenta de l'arracher au bac et de le garer sur le terre-plein. Un quart d'heure plus tard, ils étaient tous réunis autour du camion et les Noirs s'éloignaient ravis, après avoir touché des monceaux de florins, sans soupçonner l'importance du trésor qu'ils venaient de transporter. Malko regarda la piste. Cela ressemblait plutôt à un sentier ! La chaleur était épouvantable. Des mouches et des moustiques tournaient autour d'eux en escadrons serrés. Il consulta sa Seiko-quartz. Une heure et demie. Jusque-là, ils étaient dans les temps. Mais, maintenant, commençait la véritable aventure : aucun d'entre eux ne connaissait cette piste. Si elle se révélait impraticable, après quelques kilomètres, qu'allaient-ils faire avec leurs deux tonnes d'or et Julius Harb sur sa civière ?

Herbert Van Mook tournait autour du camion, vérifiant les pneus. Il refit le plein avec les jerricans.

— On va y aller, dit-il. Comme on ne sait pas ce qu'on va trouver, il faut rouler jusqu'à la nuit.

— Je vais vous relayer, proposa Malko.

— Ça va, fit le géant. Quand je serai fatigué, je vous le dirai.

En remontant dans le camion, Malko et Greta eurent la sensation de pénétrer dans un four. Il devait faire quarante-cinq degrés sous la bâche. Mais l'ôter eût été encore plus imprudent. Ils s'installèrent tant bien que mal.

Très vite, ils n'eurent plus qu'un souci, s'accrocher à quelque chose pour ne pas être sans cesse projetés contre les ridelles ! La piste était effroyable, ravinée par les pluies, pleine de trous et d'ornières. Le froissement des branches brisées au passage faisait un bruit soyeux, couvert par les rugissements du moteur chaque fois que le Hollandais changeait de vitesse, c'est-à-dire tous les dix mètres. Le camion avançait comme un bateau ivre, voletant d'un trou à l'autre, secouant ses passagers comme dans une fête foraine. Ce devait être inhumain pour Julius Harb.

Malko adressa une prière silencieuse au ciel, pour que l'avion des Services hollandais soit là. Dans cette région, ils n'avaient à compter sur aucun secours. S'il fallait continuer par la Tapanahoni pour rejoindre le Maroni, ce serait un cauchemar, à cause de Julius Harb. Il regarda les barres d'or éparses dans le camion. C'était quand même une belle opération. Folle. Mais qui avait réussi. Greta Koopsie passa la main sur la surface lisse d'un lingot.

— Je n'arrive pas à croire que tout cela est vraiment de l'or ! fit-elle. C'est inouï.

Ils se turent, économisant leurs forces. Le paysage était épouvantablement monotone : des arbres immenses entremêlés de lianes, des souches, des troncs morts, des fougères géantes, un bananier sauvage de temps en temps et des herbes immenses, nées du sol spongieux. Ce qu'on appelle la forêt vierge. La piste montait et descendait dans cet océan vert. Parfois, Herbert Van Mook était obligé de stopper et de descendre à pied voir où elle se trouvait réellement ! Il dut faire cinq cents mètres en marche arrière, guidé par Malko, après s'être ainsi fourvoyé ! Lui aussi n'en pouvait plus, les yeux soulignés de larges cernes noirs, le torse ruisselant de sueur, mû cependant par une énergie farouche. Il n'avait plus reparlé de l'or et Malko se demandait comment il s'était résigné à voir la plus grande partie du trésor lui passer sous le nez...

Ou alors, il avait un plan.

Indifférente, Rachel couvait Julius Harb, avec de temps à autre un regard brûlant de ses yeux écartés pour Malko.

Ils roulèrent ainsi toute la journée, à dix kilomètres à l'heure de moyenne. Puis, comme toujours, la nuit tomba en un quart d'heure. Il n'était pas question de rouler dans l'obscurité et le Hollandais stoppa dans une sorte de clairière créée par la chute d'un énorme acajou. La température avait baissé de quelques degrés mais les moustiques montèrent tout de suite à l'assaut. Au point qu'il fallut couvrir le visage de Julius Harb d'une chemise.

Ils avaient l'impression de se trouver sur une autre planète. Ils mangèrent sans appétit du *corned-beef* et burent de la bière qui n'arrivait pas à les désaltérer avec la chaleur poisseuse.

— Où sommes-nous ? demanda Malko au Hollandais.

— D'après le compteur, fit Van Mook, à peu près à mi-chemin en distance. Mais cela ne veut rien dire : il suffit que nous tombions sur des fondrières, une rivière ou un arbre en travers du chemin...

Malko calculait. En partant dès l'aube, ils arriveraient tout juste à temps pour récupérer l'avion. Celui-ci devait redécoller avant la tombée de la nuit. S'il était arrivé comme prévu. Un animal poussa un cri aigu non loin d'eux, il y eut un bruit de feuillages froissés et Herbert Van Mook dressa l'oreille.

Un jaguar...

A cause des moustiques, ils se grattaient tous comme des fous. Malko et Greta remontèrent à l'arrière pour la nuit, tandis que le Hollandais s'installait sur une toile à même le sol à côté de

Rachel, laissant la cabine au blessé, bien calé sur une des portières. Malko coinça l'Uzi sous lui, à tout hasard, de façon à ce qu'on ne puisse la lui prendre sans le réveiller. Il tomba aussitôt dans un profond sommeil agité.

Greta Koopsie l'imita, un bras en travers de sa poitrine. Heureuse.

***

Herbert Van Mook se réveilla et regarda sa montre : quatre heures et demie. Il faisait encore nuit noire. Comme les animaux, il avait un réveil incorporé dans sa tête, et, malgré son immense fatigue, il avait fonctionné. Sans bouger, il regarda autour de lui. Rachel, recroquevillée sur la toile, semblait dormir à poings fermés. Quelques bruissements venaient de la forêt. Le feu s'était éteint et le camion ressemblait à une grosse bête noire.

***

Greta poussa son corps contre celui de Malko, en dépit de la chaleur poisseuse. Sa jupe de toile était relevée sur ses cuisses, et, si elle avait osé, elle l'aurait enlevée. Elle ignorait quelle heure il était, mais elle s'était réveillée le ventre en feu, avec une féroce envie de faire l'amour. Le tapis d'or sur lequel ils étaient étendus lui causait une sensation bizarre. Elle commença à se frotter lentement contre Malko, jusqu'à ce qu'il se réveille à demi. La pression insistante du pubis de Greta fut la première sensation nette qu'il éprouva. Puis, la seconde, une main qui tentait doucement d'éveiller son désir. Les lèvres collées à son oreille, Greta murmura :

— Je veux le faire ici, sur ce tas d'or.

Malko, émergeant d'un sommeil profond, se rapprocha d'elle.

Ils laissèrent grandir leur désir, enlacés, puis, Greta Koopsie empêtrée par sa jupe de toile, finit par s'en débarrasser, ne conservant que son T-shirt. Elle s'installa sur Malko, et au prix de quelques contorsions parvint à s'empaler sur lui comme elle le souhaitait. Elle commença alors une très lente cavalcade, savourant la progressive montée du plaisir, collée à Malko par la transpiration.

— C'est fantastique, murmura-t-elle à son oreille.

Sa respiration devenait entrecoupée et ses mouvements plus saccadés. Malko crispa ses mains sur les hanches fermes, afin de contrôler ses ondulations désordonnées.

*
**

Herbert Van Mook se leva sans bruit et gagna la cabine dont la portière était restée ouverte. Julius Harb dormait aussi. Tout doucement, le Hollandais prit un sac de toile et s'accroupit devant le pare-chocs. Il en sortit une boîte à cigares qu'il secoua légèrement en la tenant près de son oreille. Rassuré, il se redressa et s'avança le long du camion, du côté où était couché Malko. Il écouta de nouveau, puis se dressa sur la pointe des pieds et passa la boîte entre la ridelle et la toile de la bâche. Tenant la boîte retournée, il tira vivement le couvercle.

*
**

Greta Koopsie, en train de monter vers le plaisir, s'arrêta brusquement et poussa un cri. Presque au même instant, Malko sentit une très légère piqûre au bras droit, à la hauteur du coude.

— Quelque chose m'a piqué ! fit la jeune femme.

— Moi aussi, dit Malko, ce n'est rien, probablement des moustiques.

Ils reprirent ce qu'ils avaient commencé et Greta, un peu plus tard, poussa un cri et tressaillit de tout son corps tandis qu'ils explosaient ensemble. Puis, elle se rendormit dans la moiteur de l'aube, toujours empalée sur Malko, une main sur une barre d'or.

***

— Allez, réveillez-vous !

La voix de Herbert Van Mook fit sursauter Malko. Il se dressa, s'appuya sur son coude droit et poussa un hurlement de douleur, traversé par un élancement effroyable. Il examina son bras : il avait doublé de volume ! Le coude était rouge vif, la peau tirée, avec des plaques noirâtres. Impossible de le plier. Le Hollandais le regardait de l'arrière du camion.

— Qu'est-ce qui se passe ?

— Je ne sais pas, fit Malko, j'ai été piqué par quelque chose, j'ai très mal.

Son regard se porta sur Greta et il sentit le sang se retirer de son visage. Une énorme meurtrissure livide et rouge s'étalait sur ses reins, là où elle avait été mordue. Il la secoua pour la réveiller et elle gémit faiblement, puis se dressa, avec un cri et tâta sa hanche.

— J'ai mal ! gémit la jeune femme. Ma tête, je ne peux plus respirer.

Ce n'était pas un moustique qui avait provoqué ces dégâts !

Avec l'aide de Van Mook, Malko porta la jeune femme hors du camion. Puis, malgré les élancements de son coude, il remonta à l'intérieur du camion, souleva la bâche sur un des côtés et commença à examiner les barres d'or entassées. Presque tout de suite, il aperçut un petit cordon sombre lové sur lui-même entre deux lingots.

Un serpent. Guère plus de vingt centimètres.

Malko prit l'Uzi et à bout portant, tira une balle qui pulvérisa la tête du reptile qui s'immobilisa après quelques contorsions. Malko s'accroupit pour l'examiner et sentit sa gorge se serrer. Il avait déjà vu un reptile semblable, noir presque violacé. A la ferme de Herbert Van Mook... Ce n'était pas un accident. Surmontant son dégoût, il prit le serpent mort par la queue et sauta hors du camion. En le voyant Julius Harb eut une mimique terrifiée.

— *That's a cascabel* (1) ! dit-il, *very dangerous ! Deadly.*

Malko tourna la tête vers Greta Koopsie. La bouche ouverte, elle avait du mal à respirer. Le poison avait déjà fait son œuvre, paralysant les voies respiratoires. Il comprit pourquoi il était moins atteint : le reptile avait déchargé ses crochets dans la chair de Greta et lui n'avait hérité que du résidu. Peut-être assez toutefois pour le tuer. Le regard d'Herbert Van Mook allait de l'un à l'autre, plein de compassion.

— C'est une sale bête, c'en est plein dans la forêt !

— Celui-là ne vient pas de la forêt, dit Malko. C'est vous qui l'avez apporté avec vous.

— Vous êtes fou ! protesta Van Mook. Jamais je n'aurais fait une chose pareille.

Une voix douce fit soudain derrière lui.

— C'est vrai, je l'ai vu le jeter dans le camion !

Rachel, toujours indifférente en apparence, fixait son amant avec une lueur amusée dans les yeux. Ce dernier ne fit qu'un bond et la saisit à la gorge.

— Salope ! Menteuse !

(1) Variété de crotale.

Malko avait déjà pris son Uzi. Il braqua l'arme sur Herbert Van Mook :

— Lâchez-la !

Rachel avait des larmes pleins les yeux et le visage écarlate. A regret, le Hollandais lâcha prise et se tourna vers Malko.

— Vous ne la croyez quand même pas, cette petite pute !

Malko sonda ses yeux bleus au regard indigné.

— Si, dit-il. Je savais que vous alliez tenter quelque chose pour vous emparer de cet or. Mais je ne pensais pas que vous iriez si loin. Vous êtes une ordure, Van Mook... Mais vous avez raté votre coup. J'aurai encore assez de forces pour vous tuer, même si je meurs.

Rachel courut à son sac et en sortit un étui métallique et la boîte à cigares qui avait contenu le serpent.

— Il a de l'antidote ! dit-elle. Et voilà le truc où se trouvait le serpent.

Herbert Van Mook lui jeta un regard à tuer, les poings serrés. Malko demanda à Rachel, sans quitter le Hollandais des yeux.

— Combien de doses là-dedans ?

— Une.

— Rachel, injectez-la à Greta. Vite.

Il resta appuyé au camion, la mitraillette braquée sur Van Mook, tandis que Rachel faisait une intra-veineuse à Greta. Celle-ci était pratiquement inconsciente, gémissant sans cesse. Elle ne parut même pas sentir la piqûre. Rachel releva la tête.

— Il aurait fallu la faire tout de suite...

La seringue était vide. Malko avait de plus en plus mal à son bras. Mais la haine le maintenait debout. La tête commençait à lui tourner : une chose était certaine. L'antidote réussirait peut-être à retarder l'effet du poison, mais Greta ne pourrait être vraiment soignée que dans un hôpital.

— Vous allez conduire, dit Malko à Herbert Van Mook. Julius sera derrière, avec Rachel et Greta. Installez-le. Je devrais vous tuer immédiatement.

Le Hollandais ne répondit pas. Il savait que Malko, avec son bras, ne pouvait pas conduire le camion. Cela lui donnait un sursis. Il s'évanouirait peut-être. Tant de choses pouvaient arriver sur cette piste infecte. Il valait mieux se faire tout petit... Cinq minutes plus tard, il démarrait. Malko était calé à l'autre bout de la banquette, la mitraillette dans la saignée du bras gauche, la culasse en arrière, prête à tirer, braquée sur le flanc du Hollandais. Au premier cahot, Malko faillit hurler, mais réussit à se dominer. Il avait des heures à tenir, la sueur au front et la rage au cœur.

— Plus vite, fit-il. Le plus vite que vous pourrez.

*
**

Greta délirait. Depuis le matin, elle n'avait pas repris connaissance. Ils s'étaient arrêtés une fois, près d'un petit creek, pour lui asperger le visage. Le coude de Malko avait encore enflé et les élancements étaient maintenant insoutenables. A vue de nez, ils avaient fait les trois-quarts du chemin. La piste était de plus en plus mauvaise. Malko ressassait sa haine. La vue du Hollandais imperturbable le mettait dans tous ses états. Des carbets (1) apparurent tout à coup sur la gauche. Herbert Van Mook tourna la tête vers lui et dit d'une voix bien humble :

— Il y a un village indien, dit-il, on pourrait leur demander du secours. Ils ont des onguents pour ce genre de choses...

Une lueur dans son regard bleu démentait l'humilité de ses paroles. Malko comprit : Van Mook

(1) Huttes indiennes.

comprenait le dialecte des Indiens, il allait tenter un dernier coup. Ce fut trop. Brusquement, la présence du Hollandais lui fut insupportable.

— Stop, ordonna-t-il.

Van Mook obéit aussitôt.

— Je vais jusqu'au village, fit Malko. En se retournant il cria :

Malko se retourna et cria :

— Comment va-t-elle ?

— Mieux, on dirait, cria Rachel. Elle est moins rouge.

L'antidote devait faire son effet. La nouvelle galvanisa Malko.

— Descendez, dit-il à Herbert Van Mook. Prenez les barres d'or que je vous avais promis. Parce que je suis un homme de parole. Et allez où vous voulez...

Il se tourna vers l'arrière.

— Rachel, vous restez ou vous partez ?

— Je reste, dit la jeune créole.

Van Mook ne réagissait pas, sidéré.

— Vous n'allez pas m'abandonner ici ? protesta-t-il. D'abord, vous ne pouvez pas conduire.

— J'y arriverai ! dit Malko, et vous survivrez ; les gens comme vous survivent toujours. Alors, prenez votre or, avant que je change d'avis et foutez le camp.

Il descendit, tenant le Hollandais sous la menace de son arme. Celui-ci tira lentement à lui quatre barres d'or qu'il posa à terre. Les yeux phosphorescents de rage. Malko remonta dans le camion et passa la première de la main gauche, reprenant le volant aussitôt. Les premiers cent mètres furent effroyables. Il avait l'impression que son coude allait éclater, mais se fit à la douleur et réussit à maintenir le Willys sur la piste étroite.

Dans le rétroviseur, il aperçut Herbert Van Mook, debout au milieu de la piste.

Il n'avait plus une minute à perdre, s'il ne voulait pas rater l'avion. Avec deux blessés à bord, il n'était plus question de continuer à pied. Quels pièges, ce voyage infernal lui réservait-il encore ?

CHAPITRE XVII

Une dizaine de minutes s'étaient écoulées lorsque Herbert Van Mook sentit de grosses gouttes tièdes tomber sur ses épaules et sa nuque. Il leva la tête vers la cime des arbres. Le ciel était d'un noir d'encre. En quelques secondes, les gouttes se transformèrent en une averse torrentielle. Le Hollandais chercha refuge sous les larges feuilles d'un bananier sauvage. La tornade se déchaînait avec un fracas assourdissant, arrachant les feuilles des arbres, les lianes, forçant les petits animaux à se réfugier dans leurs trous. Malgré son abri, Herbert Van Mook fut trempé en quelques secondes.

Soudain une idée le traversa, et il se releva d'un bond. Comme un fou, il se mit à creuser le sol meuble en bordure de la piste avec son poignard, écartant ensuite la terre avec ses mains comme un animal. Les dents serrées, il s'acharnait comme s'il avait voulu tuer quelqu'un, accroupi, ne sentant plus le crépitement de la pluie sur son large dos. Il se dépensait tant que les muscles de ses épaules recommencèrent à le tirailler. Il parvint à creuser un trou rectangulaire assez profond pour y enfouir les quatre barres d'or. A coups de pied, il les recouvrit de latérite, puis piétina l'emplacement, ramenant dessus des branches et des feuilles mortes. Enfin, il se redressa, les reins douloureux, mais les yeux brillants d'excitation. S'il ne revenait pas le chercher, le métal resterait là jusqu'à la fin des temps, s'enfonçant peu à peu dans le sol détrempé par son seul poids.

La pluie ne diminuait pas et des éclairs zébraient le ciel. Herbert Van Mook se mit à courir, la bouche ouverte, soufflant bruyamment afin d'éliminer ses toxines. La piste se transformait rapidement en cloaque glissant. Cette averse était providentielle : son unique chance de récupérer l'or disparu.

Il connaissait le pays. En une demi-heure, l'orage tropical allait transformer en bourbier la vieille piste. Lourdement chargé, le camion d'or allait s'y enliser.

Les fugitifs n'avaient plus que quelques heures pour parvenir à Drietabbetje. S'ils y arrivaient après le crépuscule, l'avion partirait sans eux, les forçant alors à descendre la Tapanahoni pour rejoindre le Maroni. Van Mook savait qu'ils feraient tout pour éviter cette solution désespérée. Avec deux blessés et Malko handicapé, c'était à la limite de l'impossible. Donc, ils avaient deux solutions : abandonner le camion et l'or pour continuer à pied, ou décharger l'or du camion afin de l'alléger et le laisser sur place. Julius Harb et Greta Koopsie étant dans l'impossibilité de marcher, seule la seconde solution était vraisemblable. A moins que Malko ne parte en avant, seul, chercher du secours, laissant les deux blessés à la garde de Rachel. L'idéal pour lui. L'idée de serrer ses deux mains autour du cou de la jeune métis jusqu'à ce que les yeux lui jaillissent des orbites le faisait saliver. Coudes au corps, il essaya de courir plus vite tant il avait hâte de voir son rêve se matérialiser. La pluie lui fouettait le visage, mais la température n'avait pas baissé d'un degré. Ses pieds glissaient dans la latérite humide, il trébuchait sans cesse, gardait le regard fixé sur la piste.

Sûr qu'il était d'apercevoir bientôt le camion rouge.

*
**

A chaque ornière, Malko avait envie de hurler. Il n'osait plus regarder son bras enflé, noirâtre, à la peau tendue par l'œdème. Des élancements lui traversaient le crâne, il avait l'impression par moments de délirer. Le camion se traînait dans la mélasse rouge, oscillant d'une ornière à l'autre, arrachant les lianes et les arbrisseaux poussés en travers de la piste abandonnée. Par moments, ce n'était plus qu'un sentier. Au début, il avait cru qu'il ne passerait jamais. Mais le camion se frayait un chemin en force, à grands coups de moteur.

Il se retourna, scrutant à travers la lunette de la cabine l'arrière du camion. Allongé sur sa civière, Julius Harb, le visage couvert de sueur, semblait dormir. Rachel avait installé Greta Koopsie tant bien que mal, la tête sur ses genoux et humectait son visage régulièrement. Elle adressa un sourire pâle à Malko. Heureusement qu'elle était là. Sa fringale sexuelle en veilleuse, elle faisait une parfaite infirmière. Le cœur de Malko se serra. Le mieux constaté chez Greta Koopsie n'avait pas duré. De nouveau, son visage déformé était écarlate et elle semblait avoir beaucoup de mal à respirer. Il se retourna à temps pour éviter une énorme souche qui aurait arraché son pont avant et redressa de justesse. Le brusque mouvement qu'il effectua lui arracha un cri de douleur et lui coupa le souffle. Il avait l'impression qu'une bête était cachée dans son coude et allait en sortir, comme dans le film *Alien*. Il conduisait pratiquement de la main gauche, ne se servant de la droite qu'en cas de nécessité absolue.

Une goutte de pluie s'écrasa sur le pare-brise. Il

leva le nez et vit le ciel plombé. Il étouffa un juron. La pluie! C'était la catastrophe. Une seconde goutte, une troisième claquèrent, puis, brusquement, ce fut le déluge! On n'y voyait plus à dix mètres, et la pluie tambourinait sur les tôles comme une mitrailleuse. Les essuie-glaces, impuissants, patinaient... Malko serra les dents, s'arc-bouta sur son volant mais dut ralentir. Il sentait la latérite se transformer en glaise spongieuse, collant aux pneus.

Il donna un coup de frein pour éviter une mare, le Willys se mit en travers et il le rattrapa de justesse. S'il quittait la piste, c'était fichu.

Un coup d'œil sur sa Seiko de sport : encore trois heures avant le coucher du soleil et environ quarante kilomètres de piste. Il pouvait mettre deux heures ou huit jours. Il se retourna, cria :

— Ça va?

— Elle a mal, répliqua Rachel. Mais je ne crois pas que la fièvre a monté...

Malko leva le pied, puis freina. En face de lui se trouvait ce qu'il redoutait depuis quelques minutes. La piste s'était creusée et la pluie avait rempli une mare qui semblait très profonde. Impossible de la traverser. Passant en première, les quatre roues crabotées, il braqua à gauche, mordant sur la forêt. Rassuré, Malko sentit les roues accrocher quelque chose de solide. Le moteur ronfla comme une bête en colère. En crabe, le Willys était en train de franchir l'obstacle à cinq à l'heure. Soudain, brutalement, la roue arrière droite patina, le différentiel hurla et, inexorablement, le camion glissa vers la mare profonde. Malko braqua tout à droite, passa la seconde et accéléra à fond, tentant de l'en arracher.

Le camion prit immédiatement un angle de vingt degrés. Il y eut un bruit sourd à l'arrière et d'un coup, l'engin pivota autour de ses roues avant de s'enfoncer dans le cloaque. La cargaison d'or venait de se déplacer à causc de la pente, manquant écraser les deux femmes. Malko cria de rage, passa au point mort, poussa la portière de son bras valide et sauta à terre. Il faillit s'étaler et les gouttes d'eau tombant sur la peau tendue de son bras blessé lui arrachèrent un grognement de douleur. Pataugeant dans la mélasse rouge, il fit le tour du camion.

Il avait envie de pleurer. L'engin était immobilisé dans la boue et semblait s'enfoncer plus à chaque seconde, sous son propre poids. Il aurait fallu un treuil à l'avant, relié au moteur, afin de pouvoir se haler en s'arrimant sur un arbre. Il n'avait ni treuil, ni câble.

— On est enlisés ? cria Rachel.

— Oui, dit Malko. Je vais voir ce qu'on peut faire.

Il s'accroupit, mesurant l'espace entre le bas du camion et le sol. Le pont arrière était dans l'eau et la roue droite enlisée jusqu'au moyeu, dans une sorte de sable mouvant rouge. Malko essuya son front trempé, maîtrisant les élancements de son bras. Au bord du désespoir.

Il n'y avait qu'une seule solution pour tenter de se désembourber. Il ouvrit la bâche arrière et lança à Rachel :

— Aidez-moi, nous allons vider l'or !

La jeune créole lui jeta un regard ébahi.

— L'or ! Mais où allez-vous le mettre ?

— Ici ! N'importe où. Avec deux tonnes en moins, en glissant des branchages sous les roues, on repartira. Sinon, c'est fichu.

Julius Harb ouvrit les yeux. Il avait entendu Malko. Il demanda d'une voix faible :

— Il n'y a pas d'autre solution ?

— Non, dit Malko, nous pourrons revenir le chercher si tout se passe bien...

Il faudrait vraiment que tout se passe très bien. Un miracle. Le Surinamien eut un geste las.

— Faites ce qu'il faut.

Rachel installa Greta Koopsie de son mieux et s'approcha de l'arrière. Elle prit un lingot de douze kilos et le jeta vers Malko. L'or tomba dans la mare et disparut aussitôt, avalé par le cloaque. Malko, du bras gauche, se mit à tirer les barres, une à une, les précipitant à terre. Elles se cognaient avec un bruit mat et lourd, s'éparpillaient sur la piste. Malko ne disait plus un mot, pour économiser son énergie. Lui, avait une chance de s'en sortir, mais il savait que si Greta n'était pas rapidement soignée, elle allait mourir. La jeune femme ne survivrait pas à la descente du fleuve, s'ils rataient l'avion. Donc, il fallait y arriver. Il lui sembla que la pluie diminuait mais la chaleur était toujours aussi insupportable. Appuyé sur un coude, Julius Harb, émacié, hagard, contemplait les lingots qui disparaissaient. Cet or aurait dû servir à la libération de son pays. En dehors de la pluie sur la tôle, on n'entendait que le choc du métal sur la glaise ou du métal sur le métal, avec de temps en temps une exclamation de Malko lorsqu'il heurtait son bras blessé.

Rachel laissa échapper une barre qu'elle reçut sur le pied et poussa un hurlement. Malko ne tourna même pas la tête, creusant son trou dans l'amas d'or comme une fourmi aveugle. N'osant plus regarder sa montre. Après, il faudrait encore couper des feuilles, des branches, les disposer sous le camion et tenter de s'arracher à la glaise. Greta et Julius Harb devraient débarquer pour alléger au maximum.

Une grenouille bleue rayée de jaune émergea de la jungle et sauta sur les lingots. Le batracien fit trois bonds et demeura en équilibre sur une barre d'or qui avait la même couleur que ses raies. Il restait encore une douzaine de barres à vider.

Malko leva les yeux vers le ciel et aperçut les nuages qui se déchiraient. Presque au même moment, la pluie stoppa comme si on avait fermé une douche. Après tout, il n'était peut-être pas maudit. Mais son coude effleura une barre d'or et il dut s'arrêter, pris de vertiges, le souffle coupé par la douleur.

*
**

Herbert Van Mook courait toujours, malgré un point aigu au côté, mû par une seule idée : l'or. C'était idiot de se dépêcher ainsi : si le camion était embourbé, il n'allait pas repartir en cinq minutes. Seulement, c'était plus fort que lui !

La pluie avait cessé, il s'en était tout juste aperçu. Il était tombé plusieurs fois et ressemblait à un fantôme rouge. Il ralentit, la bouche ouverte, écrasé de chaleur, fit un écart machinal pour éviter un serpent vert jade qui traversait la piste.

Il s'arrêta une seconde, guettant un bruit de moteur, mais ne perçut que des cris d'oiseaux et repartit. Le visage de Tonton Beretta convulsé de haine et de peur au moment où il l'avait enfermé dans la chambre forte, passa devant ses yeux et cela lui mit du cœur au ventre. Il finirait par gagner. Quant à Rachel, avec son or, il en trouverait des milliers mieux qu'elle.

*
**

— Malko ! Viens.

Malko se redressa et courut vers le camion, abandonnant la branche qu'il était en train de couper à la machette de la main gauche. Rachel était penchée sur Greta Koopsie. La jeune Hollandaise avait les yeux fermés et sa tête ballottait de gauche à droite comme un métronome détraqué.

Malko lui tâta le poignet. Son pouls devait battre à 160, avec des pulsions irrégulières.

— Greta ! appela-t-il. Greta !

La Hollandaise entrouvrit les yeux. Son regard était vitreux, pourtant ses lèvres esquissèrent une sorte de sourire et elle balbutia quelques mots incompréhensibles.

— Nous allons repartir, dit Malko, et dans deux heures nous serons dans l'avion.

Elle ne sembla pas comprendre ce qu'il disait, recommença à gémir. Il caressa son front brûlant. Elle paraissait souffrir beaucoup. Rachel demanda à Malko :

— Occupez-vous d'elle, je vais chercher des feuilles de bananier pour la rafraîchir.

Malko prit sa place, soutenant la tête de Greta Koopsie. Rachel revint quelques minutes plus tard et couvrit la tête de Greta, la transformant en cocon vert.

Malko reprit son travail épuisant et fastidieux : couper les branches, les coincer sous le camion devant les roues pour établir une surface moins glissante que la latérite. Il avait creusé un vrai trou devant la roue enlisée, le garnissant d'une vieille souche recouverte de branchages. Tout cela était imbibé d'eau, mais valait mieux que le magma rouge qui emprisonnait la roue. De nouveau son bras lui faisait mal à hurler. Il parvint à couper une grosse branche noueuse et vint l'ajouter au lit de fougères arborescentes déjà en place. Puis, il regarda son œuvre. Il fallait tenter le coup. La pluie risquait de recommencer et alors... Il éleva une prière au ciel pour que la piste ne comporte pas d'autres pièges semblables : il se sentait trop épuisé pour recommencer une autre opération.

Il essuya son front recouvert d'une croûte faite de boue rouge et de sueur, et appela Rachel :

— Venez, aidez-moi, il faut débarquer la civière.

A deux, ils parvinrent à la faire glisser jusqu'à l'arrière du camion. La descente à terre fut plus acrobatique et Julius Harb faillit basculer dans la boue. Malko se redressa, les jambes flageolantes. Tant pis, Greta allait demeurer dans le camion. De toute façon, la jeune femme était incapable de se tenir debout et il ne se sentait pas le courage de l'allonger sur ce sol gluant.

— Guidez-moi, demanda-t-il à Rachel.

Celle-ci pataugea dans la glaise rouge et passa devant le camion. Malko reprit place derrière le volant, appuya sur le démarreur et le moteur ronronna aussitôt. Il passa la première, s'assura que les quatre roues étaient crabotées et, tout doucement, commença à laisser filer l'embrayage. Trop brutal, les roues patineraient, pas assez, il calerait. Il fallait s'arracher progressivement. La résistance se fit très vite sentir. Malko serra les dents. Surtout ne pas emballer le moteur. Il ne sentait même plus son bras blessé. Le Willys bougea un peu. Les roues avant accrochaient bien. Rachel lui fit signe de braquer à gauche. Malko sentit le véhicule commencer à se dégager du cloaque, centimètre par centimètre, comme un grimpeur arrive au sommet d'une falaise. Puis, un lent glissement en arrière lui amena le cœur dans la gorge. De nouveau le camion ripait vers le trou. Il y avait une décision à prendre en une fraction de seconde. Stopper ou tenter le tout pour le tout.

Malko écrasa l'accélérateur.

Le moteur rugit, le camion vibra de toutes ses tôles et soudain avec une brutale secousse, partit en crabe, et retomba sur la gauche. Malko n'eut que le temps de redresser pour ne pas écraser Rachel. Il s'arrêta et débraya avec un cri de joie.

D'un saut, il fut à terre. Il ne restait plus qu'à remettre la civière de Julius Harb dans le camion. Il regarda la mare rougeâtre encore agitée de rides, puis le petit tas des barres d'or entassées sur la piste. Dérisoire à côté des arbres gigantesques de la forêt, insolite, surréaliste.

Ce fut presque plus facile de remonter Julius Harb que de le descendre. Malko n'osait pas regarder le pansement sanguinolent de sa cheville. Quant à Greta Koopsie, son état n'avait pas évolué. Les feuilles de bananiers maintenaient une fraîcheur relative sur son visage.

— On y va, dit Malko.

Il démarra. Ce n'était plus du tout la même sensation. Allégé, le camion semblait voler sur la latérite humide. Il allait pouvoir rouler beaucoup plus vite. Seulement, il n'avait pas parcouru cent mètres que la voix angoissée de Rachel le fit sursauter.

— Malko ! Malko ! Arrête-toi.

Il freina et se retourna, la gorge nouée. Greta Koopsie était en train de vomir, agitée de spasmes, envoyant ses jambes dans tous les sens. Avec horreur, il vit qu'elle crachait du sang ! Sautant à terre, il gagna l'arrière du camion.

Greta était livide, sa mâchoire tremblait et sa respiration était saccadée et irrégulière. Julius Harb la fixait, l'air affolé.

— Elle est brûlante ! fit Rachel. Ça ne va pas.

Malko maudit son impuissance. De plus, les cahots de la piste étaient une torture pour la jeune femme. Il aurait fallu un hélicoptère. Mais au Surinam... Penser qu'il était à quelques centaines de kilomètres d'une base de lancement de fusées (1), de la civilisation la plus avancée du XXe siècle...

— Je vais essayer de rouler doucement, dit-il.

Rachel opina. Soudain, Greta eut un sursaut, ses yeux s'ouvrirent et Malko eut l'impression de rece-

(1) Kourou, en Guyane française.

voir un coup de poignard. C'était une vision d'horreur : ils étaient rouges, comme ceux d'un lapin angora. Tous les petits vaisseaux du blanc de l'œil avaient éclaté sous la pression du sang. Elle n'avait plus de regard. Il lui prit la main, appela sans obtenir de réaction. Une veine battait follement sur son cou. Rachel porta la main à ses lèvres, comme pour étouffer un sanglot.

— Elle va...

Malko ne répondit pas, refrénant une envie de hurler. Greta poussa une sorte de soupir et sa bouche s'ouvrit. Malko crut qu'elle allait parler, mais aucun son ne sortit et la bouche ne se referma pas. Un spasme léger parcourut son corps et ce fut tout. Rachel était figée, de grosses larmes coulaient sur son visage enfantin et sensuel. Julius Harb fit le signe de croix et murmura :

— Ces serpents-là, ça ne pardonne pas. Son cerveau a éclaté.

Hémorragie cérébrale. Malko se pencha et ferma les pauvres yeux striés de rouge. Quel étrange destin pour la petite secrétaire de Rotterdam. Il éprouvait un grand vide, une tristesse atroce, cette sensation d'irréversibilité qu'on a devant la mort.

Dans la forêt, l'eau glissait encore sur les feuilles, des branches craquaient, quelques insectes bourdonnaient, la vie continuait. Soudain, Rachel sursauta, tendit le bras, désignant la piste derrière eux.

— Regardez !

Malko suivit la direction de son regard et aperçut une silhouette titubant au milieu de la piste, à la hauteur des barres d'or.

Même s'il n'avait pas reconnu la carrure massive d'Herbert Van Mook, aucun doute n'aurait été possible. Il n'y avait personne d'autre sur cette piste perdue en pleine jungle. Le Hollandais avait vu le camion et s'était arrêté lui aussi, à la hauteur du tas d'or. Malko oublia la douleur qui lui taraudait le bras. La raison lui disait de repartir, d'essayer de rejoindre Drietabbetje à temps, de fuir cette jungle inhospitalière.

Puis son regard se posa sur le visage immobile à jamais de Greta Koopsie. Une fureur froide l'envahit. S'il se remettait au volant du camion, Herbert Van Mook aurait ce qu'il avait voulu. L'or. Après avoir éliminé tout ce qui s'était mis en travers de sa route. Il se débrouillerait d'une façon ou d'une autre pour gagner la civilisation avec son butin. C'était trop injuste. Sans un mot, Malko reposa doucement la tête de Greta Koopsie et sauta à terre. Il alla prendre l'Uzi dans la cabine, puis se dirigea vers le Hollandais, toujours immobile à cent mètres. Rachel lui cria :

— Où allez-vous ?

— Il faut repartir, fit en écho Julius Harb, l'avion ne va pas attendre.

Malko ne se retourna pas. Il n'entendait plus que la voix de Greta qui disait tendrement :

— Je veux partir avec vous.

***

Herbert Van Mook regardait venir Malko. Il avait repris son souffle et observait la situation. Il avait appris à connaître son adversaire. Celui-ci n'était pas homme à tuer quelqu'un de désarmé. Il allait encore entendre un prêche, mais son cœur était gonflé de joie. Son raisonnement s'était révélé juste. Ils avaient été obligés d'abandonner l'or ! Maintenant, il fallait bien jouer. Il imprima à ses traits une expression de chien battu et dès que Malko fut à portée de voix, lui lança :

— J'ai abandonné mon or, je ne pouvais pas vous laisser comme ça ! Je sais, avec votre bras, que vous ne pouvez pas conduire. Je vais reprendre le volant.

Malko et Julius Harb partis, il n'aurait plus qu'à venir rechercher l'or. Malko le dévisageait, l'Uzi au bout du bras gauche. C'était tentant de se reposer sur les muscles du Hollandais, de ne plus souffrir de ces élancements chaque fois qu'il tournait le volant. Leurs regards se croisèrent.

— En effet, dit Malko, j'ai besoin de vous. Venez.

Il le fit passer devant, le suivant à quelques pas. Herbert Van Mook fut intrigué par cette absence de résistance, mais le mis sur le compte de l'épuisement. Il ravala sa rage en apercevant Rachel dont le regard le traversa comme s'il était transparent. S'il n'y avait pas eu l'Uzi dans son dos, il aurait tiré son 32 et collé une balle entre les deux yeux de cette petite salope.

Tout de suite, il remarqua l'inquiétante immobilité de Greta Koopsie. Il avait assez vu de cadavres pour savoir à quoi s'en tenir. Une vague inquiétude le fit se retourner. Il se heurta au regard doré de son adversaire. Mais cet or-là était glacial et lui fit froid dans le dos.

— Arrêtez-vous ici ! dit Malko d'une voix égale.

— Je suis désolé, balbutia Van Mook. Je vous jure, je ne...

Malko avait reculé jusqu'à la cabine. Il en sortit une pelle et la jeta aux pieds du Hollandais.

— Creusez ! dit-il. Ici.

Il désignait un emplacement sous un gros jujubier, en bordure de la piste. Il avait pensé emmener le corps, mais on refuserait sûrement de le charger dans l'avion.

Herbert Van Mook regarda la pelle, puis l'Uzi, et ramassa l'outil, se disant que cette conne était morte au mauvais moment. Il lui aurait bien envoyé un coup de pied. Après tout, si ce pseudo-enterrement devait apaiser la rage de Malko, ce n'était pas bien grave.

Sans un mot, il planta la pelle dans la latérite.

Rachel le contemplait, l'air absent. Julius Harb avait refermé les yeux, concentré sur sa souffrance. Malko s'installa à l'ombre, sur le marchepied du camion, le dos calé contre la cabine. Le sang tapait dans ses tempes et il se demandait s'il n'allait pas s'évanouir. Il lui semblait que la chaleur devenait de plus en plus lourde. Sauf quelques rares cris d'oiseaux, on n'entendait plus que le glissement de la pelle contre la terre grasse et la lourde respiration du Hollandais, régulier comme un engin mécanique.

Il fallut quand même à Herbert Van Mook presque une heure pour creuser quelque chose qui ressemblait à une tombe. Il avait jeté sa chemise et la sueur dégoulinait sur son torse, mais il ne s'interrompit pas un seul instant. Sa musculature était véritablement monstrueuse. Malko ne pensait plus ni à l'or, ni à l'avion, ni même à Julius Harb, celui pour qui toute cette opération avait été montée. Il y avait maintenant un compte à régler entre lui et Van Mook. Ce dernier se redressa enfin et osa regarder Malko.

— Je crois que ça va aller, dit-il d'une voix qu'il voulait humble et soumise.

Malko s'approcha et vérifia la profondeur d'un seul coup d'œil. Il ne fit aucun commentaire, se rapprochant du camion, il dit à Rachel :

— Enroulez-la dans la toile. Van Mook, aidez-la.

C'était celle qui avait servi à abriter les armes. Le Hollandais monta sur le plateau et aida la créole. Greta Koopsie était encore souple et ce ne fut pas difficile. Sous sa surveillance, Herbert Van Mook et Rachel portèrent le corps jusqu'à la fosse et l'y déposèrent doucement. Malko s'approcha alors, prit une poignée de terre de la main droite et la jeta sur le corps. Puis, il recula et se tourna vers Herbert Van Mook.

— Allez-y !

Le Hollandais reprit la pelle et entreprit de boucher le trou. A la fin, cela fit un tumulus de plus de cinquante centimètres de haut. Une sépulture qui en valait bien une autre. Le silence retomba. Rachel était retournée veiller sur Julius Harb. Herbert Van Mook posa sa pelle, fuyant le regard de Malko.

— Voilà ! fit-il d'une voix quand même mal assurée.

N'obtenant pas de réponse, il se décida à regarder Malko. Ce qu'il lut dans ses yeux dorés le mit mal à l'aise.

— On y va ? demanda-t-il.

— Nous y allons. Pas vous, dit Malko.

Herbert Van Mook essaya de ne pas montrer sa déconvenue. Ce serait plus difficile de se débrouiller avec l'or sans moyen de transport, mais il y parviendrait.

— Comme vous voulez, fit-il, humblement. J'étais revenu pour vous venir en aide. Je sais que je me suis conduit comme un salaud, mais je ne suis pas toujours comme ça.

Il s'arrêta, sentant que son speech ne passait pas la rampe. La tension était palpable. L'air semblait presque solide, tant il était gluant. Du camion, Rachel observait les deux hommes.

Malko, l'Uzi calée dans le creux de son coude gauche faisait face à Herbert Van Mook. Malko ferma les yeux, en proie à un vertige. Le Hollandais crut qu'il allait s'évanouir, et machinalement, relâcha son attention. Pendant une fraction de seconde, son visage ne refléta plus qu'une cupidité totale, féroce, inhumaine, faisant éclater le vernis d'humilité et de remords. Malko rouvrit les yeux à cette seconde précise.

Leurs regards se croisèrent et Van Mook, avec l'instinct d'un animal, comprit aussitôt. Sa main plongea pour saisir son 32 caché dans sa botte, mais ses doigts n'arrivèrent même pas à effleurer la crosse.

Malko avait appuyé sur la détente de l'Uzi. Ce qui restait du chargeur partit en quelques fractions de seconde dans un staccato assourdissant. Une série de taches rouges apparut sur le torse du Hollandais, en diagonale. Sous le choc des projectiles, Herbert Van Mook recula d'un pas puis, pivota sur la gauche en tombant, une main en avant. Ses muscles n'eurent pas la force d'amortir le poids de son corps et il s'effondra à plat ventre dans la boue rougeâtre. Sa tête se releva une fois, puis retomba. Il roula lentement sur le dos, sa main remonta à sa poitrine comme pour gratter ses blessures et il mourut.

Rachel sauta du camion et accourut, vit le corps étendu, la crosse du 32 qui dépassait de la botte et s'écria :

— Il a voulu vous tuer !

Malko secoua la tête.

— Je l'aurais abattu de toute façon. A cause de Greta.

Il était trop fatigué pour expliquer ce qui s'était passé en lui lorsqu'il avait surpris le regard du Hollandais. C'était le petit impondérable qui avait emporté sa décision. Si le Hollandais avait continué à jouer la comédie, il lui aurait peut-être accordé le bénéfice du doute, en dépit de l'horreur qu'il lui inspirait.

Il eut un geste las.

— Remontez, nous partons.

A son tour, il se hissa avec peine dans le camion et mit en marche. Le recul de l'Uzi avait réveillé ses élancements.

— Vous allez y arriver ? cria Rachel.

— Il faut bien, dit Malko.

Le camion s'ébranla. Dans le rétroviseur, le corps d'Herbert Van Mook diminua et disparut. Il se volatiliserait bien avant l'or. Malko regarda la piste : elle se gondolait devant ses yeux. Le visage boursouflé de Greta Koopsie le hantait. La douleur avait gagné son épaule, les ganglions étaient énormes sous son bras.

A chaque seconde, il pouvait tomber dans un coma mortel. Il tourna la tête et rencontra le regard anxieux de Rachel.

CHAPITRE XVIII

La piste semblait ne jamais devoir finir. Serré dans la main gauche de Malko, le volant se défendait comme une bête rétive, cherchant à lui échapper. Le cerveau vide, il maintenait son regard rivé sur le mince ruban de latérite rouge disputé à la jungle, essayant d'éviter les plus grosses ornières, les pièges innombrables. Heureusement, à vide, le camion était beaucoup plus maniable. Plusieurs fois déjà, il avait franchi des fondrières dans lesquelles il se serait enlisé auparavant.

Une heure et demie s'était écoulée depuis qu'ils étaient repartis. Ils avaient parcouru trente kilomètres et il en restait une dizaine d'après ses calculs. Rachel cria de l'arrière :

— Ça va ?

— Ça va, fit Malko en écho.

Son bras avaient encore enflé et son coude refusait tout service. Mais surtout l'empoisonnement gagnait du terrain. Toute son épaule était engourdie, douloureuse, et il avait de brusques accès de frissons dus à une fièvre violente, qui le secouaient comme une décharge électrique. Il savait que, s'il s'arrêtait ne fût-ce que cinq minutes, il n'aurait pas la force de repartir.

Il pensa aux deux mille kilos d'or abandonnés en pleine jungle. Il aurait pu se reconstruire un château de rêve avec une telle somme. Les Hollandais avaient voulu trop bien faire. Sans ce maudit métal, l'aventure se serait à peu près bien déroulée... Malko se consola en pensant que seul l'appât du gain avait motivé un homme comme Herbert Van Mook.

La goutte de pluie qui s'écrasa sur son pare-brise lui fit l'effet d'un coup de poignard. Comme le biologiste qui découvre une cellule cancéreuse au cours d'une biopsie. De nouveau, la chance l'abandonnait...

Déjà, les gouttes tambourinaient sur le toit de la cabine. En quelques minutes, ce fut le déluge, transformant la latérite déjà glissante en véritable patinoire. Malko dut ralentir, rétrograda en seconde, tanguant d'une ornière à l'autre. Celles-ci se creusaient sous l'effet de la pluie. De nouveau, il sentit le camion avancer plus difficilement. Hélas, il n'y avait plus moyen de l'alléger. Il donna un brusque coup de volant pour ne pas plonger dans une ornière. Le Willys se mit en travers de la piste. Malko contrebraqua, vit soudain un arbre grandir dans son pare-brise. Il y eut un choc violent sur le côté gauche de la cabine. Malko ressentit une douleur atroce dans son bras infecté et il perdit connaissance d'un coup.

***

Le visage de Rachel, penché sur lui, lui apparut flou. Il fit un effort et sa vision se clarifia. Les grands yeux bruns très écartés de la créole étaient pleins d'angoisse.

— Vous êtes blessé ? demanda-t-elle.

Malko mit encore quelques secondes à reprendre complètement connaissance. Il éprouva une violente envie de vomir. La portière était ouverte et il était allongé de guingois sur la banquette, la tête soutenue par Rachel. Il lui sembla que le toit de la cabine n'était pas droit, mais il se trompait peut-être. Plusieurs voyants rouges étaient allumés sur le tableau de bord : le moteur avait calé. Il coupa le contact. Ne se souvenant plus de rien.

— Que s'est-il passé ? demanda-t-il.

— Vous avez heurté un arbre, dit Rachel, puis le camion s'est arrêté tout seul. Ce n'est rien.

Malko se redressa. La douleur dans son bras était insupportable. Atroce. Il se remit tant bien que mal au volant. Le camion était de travers, la roue avant gauche enfoncée dans une profonde ornière. La pluie avait un tout petit peu diminué, mais formait encore un rideau gris devant lui. Il remit le contact, passa la première. Le moteur rugit, le Willys trembla de tous ses rivets, mais ne bougea pas d'un centimètre. Angoissé, Malko débraya et descendit à terre. Un seul coup d'œil l'édifia. La roue avant gauche avait heurté l'arbre et le moyeu s'était cassé net. Pas question de repartir.

Malko regarda le désastre, envahi par le découragement. Jamais ils n'attraperaient l'avion. Rachel l'avait rejoint et contemplait les dégâts. En quelques secondes, ils furent à tordre sous l'averse tropicale qui continuait avec violence. L'eau ruisselant sur son bras enflé, à la peau tendue à craquer, lui semblait de l'acide.

Pataugeant dans la boue rougeâtre, ils allèrent s'abriter sous la bâche. Julius Harb gémissait doucement sur sa civière. Malko consulta sa montre. Quatre heures cinq. Il restait deux heures avant la nuit.

Il était hors de question de transporter la civière de Julius Harb. Donc, il ne restait qu'une solution.

— Vous allez rester ici, dit Malko, je vais essayer d'atteindre à pied le terrain.

Julius Harb ouvrit les yeux.

— Allez-y tous les deux. Je peux rester seul.

Sinon, vous n'y arriverez pas. Et, si l'avion n'est pas là, il faudra parler avec les *bush-negros*. Ils ne comprennent que le taki-taki.

Rachel regarda Malko :

— Il a raison, vous ne vous êtes pas vu...

En tout cas, il se sentait. Par moments, il claquait des dents comme sous l'effet d'une crise de malaria.

— Bon, dit-il, allons-y.

Ils partirent tous les deux, sans même une arme, marchant comme des robots, glissant sur le sol spongieux, aveuglés par la pluie violente. Malko avait l'impression d'être un zombi. La pluie cessa, aussi brusquement qu'elle avait commencé, et, d'abord, ce fut un soulagement. Qui se transforma vite pour Malko en torture ! Dans le camion son bras enflé avait été à l'abri du soleil. Maintenant, c'était une brûlure permanente, inhumaine.

Il essaya de marcher à l'ombre des bas-côtés, mais des branches le fouettèrent, lui arrachant des cris de douleur. Rachel était devant, se retournant sans cesse. Soudain, elle s'arrêta et Malko la rejoignit.

Ils se trouvaient devant un problème totalement imprévu. Devant eux, la piste se divisait en deux ! D'après le soleil, une branche allait vers le nord, l'autre vers le sud. Mais laquelle menait au terrain d'aviation ? Il n'y avait aucune trace sur la carte de cette bifurcation.

Les deux embranchements de la piste étaient d'importance égale. Ils écoutèrent : aucun bruit qui puisse les guider, seulement quelques cris d'oiseaux et le bruissement des insectes. Les arbres immenses de la jungle et l'enchevêtrement de la végétation empêchaient de distinguer quoi que ce soit à plus de quelques mètres.

— Je vais à droite, dit Malko, prenez la gauche. Si dans deux heures, vous n'avez rien vu, revenez sur vos pas, c'est que la piste est mauvaise.

Il se lança sur sa piste sans attendre, et très vite perdit Rachel de vue. La latérite lui sembla encore plus glissante. Il fit un faux pas et tomba, une douleur aiguë dans la cheville. Ce n'était rien et il put se relever et repartir. Avec une pensée désagréable. Une mauvaise chute et il risquait de mourir d'épuisement et d'infection.

On pouvait crier dans la jungle, il n'y avait personne pour vous entendre. Sauf les serpents, les jaguars et les tarentules à la piqûre mortelle.

La piste était en pente douce, ce qui aidait sa marche. Mais elle devenait de plus en plus étroite. Soudain, il n'y eut plus de piste ! Malko essaya bien de continuer, mais il enfonçait dans un sol meuble qui n'avait jamais été débroussaillé. Il avait pris le mauvais embranchement. La mort dans l'âme, il fit demi-tour. Mais, cette fois, la pente était contre lui...

***

Le pilote du Xingu se pencha pour la dixième fois sur sa carte, jurant entre ses dents. Son voisin, le visage collé aux glaces du cockpit, scrutait anxieusement le tapis vert au-dessous d'eux. La forêt tropicale sans la moindre trouée. Ils furent secoués en passant à travers un cumulus et il dut reprendre le pilote automatique. Puis le pilote leva la tête de ses instruments.

— Il faut repartir sur le Maroni et reprendre la Tapanahoni. Nous sommes trop au nord.

Depuis une heure, ils tournaient en rond à mille pieds, montant parfois un peu plus haut pour se repérer. Partant du terrain près de Talima, ils s'étaient dirigés plein nord jusqu'à couper la rivière Tapanahoni puis ils l'avaient perdue ! Ils devaient se trouver entre le lac Van Blommestein et la rivière.

Le pilote inclina le Xingu et ils repartirent plein est. Heureusement que l'appareil avait une autonomie suffisante. Volant très bas pour échapper à la surveillance radar de la Guyane française, ils consommaient plus. Le pilote fit un rapide calcul.

— Si nous ne trouvons pas le terrain avant une heure, il faut faire demi-tour, annonça-t-il. Sinon, nous serons obligés de passer la nuit à Drietabbetje.

Carl Lelyval, le représentant des Services hollandais, ne répondit pas, pensant à ceux qui devaient les attendre quelque part dans cette jungle immense.

Le contre-ordre avait été transmis juste à temps et les Brésiliens avaient failli dire « non » ne connaissant pas le terrain de Drietabbetje. Grâce à la « station » de Paramaribo, ils savaient que l'attaque avait bien eu lieu, mais tout le monde ignorait ce qui était arrivé ensuite. La junte n'avait pas parlé de l'évasion de Julius Harb, mais seulement d'une attaque de mercenaires. Ils allaient connaître la vérité.

Le Xingu brésilien ne portait aucune immatriculation, eux n'avaient pas de papiers. S'ils tombaient au milieu de la forêt, personne ne les trouverait jamais et, si c'était dans une région civilisée, on aurait du mal à les identifier. Le pilote, Joâo Santos, monta à trois mille pieds pour économiser son essence.

Un quart d'heure plus tard, le ruban jaunâtre et sinueux du Maroni apparut en dessous d'eux. La frontière entre les deux Guyanes, encaissé entre deux murailles vertes, coupé de rapides. Le Xingu vira, revenant vers le sud et descendit à cinq cents pieds. Les seuls qui pouvaient les apercevoir étaient les *bush-negros* et quelques Indiens « transistors ». Les gros bateaux ne pouvaient pas remonter le Maroni si haut, à cause des rapides. Il fallait porter les pirogues à bout de bras, après avoir ôté les moteurs hors-bord. Un vol de perroquets les croisa, au-dessus d'eux. Seul signe de vie. Cette jungle semblait morte.

— La Tapanahoni ! cria soudain Carl Lelyval.

En bas, un filet marron se greffait sur le Maroni, filant vers le sud-ouest. Ils se mirent à voler carrément au-dessus de l'eau. Quelques minutes plus tard, des carbets d'Indiens bâtis en bordure de la rivière, défilèrent à toute vitesse sous leurs ailes. Sur leur droite, la jungle moutonnait en grosses collines, comme un énorme furoncle vert.

— C'est le Lelygebergte ! cria le pilote navigateur, nous ne sommes pas loin.

Il y avait de plus en plus de carbets le long du fleuve. La carte indiquait une mine de manganèse, de loin de la Tapanahoni.

Le Xingu vira légèrement pour suivre les méandres du fleuve. Celui-ci s'élargissait brusquement, puis ses berges se rapprochaient en une faille où bouillonnait une eau jaunâtre.

— Voilà les rapides de Graholosoela ! cria de nouveau Carl Lelyval, qui avait pris la carte. Virez à droite de 90°.

— Le terrain de Drietabbetje devrait se trouver entre la rivière et les collines.

Ils descendirent encore, volant au ras de la cime des arbres, aperçurent un Indien qui leur faisait de grands signes, puis le pilote remonta et commença à grimper en spirale, inspectant la jungle.

— Là-bas, annonça Carl Lelyval. Devant, sur notre droite.

Le pilote se dirigea vers l'endroit indiqué. Une minute plus tard, ils passaient au-dessus d'une bande défrichée de quatre cents mètres de long environ, conquise sur la jungle : la piste d'atterrissage de Drietabbetje. Une minuscule cabane en bois se dressait en bordure et il n'y avait personne en vue. Joâo Santos vira et refit un passage. La piste herbeuse semblait praticable. Un sentier assez visible descendait vers la Tapanahoni et le village, en amont des rapides.

— On peut se poser ? demanda Carl Lelyval.

— Je vais essayer, dit Joâo Santos.

Il fit son tour et revint, volets baissés, hélice au petit pas. Avec ce genre de terrain, on pouvait s'attendre à tout. Les roues touchèrent l'herbe et le Xingu se mit à rouler sans trop de cahots. Il fallut moins de deux cents mètres pour l'arrêter totalement. Au moteur, le pilote revint sur la cabane. Arrivé en face, il coupa les gaz et le silence se fit.

Les deux hommes sautèrent à terre. La chaleur était étouffante, des millions d'insectes les entourèrent aussitôt.

Le pilote jeta un regard inquiet en direction du sentier.

— On risque de recevoir la visite des *bush-negros*, remarqua-t-il. Qu'est-ce qu'on leur dit ?

Carl Lelyval écrasa un moustique sur son avant-bras.

— Rien, ils s'en foutent. On leur donnera des cigarettes.

Dans l'appareil, ils avaient des carabines, quelques grenades et chacun un pistolet. Ils se trouvaient dans un territoire d'un pays hostile, sans la moindre autorisation, ayant observé le silence radio absolu depuis le début de leur vol. Seuls, les radars de Kourou, en Guyane française, les avaient peut-être repérés.

Carl Lelyval regarda le soleil déjà très bas sur l'horizon. Dans une demi-heure, ils seraient obligés de redécoller. Pourquoi ceux qu'ils étaient venus chercher n'étaient-ils pas là ? Il savait que les Brésiliens ne mettraient pas une seconde fois le Xingu à leur disposition. Trop de risques de complications diplomatiques. Il scruta la jungle autour de lui. Mais où étaient-ils donc ?

Tant de choses avaient pu se passer depuis la veille. Ils étaient restés à l'écoute de la radio surinamienne, sans rien glaner d'intéressant. Peut-être que ceux qu'ils attendaient se trouvaient toujours coincés à Paramaribo. Ils auraient dû être là depuis trois heures au moins, d'après les calculs de Lelyval. Donc, quelque chose était arrivé. Joâo Santos poussa un juron furieux. Un scolopendre venait de se laisser tomber sur son bras nu. Le temps qu'il l'écarte, les pattes de l'insecte avaient marqué sa peau d'une série de trace urticantes.

— Putain de pays ! grommela-t-il.

Lui n'avait plus qu'une hâte : redécoller.

***

Rachel, les joues en feu, épuisée, allait se laisser tomber à terre quand ce qui restait de la piste, un sentier zigzaguant dans la jungle, se jeta dans un autre sentier perpendiculaire. Elle s'arrêta et regarda à droite et à gauche. De nouveau, aucun moyen de savoir quelle était la bonne direction. La piste abandonnée qu'elle avait suivie montait, descendait, franchissait même un gué que le camion n'aurait pas pu passer, parfois réduite à l'étroitesse d'une simple sente. La jeune créole hésitait, le cœur cognait dans sa poitrine. Soudain, un bourdonnement frappa ses oreilles, comme celui d'un gros insecte. D'abord, elle crut à une hallucination due à la chaleur, puis le bruit s'amplifia. Cela venait de la gauche !

Un moteur ! C'était un moteur d'avion. Elle reconnaissait maintenant le ronflement caractéristique.

Comme une folle, elle se lança sur le nouveau sentier, le visage fouetté par les branches, glissant dans la latérite boueuse, criant pour elle seule. Le bourdonnement continuait, s'éloignait, semble-t-il.

Encore cent mètres et brusquement le rideau de verdure se déchira devant elle et elle déboucha à une extrémité de ce qui devait être une piste d'atterrissage. A l'extrémité la plus éloignée d'elle, un avion bimoteur était en train de tourner, se préparant à décoller.

Agitant les bras, Rachel jaillit de la forêt et se mit à courir vers l'appareil.

***

Carl Lelyval remarqua le premier la silhouette courant vers eux sur la piste. Le pilote était en train de vérifier sa « check-list » pour le décollage.

— Attention ! dit-il. On a une visite. Ce doit être un *bush-negro*. Filons.

Le pilote jeta un coup d'œil à la silhouette en train de courir.

— C'est OK, je passerai vingt mètres au-dessus de lui.

Carl Lelyval regardait se rapprocher la silhouette, le cœur lourd de cette mission avortée. Le pilote lança les gaz et le Xingu commença à rouler. Soudain, alors que l'appareil cahotait déjà rapidement, le Hollandais réalisa que celui qui courait ne venait pas du village, mais de la direction opposée ! Il regarda plus attentivement et vit qu'il s'agissait d'une femme, en jupe avec un T-shirt. Les *bush-negroes* ne s'habillaient pas comme ça.

— Stop ! cria-t-il au pilote, ne décollez pas.

Il était temps ! Joâo Santos réduisit aussitôt la puissance et le Xingu perdit de la vitesse. Il était presque arrêté quand la fille arriva à leur hauteur. Contournant l'aile, elle se jeta sur la porte latérale, tambourinant des deux poings, le visage inondé de larmes, criant des mots qu'ils n'entendaient pas. Le capitaine Carl Lelyval sentit une coulée glaciale le long de sa colonne vertébrale.

— *Godferdom!* murmura-t-il. Heureusement qu'on n'a pas décollé.

Il ouvrit la porte et sauta à terre. Aussitôt, l'inconnue se jeta sur lui, criant en hollandais :

— Ils sont là-bas, il faut aller les chercher. Ils sont blessés !

Ça n'était pas au programme. Le pilote, après avoir coupé ses moteurs, descendit à son tour. A deux, ils obtinrent un récit à peu près cohérent. Leurs instructions ne prévoyaient pas un contretemps pareil !

D'après ce que leur disait cette fille, pour aller rechercher à pied Julius Harb et Malko, il y en aurait au minimum pour une heure. Ensuite, il faudrait revenir. En transportant la civière du blessé, ce qui les retarderait considérablement et signifiait deux choses :

D'abord, ils allaient être obligés d'abandonner le Xingu sans surveillance, car ils devaient être deux pour porter la civière. Ensuite, ils devraient décoller en pleine nuit, car il était presque six heures. Joâo Santos jeta un long regard à Carl Lelyval. Perplexe. Certes, il était le pilote, responsable de l'appareil, mais dans l'armée brésilienne, il n'avait que le grade de lieutenant, alors que Lelyval était déjà un vieux capitaine. Pas dans la même armée, mais quand même...

Impossible de demander des instructions par radio. Les consignes étaient formelles. Mais si quoi que ce soit arrivait au Xingu, il serait tenu pour responsable. Puis, il pensa aux deux hommes blessés, naufragés sur la piste.

— Qu'est-ce qu'on fait ? demanda-t-il à l'officier hollandais.

En posant la question, il se mettait implicitement sous ses ordres.

— Vous pouvez décoller de nuit ? demanda Lelyval.

— Oui, je pense, la piste n'est pas trop mauvaise.
— Alors, allons-y.

*
**

Malko venait d'atteindre l'endroit où il s'était séparé de Rachel lorsqu'il aperçut, dans le brouillard de sueur qui noyait sa vision, trois silhouettes. Il s'arrêta et dut s'appuyer à un arbre pour ne pas tomber. Quelques instants plus tard, Rachel se jetait dans ses bras.

— Nous sommes sauvés ! cria-t-elle. Ils sont là.

Malko parvint à se redresser et fit face aux deux hommes. A leur regard horrifié, il réalisa qu'il ne devait pas être beau à voir. Ses yeux dorés étaient injectés de sang, la barbe lui mangeait le visage et la souffrance lui creusait les traits. De nouveau, il eut un accès de fièvre qui le fit claquer des dents. Joâo Santos se pencha avec inquiétude sur son bras.

— Restez ici, nous allons chercher Julius Harb, nous vous prendrons au retour.

— Il y a une torche électrique dans le camion, parvint à dire Malko avant de se laisser glisser à terre, le dos à une souche. Trop épuisé pour discuter ou se réjouir. Son bras semblait prêt à exploser et il sentait l'infection gagner le reste de son corps.

*
**

Le faisceau d'une torche électrique arracha Malko à sa torpeur. Il avait dormi, sans même s'en rendre compte. Rachel s'accroupit à côté de lui.

— Allons-y, dit-elle, Julius est avec nous.

Il se leva, vit dans le faisceau de la lampe leurs deux sauveurs portant la civière, maculés de boue rouge eux aussi, l'air épuisé. Ils repartirent tous les quatre en silence, Rachel ouvrant la marche avec la torche. Comme il faisait nuit noire, il n'y avait plus de moustiques, heureusement. Trois quarts d'heure plus tard, ils atteignaient le Xingu. Rien n'avait bougé.

Dès qu'ils avaient rejoint les blessés, Joâo Santos, grâce à la trousse de secours, avait administré de la morphine aux deux hommes. Aussi, lorsque l'appareil décolla, Malko ne souffrait presque plus. Un immense soulagement l'envahit quand le Xingu vira et mit le cap au sud, vers le Brésil, teinté pourtant de tristesse. Certes, il avait réussi le partie la plus importante de sa mission, mais au prix de la vie de Greta Koopsie. Il se demanda quel serait le premier à emprunter cette piste perdue. Qui trouverait l'or, le corps de Herbert Van Mook et le camion accidenté ?

Peut-être personne.

Il jeta un coup d'œil à Julius Harb, calmé lui aussi par la morphine. Dans deux heures, ils auraient regagné la civilisation et seraient soignés. Une sorte de torpeur béate l'engourdissait. Il sentit une main caresser son front. Rachel s'était assise sur un siège à côté de lui. Les doigts glissèrent sur sa poitrine, mais il ne sut jamais ce que Rachel voulait, car la morphine fit son effet et il s'endormit.

CHAPITRE XIX

La salle à manger du *Krasnapolski* était aussi vide qu'à leur première rencontre, mais les participants n'étaient pas tout à fait les mêmes, Rachel remplaçant avantageusement Frederick LeRoy. La jeune créole avait dû choquer le maître d'hôtel plein de componction avec son T-shirt moulant sa poitrine aiguë et sa jupe en cuir trop petite de deux tailles. Malko avait encore le bras droit en écharpe, après l'opération subie pour vaincre l'empoisonnement dû au venin du serpent. Ceci était compensé par les remerciements officieux du gouvernement hollandais. Le colonel de Vries rayonnait et même le capitaine au teint blafard, son adjoint, semblait un peu plus rose. L'officier supérieur hollandais se pencha vers Malko, les yeux brillants.

— Nous allons récupérer l'or que vous avez abandonné dans la jungle !

— Comment ? demanda Malko.

Le Hollandais eut un sourire modeste.

— J'ai l'autorisation de mon ministre et les Brésiliens vont coopérer. Avec un Xingu, comme la première fois. Nous emporterons dans l'avion un véhicule léger pour faire la navette sur la piste. Cela va nous servir à aider les Surinamiens en exil et à financer quelques opérations... Il se trouve bien à six heures de marche du terrain ?

— Environ, dit Malko.

Même les Services n'échappaient pas à la fièvre de l'or. Il sentait que le colonel de Vries avait autre chose à lui dire mais qu'il ne s'y décidait pas. Ils bavardèrent encore de choses et d'autres puis, finalement, l'officier supérieur plongea.

— Je préférerais que vous ne parliez pas de cette petite expédition à Julius Harb, si vous êtes en contact avec lui, dit-il. Nous avons demandé le même service à Miss Rachel, pour des raisons que vous comprenez sûrement. Elle a accepté de nous accompagner puisqu'elle connaît parfaitement le trajet.

Malko retint un sourire.

— Je comprends, dit-il, cependant Julius Harb n'est pas idiot...

— Bien sûr, fit le colonel, mais il sait que les Brésiliens étaient déjà réticents pour la première expédition. De plus parmi ses amis politiques, certains ne sont pas d'une intégrité absolue... Bien entendu, nous continuerons à l'aider grâce à une partie de la vente de l'or, mais celui-ci permettra d'aider d'autres gens qui en ont très besoin aussi.

— Bien, dit Malko, vous pouvez compter sur mon silence, à une condition...

Le sourire du colonel s'élargit.

— Vous voulez une...

— Non, dit Malko. Je veux qu'avec l'or vous rameniez Greta Koopsie.

— Mais elle est morte !

— Justement, dit Malko. Elle pèse beaucoup moins de deux tonnes. Je veux votre parole d'officier qu'elle sera enterrée au cimetière de Rotterdam et que sa famille sera avisée de son décès accidentel au Surinam. N'oubliez pas que, sans elle, vous n'auriez ni l'or, ni Julius Harb.

Il y eut un long silence, rompu enfin par le colonel de Vries.

— Vous avez ma parole, dit-il.

Un maître d'hôtel vint remplir leurs verres de Château-Petrus. Malko remarqua soudain que le jeune capitaine était écarlate. Sa serviette étant tombée accidentellement, il se baissa pour la ramasser et faillit éclater de rire. Sous la table, le pied déchaussé de Rachel montait lentement le long de la jambe du jeune officier. Décidément, la jeune créole était incorrigible.

Celle-ci regardait droit devant elle, avec son habituel sourire innocent.

***

En entrant dans le hall de l'hôtel *Sacher* à Vienne, Malko se demanda qui il allait rencontrer. Le chef de station de la CIA à Vienne avait téléphoné pour lui annoncer qu'il avait rendez-vous avec quelqu'un à la chambre 820. Bien entendu, il ne donnait aucun nom au téléphone, pour d'évidentes règles de sécurité.

L'épaisse moquette du couloir étouffait le bruit de ses pas. Il frappa un coup léger et la porte s'ouvrit aussitôt. Il eut un coup au cœur. Rachel était méconnaissable : un maquillage habile étirait ses grands yeux écartés, ses mains étaient faites, elle portait une robe-manteau bien coupée et des escarpins. Lui qui ne l'avait jamais connue qu'en sauvageonne !

— Quelle surprise ! dit-il. Que faites-vous à Vienne ?

— On m'a demandé de vous remettre quelque chose. Tenez.

Il la suivit et vit un paquet de la taille d'une grosse boîte à chaussures, dans un papier marron.

— C'est ça, dit-elle.

Il voulut prendre le paquet, mais ne put même pas le soulever. Instantanément, il comprit. Déchirant le papier, il fit apparaître un bout de métal jaune.

— Ce sont les quatre lingots promis à Herbert Van Mook, fit dans son dos la voix de Rachel. On les a retrouvés près de son corps. Le colonel de Vries a pensé qu'ils vous revenaient de droit.

Il se retourna. Rachel avait déjà défait presque tous les boutons de sa robe. Le dernier sauta et elle se débarrassa du vêtement, découvrant des bas chair et une parure de même couleur. Elle fit alors un pas vers lui, frottant la dentelle de son soutien-gorge contre son alpaga.

— On m'a dit que vous aimiez les femmes sophistiquées, dit-elle.

Ses lèvres se posèrent doucement sur les siennes. Il l'enlaça, se disant que son dossier, à la Central Intelligence Agency, était vraiment très complet.

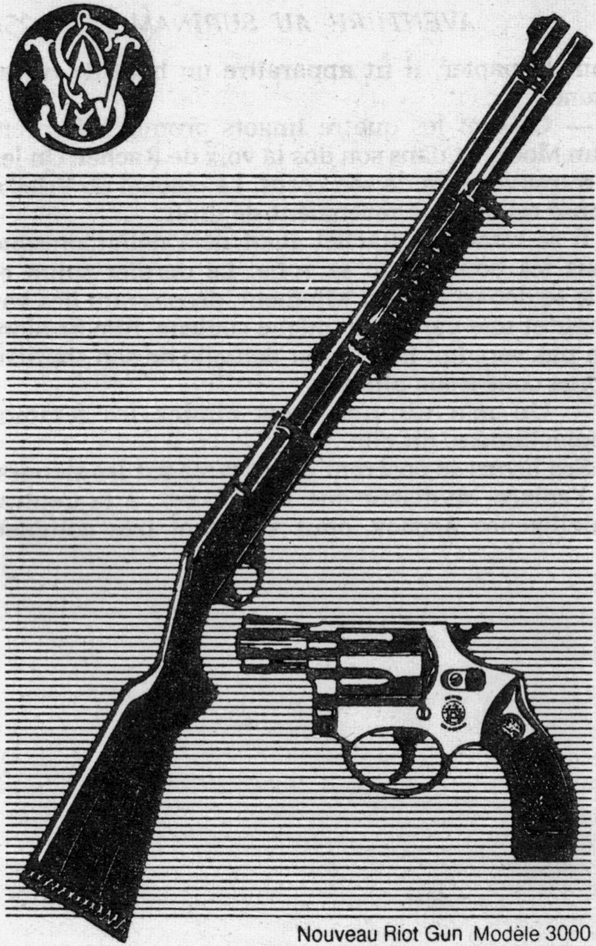

Achevé d'imprimer en juin 1983
sur les presses de l'Imprimerie Bussière
à Saint-Amand (Cher)

— N° d'Édition : 11091 — N° d'Impression : 1180. —
Dépôt légal : juin 1983.

Imprimé en France